真故
TRUMANSTORY
悬疑

从 悬 疑 深 入 现 实

非常疑犯

红晔 著

2

北京联合出版公司
Beijing United Publishing Co.,Ltd.

图书在版编目（ＣＩＰ）数据

非常疑犯.2 / 红眸著 . -- 北京 : 北京联合出版公
司 , 2024.6（2024.9重印）
　ISBN 978-7-5596-7540-8

Ⅰ.①非... Ⅱ.①红... Ⅲ.①长篇小说－中国－当代
Ⅳ.① I247.5

中国国家版本馆 CIP 数据核字 (2024) 第 065031号

非常疑犯 2

作　　者: 红　眸
出 品 人: 赵红仕
选题策划: 北京真故传媒有限公司
责任编辑: 李艳芬
特约编辑: 李　栋
封面设计: 殷思文
内文版式: 李　一

北京联合出版公司出版
（北京市西城区德外大街 83 号楼 9 层　100088）
北京联合天畅文化传播公司发行
河北盛世彩捷印刷有限公司　新华书店经销
字数 237 千字　710 毫米 × 1000 毫米　1/16　16.75 印张
2024 年 6 月第 1 版　2024 年 9 月第 2 次印刷
ISBN 978-7-5596-7540-8
定价: 52.00 元

目录

01

校园恐怖事件

第一章　宿舍大门的铜镜

老话说，春雨贵如油，可是阎梓琳却不这样认为。她的宿舍条件是学校最差的之一，每到冬天总感觉四面透风。好不容易熬过了冬天，一场倒春寒让她猝不及防。正所谓春冻骨、秋冻肉，此时的她手脚冰凉，只能尽量蜷伏着，并裹紧身上的被子。宿舍另外两个女孩也都窝在温暖的被窝里。她们希望这倒霉的阴雨天能早点结束。或许是天太冷了，她们都没什么聊天的兴致，各自玩着手机。外面淅淅沥沥的雨声隐隐回响。

突然，宿舍里的灯快速闪了两下，便熄灭了。

阎梓琳听到对面床铺的吴雨轩抱怨道："保险怎么又烧了？我的手机电都没充满呢！"

舍长郭盼盼安慰道："估计是天太冷，偷着用电热毯的人多了。"

"咱们这一级怎么这么命苦？上一级和去年的新生可都住的是新宿舍，有独立的卫生间，还装了空调。再看看咱们这栋楼，年龄估计比我爹妈的岁数都大。听说，这里还死过人。"吴雨轩继续抱怨道。

阎梓琳和郭盼盼听完都不以为意。虽然她们是女生，但都是医学院的学生，所以并不害怕死人。平时解剖课上，她们见过的"大休老师"也不只一两个了。

再者，这栋宿舍楼已有四十多年的历史，送走了一茬又一茬的毕业生。在这里居住过的学子少则也有大几千了，从概率学的角度看，没个把人出意外那才不正常。

吴雨轩看她们反应冷淡，马上故弄玄虚道："难道你们没发现，咱们宿舍楼入口的大门上可是镶嵌着铜镜呢。"

这句话倒是勾起了郭盼盼的好奇心："那是个铜镜？我还以为是瓷砖时间长了掉色了，我就说怎么和四周的瓷砖颜色不一样呢，杵在那里难看死了。为什么会放在那呢？"

吴雨轩皱眉道："你连这个都不知道？铜镜是用来辟邪的。在我们老家的矿上，以前死过人的坑道，在其入口处都要放铜镜和狗血用来辟邪。起初我见到那面铜镜时就觉得奇怪，后来跟一个师姐打听，果不其然，这栋楼可是全国闹鬼校园里的十大凶宅之一呀。"

郭盼盼来了兴致，裹着被子坐了起来，好奇地说道："快给我们说说！"

阎梓琳胆子有点小，加上又停了电，四周漆黑一片，她就更害怕了，于是小声说道："快别说了，一会儿都不敢上厕所了。"

"没事儿，一会儿我陪你去。"郭盼盼笑道，说完竟翻身下床拿出一袋薯片钻进了阎梓琳的被窝里，"我陪着你，就不害怕了。"

吴雨轩神秘兮兮地说道："我听那个师姐说啊，咱们这栋楼和6号、7号楼很早以前就是个万人坑。这里埋着的都是日军侵华那会儿迫害死的西山煤矿的矿工。我师姐导师的父亲是参与建校的领导之一，还公开讲过这段历史。据说，这栋楼自从建成起就没消停过。早年间，老是有学生半夜听到哭声。之前还有个管理员在某个暑假的傍晚来检修水管，当他从五楼卫生间的窗户往下看时，竟然看到空荡荡的院子里站满了血淋淋的人，当场被吓得不行。后来，听说神经出了问题。你们难道没觉得咱们这栋楼格外阴冷，就是大夏天有时候也会莫名地有阴风吹过？"

郭盼盼有些失望："你就不能说点新鲜的？但凡学校闹个鬼都这个套路。"

吴雨轩这才压低了声音说道："刚才都是'前菜'，现在才是'正餐'。能让咱们这栋楼位列"灵异吧十大排名"第一的是两起灵异事件，网上至今都能找到。第一起就是大概十多年前2002级临床专业的群鬼事件。这个你们知道不？"

郭盼盼她们都说不知道。

"在这个事情之前，老有人说这栋楼里闹鬼，不过都是捕风捉影，谁也没有真见过。而这个事情发生后，可就不一样了。听我师姐说，在2003年4月的一个周日，当时2002级一个宿舍里的五个女孩相约去踏春，结果她们在汾河二库风景区莫名地失踪了。"吴雨轩接着说道。

"失踪有什么好灵异的？"郭盼盼皱眉道。

吴雨轩不耐烦地回道："失踪当然不算灵异了，但是失踪之后发生的事情就有点让人匪夷所思了。当时，这则消息连着上了好几天的新闻，引起了轩然大波，直接惊动了市领导。听说，学校和当地政府先后动用了三四千人，在整个风景区找了整整一个多月——不仅出动了直升飞机，还从南方请了专业的打捞队，武警就更不用说了。咱们学校还专门组织了搜救自愿者，甚至停课了好几天，动员同学们找了一个星期。我师姐的导师就亲自参与了搜救。有人说她们肯定是溺水身亡了，也有人说她们在大山里迷了路，还有人说她们可能遇到了人贩子之类的，反正最后五个女孩活不见人，死不见尸。

"当时的宿舍都是住六个人的，不像现在住四个人。就是三张上下铺，8号楼的男生宿舍至今好像还是那个样子。所以那个宿舍还有一个女孩，好像叫李妍。听人说，她是因为当天感冒了而没去春游，所以才躲过一劫。同宿舍的五个人失踪了，学校和警察肯定要找她了解情况。结果你们猜，她是怎么说的？这女孩说，她压根就不知道她们要去春游的事情。"

"这怎么可能呀，是李妍和她们宿舍其他人关系不好吗？"郭盼盼疑惑地问道。

"当然不是了，事情可没这么简单。李妍跟她们的关系处得都不错，同班的老师和同学都这么说。这五个女孩失踪还是李妍报的案。听我的导师说，李妍上午起床后就去咱们学校外的小诊所输液去了。前一天晚上和第二天出发前，李妍压根没有听她们说要去春游。退一步讲，出事前后五天一直在下雨，就算是春游，也不会选这么阴冷的天气去呀。我还专门查了查当年的新闻，新闻上说，搜救人员都是冒着冻雨在山里找人，条件十分恶劣。李妍在当天晚上十点宿舍锁门后就给她的班主任反映了情况，说宿舍另外五个女孩还没有回来，而且手机也都打不通，怀疑可能出事了。

"班主任知道后，也分别给她们打了电话，但同样联系不上，四处打听也没有结果。考虑到她们失踪的时间不长，且都已成年，班主任便决定再等等消息，但到了周一上午，依然杳无音讯，班主任便报了警。后来警察调查了一通，在接警后的第三天，才确定她们在汾河二库附近失踪的事实。至于她们是如何到了汾河二库的，至今都没有一个明确的说法。到此，可怕的事情来了。

"同屋的其他人生死不明，李妍感到很害怕。而且那个月经过记者、警察和失踪女孩家属的轮番询问，她不堪其扰。学校考虑到她的安全，便把她安排到了咱们这条件最好的留学生宿舍居住。她之前住的那个宿舍不再住人，宿管就把门给锁了。在之后的清明节当天晚上十一点多，李妍原来隔壁宿舍的女生隐隐听到李妍宿舍有动静，像是有一群人在哭，可把她们给吓坏了。

"其中一个胆大的女孩出去看了看，发现李妍宿舍门口站着许多闻声而来的女生。她们都真切地听到了那哭声，而且那声音不是一个人的，吓得她们毛骨悚然。很快，这哭声惊动了整栋楼的女生，也惊动了宿管阿姨。阿姨胆子大，用力推了推门，发现门还是锁着的。于是，她在众人的注视下拿出了钥匙打开了房门。结果匪夷所思的一幕出现了。

"在开门的一瞬间，哭声戛然而止。宿舍里乌漆嘛黑，不过隐隐地能看到李妍穿着睡衣背对着众人坐在宿舍中央的桌子上。宿管阿姨轻轻喊了一声她的名字。李妍缓缓回头，脸上浮现出一抹诡异的笑容，突然间整栋楼停电了。在一团漆黑中，那诡异的群哭声骤然响起。这时也不知道是谁先惊叫了一声，众人如同炸锅了一般，一片混乱。"说完，吴雨轩打开手机找了一会儿，然后给她们发了一个链接，"这是当时有人拍摄的视频，那时候手机像素都不太好。不过，还是能看出个大概。"

郭盼盼大大咧咧地拿起手机开始看视频，阎梓琳则捂着眼不敢看。视频确实如吴雨轩说的那样诡异，尤其是李妍回头的瞬间那个阴恻恻的笑容，让人顿时起了一身鸡皮疙瘩。过了一会儿，郭盼盼竟被吓得大叫了一声，差点把手机都扔了。因为在视频的最后几秒，镜头依然对着李妍的宿舍，视频里竟然出现了五个灰蒙蒙的身影——她们似乎漂浮在半空中。就是这一幕吓得郭盼盼头皮发麻，一下子紧紧抱住了阎梓琳。

吴雨轩紧接着说道："有图有真相，这可不是捕风捉影，而且诡异的事情并没有结束。当时宿舍里一团混乱，很快就惊动了学校的保安和后勤。楼道来电后，李妍却不见了，没人看到她是如何离开的。保安随后去留学生宿舍找她，发现宿舍里并没有人。听我师姐说，后来警察立案调查了很久，也没查出结果。你们说这够不够灵异？"

阎梓琳听得心惊肉跳，郭盼盼却皱眉问道："不对呀，我看到视频里宿舍门上写着 516，可咱们这栋楼只到 515，后面就没号了呀。这视频不是咱们这栋楼的吧？"

吴雨轩解释道："四楼是有 416 的，出了这档子事后，整个学校都搞得人心惶惶，校领导干脆就把 516 的大门用砖给砌死了。你没感觉从 515 走到洗漱房的距离有点长吗？从外面数窗户，是有这个房间的。我听我师姐说，下雨的时候从对面看 516 的窗户，发现里面的灯还会经常闪烁。还有人说，经常在雨天看到 516 里有人在走动。反正是有点吓人，但这几年说的人好像少了。"

郭盼盼听完，冷笑一声道："咱们一个医学院竟然在宿舍大门外挂铜镜辟邪，这可真有学术氛围。"

就在这时，一直沉默的阎梓琳突然小声说道："你们听，外面是不是有人在哭呢？"

郭盼盼和吴雨轩立马认真听了起来，两人顿时面面相觑。那哭声在寂静的宿舍走廊里犹如炸雷，吓得三个女孩都尖叫了起来。几分钟后，她们透过门缝看到外面有灯光在晃动，然后就听到隔壁宿舍的一个女孩在楼道里问道："这是谁在哭呀？"

郭盼盼也很好奇，立马从阎梓琳的床上翻身下去。她打开手机的手电筒，推开了宿舍门。吴雨轩和阎梓琳小心翼翼地跟在她的身后。此时，其他宿舍的女孩们也开着手机照明陆陆续续地出来。大家显然都对这一阵令人毛骨悚然的哭声充满了好奇。声音好像是从那个被封堵了大门的 516 传来的。当大家循声过去时，哭声戛然而止。就在大家疑惑不解时，厕所里骤然传来一阵尖叫声——一个女生连滚带爬地从厕所里出来，一边跑一边喊："有鬼呀！有鬼呀！"

楼道里瞬间乱作一团，尖叫声此起彼伏，众多女孩惊慌失措地朝自己的宿舍跑去。三楼和四楼的女生听到动静后，也都纷纷上来看热闹。或许是因为人多，大家互相壮胆，郭盼盼和几个胆大的女孩用手机照明走进了厕所。此时，她看到厕所一个隔间里的蹲便器上赫然跪着一个没有脑袋的人。膨胀的尸体及其周围爬满了蠕动的蛆虫，一股腐败的气息扑面而来，令人作呕。郭盼盼身后的一个女孩一时间没忍住，直接就吐了。饶是郭盼盼，平时觉得自己胆识过人，此时也是面如黄纸，头皮发麻，两腿一软，瘫坐在地。

第二章 "闹鬼现场"的勘验

颜素开车来到了 S 省医科大宿舍区。这两天骤然降温，车外又是细雨绵绵，已经开始穿单衣的她今天冻得连棉服都披上了。下车后，她就看到不远处那栋宿舍楼大门已经被派出所的同事拉了一道警戒线。她抬头望去，整栋宿舍楼灯火通明，偶尔还有女孩隔着窗户向下张望，而此时已经是凌晨两点多了。

还没到宿舍门口，刚分配到她探组的杨家旭已经打着伞候在警戒线外了。见到颜素，他赶忙帮着举伞遮雨。两人穿过警戒线后，他才迫不及待地说道："颜队，这案子可邪乎着呢。上面的女生都说闹鬼来着。说什么是之前失踪的女孩回来报仇的。"颜素听完，皱了皱眉，没有说话。据她以往的办案经验，但凡和神鬼扯上关系的案子，本质上大多是一些混淆视听、欲盖弥彰的小把戏。

她接过笔录仔细看了一下，当即对着杨家旭不客气地说道："笔录要反映客观事实，要围绕着'七何'要素（指何事、何时、何地、何情、何故、何物、何人），把询问的内容全面、客观、准确、详细地记录下来。你看看这份笔录，都问了些什么乱七八糟的问题！"

杨家旭颇为委屈地解释道："那女孩被吓得不轻，从头到尾一直在哭，到现在都没有回过神来。我这也实在是没有哄女孩子的经验呀。"

"你师父呢？"

"被张昭拉着去房顶了。"

颜素愣了一下，没想到张昭竟然会来。

从今年年初开始，市局为了更好地应对如今复杂的局势，更方便地开展工作，局领导对刑技部门做了一次调整。首先就是专门成立了刑技大队，虽然依旧隶属于刑侦支队，但是和各刑侦大队平级。当然这也不是他们市局首创，一些经济发达的地方早就如此了。毕竟现在破案重证据轻口供，加上疑罪从无这个原则，刑技人员和刑侦技术在破案过程中发挥的作用越来越重要。

一位优秀的刑侦人员对刑侦技术多少是有所了解的，但顶尖的刑侦人才基本上都是干刑侦技术出生。其他的不说，大名鼎鼎的"公安八虎"，也就是公安部首批的八大特邀刑侦专家，全都是从事刑侦技术的。比如，"八虎"之一的乌国庆，就是勘验爆炸犯罪现场的专家，刑事技术领域的高级工程师。崔道植则是著名的痕迹勘验专家，国内弹痕鉴定技术的奠基人之一。吕登中和陈世贤是法医。高光斗是爆炸分析专家。张欣是模拟画像专家。毕竟现代刑侦，要么能吃透现场，要么能吃透嫌疑人的行为逻辑。这些年，公安正在悄然从传统刑侦朝着技术刑侦转型，因为不管你的推理如何缜密，逻辑如何严密，最后只有铁一样的证据才能一锤定音。像张昭这种人才在刑侦这条路上，无疑以后要比她走得更远。

刑技大队成立后，张昭毫无疑问地被破格提拔为副队长，已经和她平级了。有时候颜素不得不感慨，同样的大学，同样的教材，同样的老师，教出来的学生却参差不齐，因为有些人就是天赋异禀。茫茫人海中，同样也一定会出现在某方面有独到天赋的人。张昭在粉冰案后一战成名，直接进入了省厅的人才储备库。如今，他已经隐约成为省内的刑侦专家，全省有什么疑难重大案件，基本上都会抽调他加入专案组。所以粉冰案之后，张昭就格外忙碌。虽然他就在颜素办公室的楼下办公，但是他们要见上一面也很难。有张昭在，颜素觉得这个案子的侦破肯定会顺利很多。既然他都参与进来，说明这个凶案不简单。

刚才她已经看过笔录，虽然杨家旭做的笔录有些问题，但是大致过程却看得明白。笔录里还提到，现场勘查人员在 516 宿舍门口发现了一个随身听，里面录有一段女人的哭声。这样便可初步确定哭声的来源了，但厕所里的尸体怎么来的确实让人很费解。颜素下车时数了一下这栋宿舍楼的窗户，一侧有十扇窗户，抛开楼道占地，一层最少有十八个房间。每层再除去一个必备的卫生间，可能还有专门的开水房和洗漱间，就算一个宿舍住四个女孩，一层也最少居住有六十个人。出事的地点在五楼的厕所，时间是晚上十一点左右，正是大家洗漱的节点，卫生间的使用频率很高。尸体已经高度腐败，不出意外，那尸臭隔着十多米都能闻到。而且，宿舍十点半就锁大门了，那么这具尸体是怎么悄无声息地突然在这个时间、这个地点的？再加上笔录里提到的以前的闹鬼事件，说明嫌疑人有很强的针对性和目的性。所以她觉得这是一起预谋很久且策划精良的凶杀案。不管凶手是想借着以前的闹鬼传说混淆视听来达到脱罪的目的，还是其本身和当年的闹鬼事件有关联，都说明这个家伙是有备而来。所以颜素凭直觉判断，楼上那具凭空出现的尸体只是这个案子的开端而已。

上了五楼后，她看到走廊尽头的厕所已经被戒严，痕迹勘验的同事们正在那里忙碌着。痕迹勘验是现代刑侦的重要侦破手段，从事该工作的一般都是第一批抵达案发现场的办案人员。他们往往以小组为单位，小组内又分为四个工种。按照进入现场勘验的顺序，首先有权进入现场的是刑事照相人员和痕迹勘验人员。刑事照相最少配备三人，负责对现场进行照相，固定证据。其次是痕迹勘验人员，最少配备三人，负责对现场的指纹、足迹、工具痕迹和弹痕等痕迹进行勘验、取样。等他们工作到了一定进度后，理化生检验员才能进入现场。理化生检验最少配备两人，负责现场的血液、精液、唾液等体液的采集以及尸块生物证据的提取。最后一类是法医，最少配备两人，负责尸体检验及尸体解剖。

当然，痕迹勘验现场的工作会由一名经验丰富的老手全权指挥，他负责分配勘验任务，划分勘验范围和勘验重点，张昭便是这次现场勘验的指挥。现场勘验是个技术活，公安内部还是靠以老带新的形式手把手传授技艺。毕竟任何技术的掌握都需要一个从书本知识走到实际操作的漫长的过程。颜素这些年见了太多进入公安队伍的新人，在学校都学得挺好，但是真到了现场，一个个都是四顾茫然、手足无措。若真没师父带着，指不定会出什么差错。毕竟有些证据是一次性的，破坏了就再也没有了。

在刑技工作里，任何一项能做到精通都是了不起的。毕竟学会容易，精通就难了。就比如足迹勘验这一项，如果没有天赋以及十多年的经验积累，连区分那些足迹都困难，更别说鉴定了。就颜素所知，整个 S 省敢说自己精通足迹鉴定的人才，恐怕一只手就能数过来。所以，江之永才会在原来的队里那么吃香。如今，他成了刑技大队的中队长，也算是得偿所愿。不过，这个人还是一如既往的抠门。当然张昭这种天赋异禀的全能选手，局里把他当作宝贝供着也合情合理。听说省厅刑侦总队的陆广早就按耐不住手里的"小铁锹"，打算挖墙角了。

颜素顺着楼梯爬上楼顶，看到她探组的老何和张昭都穿着雨披站在天台的一角。那里下方就是出现尸体的厕所。颜素马上明白过来尸体是如何出现在厕所里的了。不过细想又不对，她刚才看到宿舍所有窗户都安装了钢筋焊接的老式防盗窗——防盗窗栏杆的间距只有十厘米左右，成年人无论如何都是钻不进去的，更别提已经腐败膨胀的尸体了。况且这里是五楼天台，距离地面最少有十五米，四周又没有高大的树木，抛尸的人是怎么上来的呢？当然，这也不是绝对办不到。她自信可以徒手攀爬防盗窗上五楼，但若要背着一个成年男性的尸体往上爬，那就很难了。而且这栋楼在宿舍区的中央，四周都是宿舍楼，他要这么上来，很难不被发现。这倒是一个重要的线索。

她回头对着小杨说道："明天的重点是走访一下四周的宿舍区。重点要问一下他们，最近这几天看没看到有什么可疑的人出现在天台上。另外，你马上去学校的安保部门看一下监控，看看有没有可疑的人进出过学校，或者在这里踩过点。"

这时，她突然听到张昭走过来说道："别费劲了。"

颜素愣了一下，问道："为什么？"

张昭如同看外行一般看了她一眼，回道："在尸体出现前的半个小时，这栋宿舍楼和它四周的宿舍都停电了。今天又正好下雨，没有月光，伸手不见五指，谁能看到有人从外面上来？而且，这场雨把凶手遗留在外面的所有痕迹都破坏了。天时地利，他都算到了。不出意外，下面的勘验也不会有什么发现。蓄谋已久，有备而来，策划和执行都比较完美，这可不是个一般的罪犯。"

话音刚落，颜素转头瞪了一眼她身后的小杨。他似乎知道自己哪里出了纰漏，赶忙低下头，不敢说话——笔录里压根没有提到停电这件事。

颜素问道："凶手这么挖空心思地策划这些，目的是脱罪还是其他？"

张昭望着远方黑暗中起伏的山峦，缓缓说道："我认为脱罪的可能性比较小，毕竟执行这么一项抛尸行动太难了。首先，他得有胆魄和体力；其次，他得熟悉学校的设施和建筑的布局。如果他是为了脱罪，抛尸到江河湖海，或者找个山林荒地挖个坑埋尸，这样生不见人，死不见尸，不比策划这么一出闹鬼的戏简单？再者，一般的抛尸案、碎尸案，嫌疑人的动机无非是想斩断其与被害人之间的联系，自认为是一种安全的自保行为。而这位抛尸者如此大费周章，摆明了是要引起关注，是在跟我们打擂台。说白了，他把线索扔给了我们，这背后恐怕隐藏着冤屈。"

听完，颜素也深以为然。

顺着张昭的思路，下一步就得去查查这个抛尸地点有什么蹊跷之处。此时，颜素想到了笔录中那段诡异的哭声——来自那个六个失踪女孩的宿舍。难道与过去快二十年的失踪案有关？

一旁的杨家旭小声嘟囔道："如果不是什么灵异事件，只把它当作普通的抛尸案来看的话，那找到尸源，案子岂不是就已经破了一半？"

颜素听完，没有说话，转身朝楼下走去。

她想到刚才张昭所说，下面的勘验未必会有结果。在这方面，颜素是无条件相信张昭的判断的。对方敢把尸体扔到这里，就笃定公安不会那么快找到尸源。要不然，这案子还真就像杨家旭说的那么简单了。

颜素边走边对追上来的杨家旭展开教育："以后不管遇到什么案子，都要记住不要有先入为主的想法，不要着急给案子定性。多听一听同事们的意见，这样会少走弯路。尤其是对待嫌疑人的时候，更不能凭借直觉，这样会干扰你的侦查方向。我们的出发点永远要建立在线索和证据这两条线上。另外，以后要留意别人说话的重点，就比如这次停电，以及张队长刚才说的勘验恐怕不会有结果。最后，别把所有的希望都寄托在刑侦技术上，在绝大多数时候，它们能帮我们找到线索和证据，但是不排除有特殊情况。所有技术都有其局限性，就比如今天这场雨，就让很多技术都用不上了。所以要做好两手准备。"

杨家旭默默地点了点头。

张昭从天台下来后直奔案发现场。为了减少干扰，勘验组的人已经在卫生间里铺设了踏板。案发后，这栋楼的女生和宿管老师都没有什么保护现场的意识，有一摊呕吐物被踩得满地都是。公共区域的勘验本身就存在诸多干扰，有很多不确定性。而且这一层五六十个人共用这么一个厕所，卫生情况也比较差，平时就臭气熏天，如今加上一具高度腐烂的尸体，任谁进去都受不了。

张昭踩在踏板上看着那具男尸沉默着。他先前进入现场时，已经简单查看过尸体。尸体呈跪坐状态，身上没有衣服和其他物品；头部缺失，胸腹膨胀隆起……此外，在尸体的一侧有一摊菜花状的蝇卵，原先应该是附着在尸体颈部，抛尸者在搬运尸体时掉落下来了。

张昭按照现在的气温推算，要达到这种程度的腐败，死亡时间应该有七到十二天。而且，尸体应该是在露天的情况下放置的，如果冷藏或者埋在地下，就不是现在的样子了。最让张昭觉得有点意思的是尸体旁那些成团的蝇卵。这种高腐尸体的转移其实是相当困难的，因为到了这种腐败的程度，人体的部分器官会呈现泡沫状，体内发生的自溶和腐败会使人体的内部变成一摊烂泥。倘若尸体表面有创口，稍微将其一移动，体内的腐败液体就会肆意横流。一般人别说搬运这样的尸体，就是近距离看一眼都会有心理阴影。显然抛尸者的心理素质过硬，不排除其曾接触过尸体，并且和尸体打过交道。而在移动尸体的过程中，那些成团的蝇卵一般都会直接掉落在尸体腐败的第一现场，能出现在这里，说明此人对尸体的处理也是有预谋的。

张昭推断，嫌疑人在将眼前的被害人杀害后，就放置在油布之类的物品上，以方便打包。所以，这些蝇卵才会被带到这里。也就是说，嫌疑人在杀害对方时，就已经想好了怎么把尸体扔到这里。现场勘验尚未结束，他从厕所出来，走到走廊一侧的侧窗边。此时，有两个同事正在窗框上寻找嫌疑人遗留的痕迹线索。这片所有的宿舍楼的正窗都安装了防护网，但是走廊两侧的侧窗则没有任何防护。张昭他们已经检查过正窗的防护网，完好无损，而且窗框缝隙里的灰尘也没有减层现象，所以嫌疑人如果要进来，只有侧窗一条路。

果然，侧窗窗框上的灰尘有明显的减层痕迹，窗台上遗留了半个泥泞的脚印，另外一扇窗户的玻璃内侧有四个手指头印。据张昭观察，手印光滑，并不像徒手按上去的，对方应该是戴了手套。至于地面上的脚印，已经被别人反复踩踏过，没什么价值了。张昭来的时候已经看过，在墙外距离侧窗二十厘米的一侧，是一根落水管。因为这栋楼修建得比较早，用的还是那种铸铁的落水管，现在这东西基本已经见不到了。落水管两侧用铁销固定，能勉强借助攀爬。十五米的高度，只有少量的着力点，要想背着一具尸体爬上来，一般人根本办不到。所以张昭推测，这个人可能受过专业的攀爬训练，体能上要强于一般人。

张昭回头，见颜素在一旁，便问："颜队，你从这儿上来得多长时间？"

颜素犹豫了一下，回道："我去试一试。"说完，就转身下楼去了。

张昭急忙拦住她："等勘验结束了再说。学校管后勤的领导正在楼下安抚学生，你找他要根长点的绳子，安全点。"

痕迹勘验结束后，张昭跟他的助手吴志力戴着手套走进了厕所。下一步，便是进行尸体检验。

一般来说，尸体检验大概分三个步骤：首先是体表检验，对尸体的衣着、外表痕迹、体表特征、尸体现象及体表病变或损伤等进行检验，并采集有关生物源性物证和其他证据；第二步就是常规意义的尸体解剖；第三步是组织病理学检验。由于尸体身上没有衣服，张昭他们无法通过衣物来判断其生活环境、社会地位以及现场搏斗情况等信息，因此直接进入体表检验的环节，观察尸体现象、尸体的营养健康状态以及身上外伤损伤的状态。

吴志力将照明灯搬过来后，才彻底看清楚尸体的情况。饶是吴志力已经工作了两年多，见过许多糟糕的尸体，此时也忍不住倒吸了一口凉气。尸体的脖颈被人用利器割断，乍一看像是致命伤，不过仔细观察发现，创口的生活反应并不明显，应该不是生前伤。而且，整个创口平滑，颈椎骨创面也是如此。这证明对方下手干净利落，势大力沉，而且十分有经验。

除此之外，他还看到尸体体表有很多棍棒伤和徒手伤。棍棒伤是中空性挫伤，因此很好分辨。而在尸体腋下、大腿内侧，能够看到皮革样化和碳化的痕迹，应该是高温损伤所致。尸体的手指、脚趾上有挤压伤……而将手臂翻过来后，吴志力又倒吸了一口凉气，尸体手掌一团漆黑，已经成了烂肉，这种损伤他见都没见过。低头一看，尸体的脚底板也是如此。他回头疑惑地看了一眼张昭，张昭回应道："化学性灼烧造成的，比如强酸和强碱。"

吴志力接着检查。尸体的手腕和脚腕都有数道明显的勒痕，尤其是手腕处已经出血，而且有结痂迹象。显然被害人在死前一直处于被控制的状态，而且受到了非人的虐待。老话说，杀人不过头点地，像这样恶劣地虐杀，他也是第一次见。张昭指了一下被害人的下体，吴志力将那团附着在上面的白色蝇卵拨开后，他整个脸瞬间都没了血色。他曾在野外发现的尸体上见过这种情况，这是被昆虫破坏造成的。不过，昆虫的破坏没有特定性。如果有，可能全身都有，只损伤一处，显然不是自然昆虫啃噬造成的。

张昭对吴志力说道："男性和女性的性特征器官被损伤，都意味着是对方的作案心理掺杂着性报复。嫌疑人作案的指向性很明确，他不是滥杀无辜，倒像是带着一些复仇意味。"

吴志力问道："手段这么残忍，还把生殖器破坏了，又费那么大力气把尸体扔到 5 楼，会不会跟当年失踪的那六个女孩有关？"

张昭点了点头，回道："当年的失踪案被传得那么邪乎，不过她们前后失踪，一定是一起有预谋的犯罪。而能让六个女孩失踪，大概率是团伙作案。我怀疑他们的杀戮才刚刚开始。这隐藏了快二十年的真相，这次恐怕能揭开了。"

第三章　尸体检验

尸体被拉回局里已经是凌晨五点多，其他同事都已经回去休息了，而张昭、吴志力以及帮忙照相的大刘还等在解剖室外。张昭知道现在是自媒体时代，天一亮这案子一定会被吵得沸反盈天。嫌疑人肯定不会就此罢休，如果再有尸体出现，一定会在学校造成更大的恐慌。还有一点，当年的六个女孩失踪案本身就有很高的关注度，如今旧事重提，必然会再次引发舆论热潮。所以，局里一定会高度重视，多半要成立专案组彻查此案。张昭想尽快解剖，看看有没有什么其他发现。各种组织病理学检验需要一段时间才会有结果，张昭想给颜素他们尽量多争取一些办案时间。

此时，吴志力看到他们队长郑新生骑着电瓶车来到了解剖室门外。老郑也是位老资历法医，从业已有三十六年，基本上见证了国内刑技的整个发展过程。吴志力还听说过老郑的一个故事。像老郑这样的老法医对穿戴防护这种事早已不屑一顾。有次解剖时，尸体的血液不小心溅到了他嘴里。还没解剖完，老郑就跟同事们打赌，说这个被害人是被毒死的。大家伙都不相信，等毒理结果出来后，发现果然如此。大家诧异地一问，老郑才说血液到了嘴里，没一会儿舌头就开始发麻。所以他推测，尸体血液八成含有有毒成分。可见，他是个狠角色。

这次局里任命快退休的老郑当队长，吴志力猜想多半是局领导想让老郑给张昭铺路。张昭先在副队长的位置上积攒资历，等老郑退休了，他正好资历够了，大有扶上马再送一程的意思。当然要想当队长，不止得技术过硬，人事管理也是个令人头疼的问题。估计是局领导已经考虑到了这一点，便把为人处世比较老成的江之永放在了中队长的位置上，还从以前的分局调过来两个年富力强、管理能力比较出众的老干警，一个是指导员，一个也是副队长。等老郑退休后，江之永上马副队长，估计刑技大队就是这套领导班子了。

吴志力赶忙走过去笑道："队长你怎么来了？"

郑新生笑着回道："老了就觉少，平常这个点就醒了。我在群里看到这个尸体的情况，就琢磨你们肯定没睡觉，我过来给你们帮帮忙。"

张昭见到老郑后，问道："您对当年医科大女生失踪案有印象吗？"

老郑点点头："有印象，我还参与过汾河二库的搜救，局里像我这个岁数的人当时都参加过。秦儒支队当时还在局里当大队长，局里让他们成立专案组，又邀请了省厅的专家加入。前前后后查了半年多，结果活不见人，死不见尸。实在是没有线索了，最后只能放弃。"

张昭皱眉道："六个人分两次失踪，怎么可能连线索都没有？"

老郑点了一根烟，说道："第一次失踪的五个女孩是真的一点头绪也没有。能发现她们的最后位置，也是靠当时刚刚应用的手机定位。大学生的生活相对封闭，这是好事，也是坏事。好事是排查的范围小，可坏事就是她们是五个一起失踪的。别的宿舍的女孩压根不知道什么内情。当时老秦就一直觉得李妍可能没说真话。但是那时情况特殊，李妍作为她们宿舍唯一没失踪的人，受到了各方面的关注。再加上没什么证据，也就无法对她执行强制措施。后来她也失踪了，就彻底成了无头公案。另外，学校的态度也给我们造成了一定的干扰。刚开始，他们确实挺配合的，但随着舆情的发酵，学校领导考虑到头上的乌纱帽，便开始遮遮掩掩，导致老秦他们后期的走访十分困难。最后实在是查不下去了，上头才撤销了专案组。"

张昭听完后，看了一眼手表，对着老郑说道："味道应该散得差不多了。"

老郑笑着说去换衣服，让他们先进去。

无名巨人观在解剖前，先用简易排气法排放腐败气体，尽量还原容貌，这是为了更好地寻找尸源。这具尸体头颅已经不见，虽然不用还原容貌，但是排气还是得进行。刚才一排气，整个解剖室立刻充斥着一股无以言状的恶臭，所以众人只能撤出来等味道散一散，不然进去眼睛酸辣，会影响后续工作。

体表检查和尸体现象记录在现场已经做过了，所以可以直接解剖。所谓的解剖工作，一般都是指全面解剖。这一套流程要检验人体所有脏器病变，然后取出全部检材做病理学检验。另外，还要做毒理检验。整个解剖工作的核心是找到直接的死亡原因，不过流程却是在排除所有可能的死亡原因后，再确定其唯一性。当然任何技术都有其局限性，有时会出现找不到死因或者死因有争议的特殊情况。

正常的一套解剖流程最少需要三个人，包括一名主检、一名副检、一名摄像，摄像负责固定证据。有时候，也会要求痕迹勘验和理化生采集在一旁采集线索。主检负责规划整个解剖流程。一般是按照腹腔、盆腔、颈部、胸腔、颅腔的先后顺序，但是也不完全会按照这个顺序来，得看尸体的具体情况。

张昭戴上手套后，跟吴志力说道："T字形。"

吴志力立马会意。

解剖的基本式有四种：直线形、T字形、Y字形和倒Y字形。基本原则就是绕开损伤部位。其中，直线形是常规式，T字形可以保持颈部外形完整，Y字形用于颈部损伤时使用，倒Y字形用于腹部损伤。吴志力看到张昭拿着手术刀从尸体左肩峰经胸骨上切迹至右肩峰作弧形横切口，在其中点向下作直线纵形切口，绕脐左侧至耻骨联合上缘切开皮肤及皮下组织。因为被害人被斩首，所以可以跳过颅腔检查。

张昭打开尸体的腹腔后，只见整个腹腔内的器官因为腐败和自溶，已经不可描述。腐败的恶臭直冲天灵盖，让吴志力瞬间脸色苍白。进来的老郑接过吴志力手里的工作，让他去外面休息一下。老郑凭经验判断，腹腔里的一些实质器官已经成了泡沫器官。随后，他和张昭两人将这些器官逐一检查。在切开胃部后，发现里面真的是空空如也，肠道内基本也没有什么食物残渣，估计被害人在临死前的一段时间内都没有进食。取样后，便开始颈部检查。因为颈部只剩一部分，所以能检查的内容很少。张昭随后开始用六刀法打开心脏，发现里面并无异常。取样后，张昭不由得轻叹了一声，因为缺少了颅腔解剖，很多死因已无法探明。

嫌疑人把尸体扔给了他们，似乎想对他们说点什么，可最终又什么都没说。这让张昭有些费解。剩下的只能等毒理和其他病理结果出来后才能知道。而且，嫌疑人用化学物品腐蚀了被害人的手脚，指纹肯定是没了。DNA倒是能查，并且能查他的父系和母系DNA，只不过这是件碰运气的事。得看他的家族有没有人犯过罪，留有案底，并且被采集过DNA，这样身份才能被查到。寻找尸源有时候真的是碰运气，就比如某地食品街分尸案，因为被害人从事灰色产业，失踪两年后家属才报警，这才从失踪人口里找到其身份。如果找不到尸源，颜素他们恐怕会举步维艰。等全部收拾完，缝合了尸体后，已经是上午八点半左右。张昭和其他勘验的同事汇总了信息，简单洗漱一下后，便赶去参加第一次案情分析会。

到了小会议室内，张昭发现秦儒也在，而且正在跟颜素他们探讨当年大学生失踪案的一些鲜为人知的细节。当他找了个位置悄无声息坐下的时候，所有的目光都集中到了他身上——一股尚未散去的尸臭，瞬间吸引了在场人员的注意。张昭已经习惯了，他也挺想洗个澡再来的，可惜市局的宿舍没这个条件。

此时，张昭听到秦儒说道："其实当时有一个细节是值得我们仔细推敲的。这些女孩的父母我们都见过，也了解过他们的家庭背景。除李妍、宋茹、韩菲菲以外，其他三个女孩的家庭条件其实都不太好。尤其是那个来自西部山区的张艳艳，还申请了助学贷款。当她们出事之后，我们去宿舍勘验时，发现她们吃的用的，包括她们遗留的一些衣物，似乎都反映出她们的生活水平还不错。

"在那个年代，手机还属于奢侈品，学校里一些条件不好的同学根本买不起，也用不起，可是这六个女孩却人手一部。当然，最后并没有找到她们的手机，只是找到了她们手机信号最后消失的地点。这是一个挺遗憾的事情。李妍的手机是在她的宿舍被发现的。她们的通话记录，我们都调取过，最后通过分析整理，发现第一次失踪的五个女孩的通话记录中均有一个频繁出现的电话号码。可惜那时手机还没有实行实名制，我们通过追查那个号码，找到了其身份证持有人。那小子是个远在外省的赌徒，身份证早让他给卖了，这条线索也就因此中断了。李妍的通话记录里，有一个手机号码长期出现在大富豪娱乐城。当年为了侦破这个案子，我们也动用线人卧底过大富豪娱乐城。后来，我们清缴大富豪娱乐城时，并没有找到那个号码的持有人。如果找不到尸源，又得重翻旧案，这确实是个很棘手的案子。"

说到这里，秦儒看向了张昭。

张昭说道："现在只有被害人的身高和体重信息。年龄信息，已经取了他的肋骨和胸骨，现在正在用'高压锅'炖。等处理完，送到人类学实验室，会有个大概结果。DNA 信息最快也要等到明天下午。毒理化验和病理结果得等到后天。在被害人身上没有发现明显的致命伤，头颅是死后被割下的。不过，被害人在死之前遭受过一段时间的虐待。死亡时间大概有十天到十五天，算上他被虐待的时间以及肠胃的排空情况，推算失踪时间大概在二十天左右。他的指纹遭到了破坏，凶手显然不想让我们很快找到被害人的信息。我觉得这可能和他接下来的计划有直接关系。因为从凶手施暴的手段来看，他并不是毫无目的的泄愤，而是有针对性地对身体薄弱的地方下手，比如腋下、大腿内侧、生殖器，以及指头等部位，痛觉对这些地方都比较敏感。凶手显然是在折磨被害人，不排除他想从被害人嘴里得到什么有用的信息。"

颜素听完，略微皱了皱眉。无名尸的第一步永远是寻找尸源。如果能找到尸源，那最好不过了，但此时她心里隐隐地有些担心。

秦儒接着说道："关于这六个女孩失踪的舆情，其实早在十多天前就已经开始了。当时，我以为是一些自媒体为了博取流量，在翻一些猎奇的案子。可是最近这个案子的热度在互联网上居高不下，再加上昨天晚上的这个案子，瞬间在网上炸开了锅，很多人都在揣测这两个案子的关联。有人希望失踪案能够重见天日，让那些姑娘沉冤昭雪。这对我们来说，既是督促，也是挑战。我决定成立一个专案组。"

说到这里，他看向颜素："还是你们之前的四人组核心负责这个案子。我再给你们添几个新同志，其他的事情我出面给你们做协调工作。你们只有十天时间。"说完，秦儒便起身离开了。

颜素略感迷茫地看了一眼张昭。局里人才济济，并非只有他们四个人会办案。秦儒点名要以他们为核心，让她隐约觉得这次专案组重组并非只是针对这一个案子这么简单。而且只有十天时间，也太紧张了。如果找不到尸源，就得重新梳理那六个女孩失踪的案子，光走访的时间都不够。

此时，张昭起身对颜素说道："阳光下其实没什么新鲜事。你和江之永先去医科大辖区的派出所看看。我觉得罪恶从来不会自己停止，被害人恐怕远非这六个姑娘。我们要找的凶手，应该就隐藏在这个案子的背后。"

第四章　尸源

一晃两天过去了。首先是校方对其教职工及家属进行了一次排查，并没有发现有人失踪。造成停电的原因也被找到了，是一个供电系统的检修口被人为地破坏了。经过检测，造成破坏的是一种自制的化学爆炸品，威力不是很大，但是配备了遥控装置。此外，还发现抛尸者是通过学校下方的排污通道将尸体运送进来的，只不过暂时还没找到是哪个下水道入口。从以上两点可知，嫌疑人对学校的配套设施十分了解，只是目前还没有从学校的后勤系统中找到此人。

张昭认为，凶手有一定的反侦查意识，拥有超越常人的体能，狠毒的刑讯手段和超强的执行能力、动手能力，并且能够制作复杂的爆炸物和遥控装置。综合以上这些能够推断，嫌疑人可能从事的职业包括军转的消防员和在职警察、服役或退役军人。结合他作案的目的，颜素觉得应该能够从一些案子中找到对方的身份，包括对学校各种刑事案件、自杀以及失踪案的梳理。可两天过去了，所有的排查工作都没有任何实质性的进展。张昭倒是挺释然的，用他的话说，凶手作案动机如此明显，他敢这么做，就笃定警方不会这么快找到他。

这两天舆论还在持续发酵，而对方也并未再次作案。整个案情犹如一潭死水。正当他们在苦苦寻找转机的时候，张昭再次给他们送来了好消息，他们盼望已久的尸源找到了。

找到尸源的过程其实并不离奇。在第一轮根据对方的身体特征从失踪人口中没找到结果后，直接使用了 Y-DNA 染色体检验。所谓 Y-DNA，就是指性染色体中的父系遗传基因。通过这个方法，能找到 Y-DNA 渊源的亲属，如祖、父、子、叔、侄等近亲或远亲。他们家族中只要有人留过案底，就能在罪犯信息库中找到他们的家族遗传基因信息，再顺藤摸瓜，找到其本人就容易很多。

虽然凶手采用了很多措施进行干扰，比如取走头颅让面部信息缺失，毁掉受害人的指纹等，但是刑侦技术也在一直进步。当然，这也算运气比较好，若家族中没有人有过案底，那想找到其本人，就只能寄希望于时间了。

被害人名叫周硕，今年 42 岁，没有案底。之所以能找到他，是因为他的弟弟周骏由于贩毒至今还在服刑中。锁定他们家族后，颜素他们和派出所的民警一起做了入户走访。挨个排查后，才确定了周硕失踪。他早年离异，目前单身，也没有孩子。他母亲早年因病去世后，父亲再婚，所以哥俩跟父亲的关系都很一般。以至于他失踪这么久，根本没有人知道。

正当颜素打算顺着周硕的线索查下去的时候，秦儒带着老赵到了专案组。颜素一见到老赵，就知道这个案子肯定和粉冰案有关系。经过老赵一介绍，发现这个周硕还真不简单。老赵他们盯着周硕已经有一段时间了。粉冰案的制毒窝点虽然找到了，但是这个案子还没有完全结束。那么多毒品，卖了这么多年，毒资是一个庞大的数字。老赵通过一个可靠的线人了解到了一些毒资的走向。如今，他们正在盯着这条线。而这条线有一个重要的参与者，名字叫周彪，是鼎盛集团的董事长。

颜素之前并没有听过鼎盛集团，看完资料后才了解到这个集团的业务十分庞杂，从餐饮、服务行业一直延伸到软件开发，旗下甚至还有影视制作公司。而这个影视制作公司的代表艺人，就是一直大红大紫的瑶琴。秦儒告诉她，之所以一直没有对周彪进行抓捕，并不是因为手里的证据不过硬，而是他们想利用周彪看看有没有继续深挖下去的可能。粉冰案的胜利只是暂时的，操作粉冰案的幕后东家至今都没被抓住。从这些零星散碎的线索看，他们之前查到的主谋温道全究竟有没有能力布下这么一盘棋，还是个未知数。他的背后是否还有其他势力，也尚不清楚。跟粉冰的斗争其实远远没有结束。

周硕是周彪的亲戚，虽然已经出了五服，但到底还是有血缘关系。他的弟弟周骏本身就是参与粉冰案的小头目之一。周硕这些年大部分时间都在国外，每年回国待的时间也就一两个月。3 月 16 日当天，老赵的监控组一路跟着周硕到了郊外的某个旅游景点。结果周硕利用景点的山地成功摆脱了他们的监视。3 月 17 日上午，监控组才在一处山崖下找到他的车，车已经被撞得面目全非。老赵起初以为是他们暴露了，不过潜伏在周彪身边的线人却告诉老赵，周彪对周硕的失踪也感到很诧异。没想到，这家伙的尸体竟然会出现在医科大。

老赵说周硕这个人的背景一直很神秘，他的发迹其实是从女大学生失踪案之后才开始的，也就是当年专项行动捣毁了大富豪娱乐城之后。在这之前，他虽然发了财，但都是一些见不得光的钱。和他之后的财富相比，也不值一提。大富豪娱乐城当年因为涉嫌聚众赌博、容留他人吸毒、组织卖淫嫖娼，以及涉黑涉恶等罪名被查封了，但其内部的股权结构很复杂，除了它本身的涉黑背景外，台面上的和暗地里的关系盘根错节。最后，大富豪娱乐城的主要股东林东海和林东阳两兄弟一个被枪毙，另外一个去年才刑满释放。周彪作为参案人员，只被判了五年有期徒刑。而那个时候，我们没有看出来周硕和周彪有任何联系。

周彪出狱后，看上去已改过自新，开始经营正经生意。他先从川菜馆开始，重新创业，后来开了七家分店，又开了食品加工厂，然后进军房地产行业。这个过程其实只用了不到三年。而这个阶段，周硕是其中的关键人物。后来，他的财富积累其实是伴随着粉冰的出现开始急剧膨胀的。鼎盛集团正式成立后，周硕就隐退二线了，也有说是被排挤出了管理层。这两个说法在他们集团内部讳莫如深，没有定论。不过，周彪这个人外强中干，文化程度也不高，做事冲动，又没有很强的大局观，本身又是个瘾君子。按照老赵目前对他的了解，这些年商海浮沉，他应该是没有这个掌舵能力的，更别说操作这么大体量的资金在各方监管的情况下一直没有暴露。他们都怀疑，周彪不过是个摆在明面上的替罪羊而已，他背后必定还有高参，而周硕极有可能就是这个高参。

颜素听到这里，感觉破案有了一些头绪。然而还没来得及仔细梳理，她就接到了医科大辖区派出所的电话——医科大又出事了。

颜素火急火燎地驱车赶往医科大，路上因为堵车，抵达的时候已经是晚上八点左右。大学城派出所的同事们已经先戒严了现场，不过围观的师生那叫一个人山人海。案发地点在医科大科研楼的解剖教室内。晚上七点整的时候，正是吃饭的时间，餐厅的人很多，平常餐厅的电视里播放的是新闻联播，而今晚电视里出现了网上流传的516宿舍闹鬼的视频，食堂的全部音响都播放着那段哭声。这把用餐的学生和教职工给吓坏了。就在这时，电视里的镜头一转，对准了科研楼的解剖教室的大门。只看到已经锁闭的大门无风自动，哐当作响。之后，视频就播放结束了。

餐厅负责人随后带着保安冲到了餐厅的总控室，发现里面并没有人。另外一边，得到消息的校领导带着保安和老师去了科研楼的解剖教室，发现本来紧锁的解剖教室的大门确实开着。不过，位于地下室的电力系统被破坏了，导致教室里一团漆黑。他们推开门进去，看到地上全是血，血泊中央摆着一具颅骨。派出所的老何也是见过世面的，但是他在描述案情的过程中语气急促，显然也是被吓到了。

江之永递给老何一根烟，让他缓缓神，颜素则找到校领导询问地下室的配电系统在哪里。后勤的人带着她赶到的时候，已经有电工在那维修。电工说，他们进来的时候，这里有一股刺鼻的味道，起初以为是线路烧坏了，后来才发现是地下室的配电箱烧毁了。现在他们还在抢修电路，科研楼的供电还没有恢复。颜素看了一眼，这里窗外有防盗网，防盗门没有被破坏的痕迹。她戴上手套，仔细看了一眼门锁。这种门锁对于会开锁的人来说，并不复杂。

她随后赶往学校的安保处，想调取学校内部的监控。可等她到了的时候，却看见里面的保安一个个茫然无措，而监控室所有的屏幕上都在播放刚才餐厅的那段闹鬼视频。颜素询问了一下这个视频是从什么时候开始的，值班的保安说差不多是七点左右。他们发现监控视频不对后，就赶忙联系了安保处的负责人。此时，他们还不知道学校究竟发生了什么。颜素让负责人调看一下监控，对方一脸委屈地说道，硬盘录像机的空间全部被这段视频给覆盖了。换言之，监控没了。

颜素让杜馨笙看看情况，杜馨笙一边操作电脑一边跟一旁的安保主任沟通。颜素在一旁听，也明白了个大概。这个安保主任对这些监控设备纯粹是个外行，他们学校的安保监控是外包给一个本地的网络公司的。而这家网络公司可能是为了方便维护，并没有更改硬盘录像机的原始密码，连服务器的密码也设定得非常简单。只要有一根网线，并且知道他们监控内网的网关，通过提前植入的木马或者使用密码破译软件，就很容易入侵他们的监控服务器和硬盘录像机。先格式化掉硬盘录像机里的内容，再替换成现在的视频，只需动几下鼠标。杜馨笙跟颜素解释说，这些公共监控不是什么涉密内容，学校涉密科室的监控是另外一套备案的监控体系，虽然没遭到入侵，但对案子也没什么帮助。公安局在学校里有几个安防监控，她正在跟指挥中心沟通，看看那些监控的位置在哪里。

颜素听完，皱了皱眉。还真是让老秦说对了。如今，他们似乎离开了监控，离开了刑技手段，就好像被人打断了手脚、刺瞎了眼睛一样，一下子变得不会办案了。她马上去了餐厅了解情况。餐厅的总控室内负责人告诉颜素，一般都是由他负责每天饭点打开餐厅内的音响设备。今天下午五点半，他打开设备后，便关门离开了。当他发现异常时，心里也很害怕，就让保安跟他一起上来，并强调出事前门锁肯定是完好的。杜馨笙在他们的主控机上操作了一下，回头跟颜素说，这里的情况和学校安保处的情况差不多。餐厅的播放设备和学校的总控肯定是联网的，这种内网的安全防护在懂行的人眼里就跟纸糊的一样，随便找一个内网端口就能入侵。说完，她看了一眼这台电脑的网关，然后拿出来U盘插进去输入了一行代码，便开始操作另外一块陌生的电脑屏幕。过了一会儿，杜馨笙回头说道："学校主控电脑的服务器上有木马病毒。手段其实并不高明，学过几天的人都干得了这个活。"

颜素此时不由得露出了一抹苦笑，闹鬼事件这些年听说了不少，但是通过高科技闹鬼还真是第一次见。

颜素问道："有追查的价值吗？"

杜馨笙摇了摇头，说道："公用内网只是为方便办公，也没什么涉密内容，这种端口在他们学校内部应该有很多。对方拿着一台笔记本就可以在内网里为所欲为。"

说完，她们又去了科研楼，张昭已经带着勘验组的人在那儿工作了。因为电力还没恢复，他们就临时架起了发电设备和照明工具。找到张昭的时候颜素看到他正戴着手套捧着一具颅骨仔细端详。颜素问道："这就是现场发现的颅骨？"

张昭点头道："这具颅骨已经完全白骨化，表面骨质基本消失。这应该是个死亡了很久的人。具体的要回去做紫外荧光密度测量。"然后问道，"解剖教室的负责人呢？得先问问这是不是他们学校的教具。"

颜素出去联系了一下，负责人正在赶来的路上。现在她还有一件事没明白，刚才闹鬼的视频她已经看了，上传视频可以通过入侵学校内网解决，但是这锁闭的解剖教室的大门是怎么做到无风自动哐当作响的呢？

杜馨笙给她解释道："这个也简单呀。他入侵了监控系统，点个暂停键，监控摄像头就失效了。剩下的布置好现场，拍摄视频，然后删掉监控的硬盘内容，再上传视频到了内网。大晚上的科研楼里本身就没人，保安看到的监控画面不动是正常的。很容易就能糊弄过去。"

张昭此时把颅骨送出来封装，对着颜素说道："如果这不是恶作剧，凶手针对的就是医科大学。排查的范围能再次缩小。"

颜素皱眉道："医科大学这 25 年来发生过的所有的刑事案件都做过一次梳理，涉及的男女都没有放过。其中有些案子是有疑点的，但是他们的背景却没有问题，也没有符合我们推测条件的嫌疑人出现。这么大海捞针似的找下去，实在不是个办法。"

张昭听完后沉默不语。

颜素知道张昭此时也有些无力。因为看他的表情就知道勘验结果多半不理想。刚才她也看了一眼现场，虽然满地的鲜血，但是连个脚印都没留下，这说起来跟天方夜谭一样。

解剖教师的负责人赶到现场后，证明现场找到的颅骨并非医科大的教具，他们对大体老师的标本有专门的管理体系。结束勘验已是晚上十一点，张昭已经把颅骨送去了实验室检验，当务之急还是寻找尸源。

回到局里后，颜素他们再次排查医科大这 25 年来发生过的案件。张昭捧着颅骨从回来后就坐在角落里拿着笔记本画画。杜馨笙起身看了一眼，本子上已经有了人脸的大概轮廓。手工面部复原上次在粉冰案的时候他已经露过一手了。但她仍然感到好奇，因为从张昭的履历里压根看不出来他有过学习美术的经历，他画画的手法却显得十分专业。于是，她问道："你学过画画？"

张昭点点头说道："我干妈是 S 省大学美术系的教授。我刚到他们家时十分自闭，于是她就教我画画。那时她跟我说，人难免会陷入黑暗里，但总得学会一种办法跟这个世界沟通。现在想想，那个时候学习画画，确实让我减少了不少痛苦。"

杜馨笙这才恍然大悟道："难怪魏局的爱人看上去那么有气质呢。"

一旁的江之永轻轻地推了推颜素，小声说道："我是不是出现幻觉了，这家伙什么时候这么健谈了？"

江之永早已习惯了张昭的一言不发，突然见他话这么多，倒不习惯了。

颜素大有深意地看了他一眼，笑而不语。江之永这才反应过来，一脸的震惊，马上问道："什么时候的事情？"

颜素呵呵笑道："就你这观察力，还好意思说自己是铁血神探？"

一个小时后，张昭画完就匆匆去了人类学实验室。颅骨可以提供的信息很多，比如，可以通过颅骨推断性别，通过颅围推断身高，通过颅内外缝以及骨组织学推断年龄，通过线粒体测序来进行个体识别。整个测算工作一直持续到了第二天早上七点，张昭根据得到的信息对复原画像做了一次调整。然后立马传给了颜素，让她下发协查通报，看看能不能在 DNA 测序之前找到被害人的信息。下午四点多，东街口派出所打来了电话。根据协查通报上的信息，他们找到了一个十分符合条件的人，但那个人已经死了四年多了。

颜素叫醒了张昭，张昭一听白骨化的时间也对上了，于是跟颜素赶忙出发去了解情况。东街口派出所的副所长老田说，他看到协查通报，一眼就认出了对方。死者名叫胡安邦，原先是 A 市日报的副社长，四年前因癌症去世了。当年老田所在的派出所被一个记者给恶意举报了，搞得他们十分难堪。当时还没退休的老所长就带着他去找胡安邦请求帮忙。胡安邦了解情况后，马上拨乱反正，对扭曲事实的报道在日报上进行了澄清。所以，他对胡安邦印象深刻，当年如果不是人家，自己的工作可能都丢了。胡安邦病重的时候，他还去医院看望过；胡安邦去世后，他还去胡的老家参加过葬礼。

颜素询问："胡安邦没有被火化吗？"

老田说道："胡老去世的时候，他们家乡那边还没有开始强制推行火葬。可以选择土葬，无非就是领不到丧葬费。"

颜素随后让杜馨笙打电话给当地公安查一查胡安邦家乡的情况，然后在老田的陪同下前往胡安邦家。胡安邦的妻子李女士还健在，因为年迈，和儿子生活在一起。颜素到了之后，简单地说明了一下情况。李女士感到有些害怕，便急忙把儿子给叫了回来。他儿子了解情况后，把坟墓的大概位置告诉了颜素。颜素和当地公安联系后，没多久就收到了消息。胡安邦的坟墓确实被盗了，而且应该时间并不长。当地派出所的民警跟颜素解释，胡安邦老家所在的那个村落这些年已经非常凋敝，年轻人全都去了县城生活，村里只剩下三位孤寡老人，所以墓地被盗掘根本就没有人报案。颜素请他们先保护好现场，然后让江之永马上出发去掘墓现场，看看能有什么收获。

随后，颜素跟李女士了解了一下胡安邦的人生经历。他是从调查记者的身份一路熬到了副社长的职位后退休的，除了年轻时经历过动荡，之后的人生也算是比较圆满。颜素并没有问到什么关键的信息，从胡安邦的家里出来后，时间已经不早，报社应该下班了，走访工作得明天才能继续。不过，从胡安邦的职业背景推断，他很可能隐藏了一些当年的真相，才遭到了凶犯的泄愤。这无疑是把矛头指向了报社。

这时，一直沉默的张昭分析道："我们找了这么久的冤屈源头一直没找到。现在看来，冤屈的根源可能在学校，而矛盾却在报社。如果我们能在报社找到线索，就有可能找到嫌疑人的身份。我推测有这样两种可能：要么是凶手手里的线索断了，要么是他遇到了没有能力对付的人。所以，他就把线索送到了我们手里。"

颜素点了点头。虽然凶手也可能是抛出假线索来迷惑他们，但是费尽力气搞了这一出，实在是没必要。

第五章　冰山一角

第二天一早，颜素一行就到了报社了解情况，报社内的老同志大部分对胡安邦的评价都很高。而报社对当年医科大女学生的失踪案也进行了跟踪报道，当时负责这个版块的主要编辑正是胡安邦。从报道的内容上，他们并没有找到什么疑点。不过，颜素从胡安邦的履历里发现了一些问题。

市日报的社长是一把手，应该是正处级，二把手副社长是副处级。总编辑理论上和社长平级，也是正处，不过社长有时也兼总编职务。副总编一般是党组委员，是副处级，也有可能是正科。胡安邦在 2003 年之前只是个主任科员，相当于股级。老话说，三十五岁之前不起步，一辈子是个老相公。通俗地讲，在机关单位，三十五岁还没有进入副科级别，一辈子可能就是个普通科员。

胡安邦出生于1954年，2003年他都快五十了，按理说就在主任科员或者副科这个级别退休了。可他从2003年之后，几乎每三年一个台阶地往上升，最后退休时已经是副处了。这种情况就比较罕见了，要么是遇到了贵人，要么就是突然开窍了。而官场上，突然开窍，奈何年龄放在那里，长江后浪推前浪，也得有人愿意给你这个机会。所以，颜素倾向于他是遇到了贵人。而2003年正好发生了女大学生失踪案，这难免让人有很多联想。

于是，颜素和张昭找到了报社分管人事的副社长老崔。之所以找他了解情况，主要是他自从参加工作之后，就没有离开过报社，对报社的一些老同志比其他领导更加了解。而且，他曾经是胡安邦的下属，听报社内的其他老员工说，他俩之间多有不和。

和老崔寒暄客套了两句后，颜素表明了来意。老崔比较谨慎，只是说当年胡副社长的提拔和任命都是组织上的决定，也都是经过了民主投票和公示的。如果有问题，早就被人举报了。再者，2003年过于久远，其中的事情他也并不是很清楚了。然后，老崔就岔开了话题，主动聊起了胡安邦的高瞻远瞩。

"有时候，你不得不佩服老胡啊。他儿子胡强东没赶上好时候，在那个年代没当成兵，也没好好读书，成天就在城里瞎混。老胡也很是发愁，一直想给他儿子找份工作。可惜那个时候老胡就是一个普通编辑，社会人脉实在有限。好不容易托关系把儿子送到了化肥厂，结果没多久就下岗了。后来，老胡又托关系给他儿子搞了个城管的临时工。当时的政策好，临时工上班到一定年限后，可以通过招考转事业编。小胡这孩子争气呀，把握住了这次机会，一下子就给考上了。当时，老胡那可是大摆宴席，总算是扬眉吐气了一回。结果小胡转事业编两年后，非要自己下海创业。我们当时都让老胡好好劝劝孩子，不要轻易辞职，毕竟他年龄小，有个铁饭碗，并不耽误他去创业。老胡却说，儿孙自有儿孙福，孩子都成家立业了，他哪里管得着？没承想，这小胡竟然创业成功了。又是住豪宅，又是买豪车。如果当时不去创业，按照小胡的背景，最多也就是混个队长当当，哪有现在的无限风光呀。你们说，老胡是不是很有前瞻性？"

等老崔说完，颜素已经回过味来。又寒暄了几句后，老崔把他们送到了门外。颜素马上让杜馨笙想办法去查胡强东公司的股权情况以及公司的业务和背景。

交代完后，她跟张昭说道："这个老崔递刀子的时候可真是一点都不手软。"

张昭看着老崔的办公室大门，说道："当个领导确实不容易呀。"

颜素笑道："生在公门好修行。这么多年打拼上来，个顶个的都是人精。"

张昭深以为然地点点头。

张昭随后跟颜素到报社的人事部门去查了所有员工的人事档案。重点排查报社离职或者意外死亡的人员。每个员工进入报社时，都要经过政审程序，所以他们的家庭背景都有详细的记录。很快，有个叫沈适的年轻人进入了他们的视线。

沈适是该报社的调查记者，2001 年 10 月入职。2003 年 4 月 5 日晚上，他在回家的路上遭遇醉驾者酒驾引起的车祸，被送到医院后，抢救无效死亡。颜素跟报社的老同志了解了一下情况，当时胡安邦就是沈适的直管领导。这个时间确实有点太凑巧了，因为就在车祸发生的次日，医科大的五个女孩神秘失踪了。而引起颜素他们注意的是，沈适的父亲沈卫国曾经是某部队的侦察营的连长，后来转业到了地方财政局上班，1996 年下海创业。

这么看下来，沈卫国和专案组的嫌疑人侧写十分接近。沈卫国出生于 1961 年，算算年纪，已经快 60 了。颜素和张昭觉得，单从体能而言，他都很难亲自实施这两起案子了。至于沈适，他在报社只待了两年，十多年过去了，早已物是人非，曾经和他共过事，又对他记忆深刻的人已经很少了。颜素他们只是从侧面了解到，沈适是个沉默寡言、性格有些执拗，但做事特别认真的人。张昭把沈适从业时期写的一些报道都罗列了出来，并复印带走。除此之外，其他信息已经无从查找。

从报社出来后，颜素让杜馨笙查一查沈卫国的情况。结果过了没几分钟，杜馨笙就打来了电话，说根据户籍资料上的信息，沈卫国在三年前已经去世了。颜素听到这个消息后，直接愣在了原地。张昭似乎也没想到会是这样的结果，很少见地露出了错愕的表情。

颜素问道："是不是我们的侦查方向走错了？或许案情只跟胡安邦有关系，和沈适无关？"

张昭沉默了一会儿后，说道："这也太反常了。我们的线索追到最后都以当事人的死亡告终，我反而认为我们的方向是正确的。"

颜素看了一眼手表后，说道："那这样，你去查查沈适当年的车祸。我去一趟沈卫国的家乡，了解一下具体情况。"

颜素走后，张昭让杜馨笙帮忙查下当年沈适的卷宗在什么地方。因为交通肇事导致死亡的大多数情况一定会涉及刑事责任，多半也会附带民事责任。张昭拿到卷宗后，单从内容上看，事故责任清晰，并无争议。沈适晚上十一点左右在华清路骑着自行车被撞，并没有当场死亡，只是送到医院后，没有抢救过来。肇事者名叫聂晓东，当时 36 岁。他肇事的时候，属于醉驾，笔录上他声称自己压根没有看到骑自行车的沈适。不过，之后他认罪态度良好。法院认定，他醉驾构成了交通肇事罪，判处其三年有期徒刑，并且附带了民事赔偿。

看完卷宗，张昭觉得有些蹊跷。

首先，沈适当时单身，所以住在报社的集体宿舍里。他出事的华清路就在医科大附近，而且报社宿舍和医科大完全是两个方向，他晚上十一点去医科大附近干什么呢？其次，就是这个聂晓东。从笔录上就能看到他之前有过盗窃和故意伤人的案底，虽然才 36 岁，却已经进过两次监狱，是典型的社会闲散人员。而他醉驾导致沈适死亡的第二天，医科大五个女学生竟离奇失踪了。沈适是一个调查记者，属于特别高危的职业。从他之前登报的文章看，他是一个敢做事，并且有理想的年轻人。刚工作不久，他就潜伏到火车站摸底了一个有涉黑背景的盗窃团伙和他们身后的利益链条。张昭有些怀疑，沈适的死可能跟女大学生失踪有某种联系。

随后，张昭让杜馨笙帮忙查查这个聂晓东的背景，找找当年盗窃案和故意伤人案的经办人，看看能否有什么发现。不久后，杜馨笙给张昭打来电话，说聂晓东在 2017 年 9 月失踪了，是他的母亲报的案，至今生不见人，死不见尸。不过，当年侦办聂案的警察倒是找到了。接到杜馨笙的电话后，张昭打车赶到了当年聂晓东案经办人所属的熙和园派出所。

所长老栗，张昭倒是听过。他之前在杏花岭分局刑侦大队当副队长，后来因为快退休了，就把位置让了出来，到派出所当了所长。老栗对这个案子稍微有点印象。1992 年，有一场打偷打抢的集中整治行动，聂晓东正好撞到了枪口上。1998 年，他因为把别人打成了轻伤而入狱。不过 1998 年那次，背后和大富豪娱乐城是有关联的。

张昭仔细询问了 1998 年的那个案子。老栗说道："大富豪娱乐城嘛，我估计 A 市的老警察都知道那里。号称只要顾客敢想，就没有小姐做不到的事情。后来 2004 年，市局组织了一次扫黄打非专项行动，把那里一锅端了。不过，聂晓东其实和娱乐城的两个大混混没有直接关系，他是周彪的小弟。周彪当年也是西山的大混混，和林家两兄弟一直井水不犯河水，甚至可以说关系还相当融洽。这主要是林家兄弟经营玩洗唱牌这种灰色生意，而周彪的主要业务是放印子钱、高利贷。而且，那个时候周彪非法放贷的规模也不大，甚至口碑还不错。为了催债，肯定是养了那么一帮社会闲散人员。聂晓东就是周彪招募的催债人员之一。大富豪娱乐城成立后，周彪就入股经营地下赌场，玩的就是空手套白狼的把戏。赌徒输光了钱，赌场就给他们放高利贷。聂晓东就是在催债的过程中，把一个赌徒给打伤了，然后被判了刑。"

张昭听到这里，脑海里的线索似乎一下子清晰了起来。不过，还是有些拼图是缺失的。比如，周硕在这场车祸中扮演了什么样的角色？按照现在的线索看，假如沈卫国为了给儿子复仇，他应该顺着聂晓东这条线找到周彪才对，可为何偏偏找到了存在感一直不强的周硕呢？而且，目前嫌疑最大的沈卫国已经死了三年了。

张昭从派出所离开后，又专门走访了当年侦办这个案子的老刑警，并调阅了卷宗。在整个覆灭大富豪娱乐城的过程中，确实没有任何人提到过周硕。现在最麻烦的是，不能对周彪进行讯问，不然有些谜题就能解开了。

回到专案组之后，杜馨笙已经整理了一份资料放在了桌子上。张昭他们仔细看了一下，胡强东的公司是做能源和地产的，最近几年才染指了金融行业。他公司的股权，自己占百分之四十，另外的股份属于两家投资公司。一家名叫圣元金融，占百分之四十五；另外一家叫海创金融，占百分之十五。圣元投资最大的股东叫刘培能，海创投资的法人叫刘梦琴。看过刘培能的背景后，张昭顿时惊得目瞪口呆；而当他看到海创投资的法人刘梦琴的名字时，更是哑口无言。因为刘梦琴还有一个艺名，叫瑶琴。

刘培能的父亲是一个很有背景的人，不过 2012 年就去世了。他有两个儿子、一个女儿。大儿子叫刘培能，二儿子叫刘培盛。女儿现在是某中学校长。刘培盛在 2017 年 9 月因吸毒过量死亡，此前有过一次被强制戒毒的案底。看到这里，张昭隐隐觉得，那些缺失的拼图终于露出了冰山一角。

此时，江之永从胡安邦的老家回来了。张昭看他浑身上下全是泥巴，估计是拿到线索了。江之永坐下后，说道："那个地方人迹罕至，又在农田里面，万幸雨是清明前下的，脚印倒是都被保存了下来。现场有两行脚印比较可疑，我已经做了倒模。"说完，便把现场足迹的照片交给了张昭。

江之永继续说道："路上我分析了一下，现场鞋印的前脚掌和后跟花纹粗大，而且花纹边缘不封口，前掌显得大一些。这是典型的雨鞋特征。那个地方因为清明前接连下了几天的雨，农田里十分泥泞，至今都没有干透。穿雨鞋去掘墓，说明嫌疑人是做了充足准备的。另外，土葬大多都需要圈葬。当地流行用石头圈墓穴，类似用石头砌一个地下窑洞，放置棺材后，再用石板封口，并且在上面覆土。可以说，这样的墓十分坚固了。普通人单枪匹马想要掘开，其实并不容易，这人显然是有点体能和经验的。墓穴里的棺材被此人用斧头暴力破坏，骸骨的其他部分都还在棺材里，只有颅骨丢失了。

"从现场的足迹来看，步幅上显示，此人步长相对长，步宽相对窄，步角大。步态上，起落脚有力，脚底压力重，结合鞋号看，应该是一名成年男性。用鞋号和步长套用计算公式，其身高在 180 厘米左右。他的步幅、步长比中壮年短，步宽变宽，步角外展逐渐增大；从步态上看，后跟较前掌压力更重，而且面大且实，起落脚更低，挑痕逐渐加大，变为耠痕，后跟后边缘出现擦痕，且逐渐增大。所谓一步一擦，五十七八；一步一耠，五十得多；后擦前耠，七十过了。结合内外实边位置和前掌重压痕计算，此人年龄应该在 55 岁以上了。体态上，运步灵便，脚弓偏高，应该是个体型偏瘦的人。用身高减 105 的算法，体重大约在 70 公斤，来回都没有负重。不过，凭借我的经验，此人体重应该在 60 公斤左右。"

张昭听完，单从推断的数据来看，此人和沈卫国无限接近。可惜的是，沈卫国已经死了，也不知道颜素那边有没有什么奇迹出现。

第六章　瑶琴

颜素赶到沈卫国的家乡时，已经是深夜。第二天一早，她便联系当地公安部门进行了调查。沈卫国的家乡是一个只有二十多万人口的小县城，城区常住人口是七八万，主要经济来源是煤炭。沈卫国是靠小煤矿发家致富的，在县城里也算是个有头有脸的人物。很多人都知道他的死因。据县局的档案记载，沈卫国在家烧水时，因忘记关煤气灶而导致起火。在这场火灾中，他的爱人被烧伤，沈卫国为了救她而死。好在县城大多数人居住的都是独院，火灾没有连累到其他人。档案上白纸黑字记得清清楚楚，而且还有消防部门的调查记录作为佐证，这么看来，沈卫国确实已经死亡。

颜素尝试过联系沈卫国的妻子，但是一直联系不上。亲戚们说，她在老沈去世后，就搬离了县城。有人说，她在 A 市；也有人说，她在上海。这几年，并没有人见过她。另外，颜素还得知沈卫国的侄子在火灾发生前一天失踪了，至今没有找到。

正在颜素为此事头疼不已时，秦儒给她打来了电话，说周彪昨天晚上从鼎盛大厦自己的办公室坠楼身亡。现在初步判断是自杀。另外，还有一件棘手的事情，瑶琴的团队今天早上报案，说瑶琴失踪了。秦儒还说，让颜素马上回来寻找瑶琴的下落。颜素一时间脑子有点蒙，说了一句马上回去后，就挂断了电话，上车朝着 A 市出发。她知道，老赵这次算是功亏一篑。周彪一死，很多事情都无法再说清了。瑶琴是周彪团伙重要的洗钱通道，如今她失踪，秦儒不让老赵去追查而让自己去，可能是怀疑老赵那边有问题。这下，老赵的麻烦估计不小。

颜素匆匆回到 A 市，已经是傍晚时分。到了瑶琴下榻的酒店后，她看到张昭和江之永已经在那里。江之永简单跟她描述了一下案发经过。瑶琴是 S 省人，年初举办了全国巡回演唱会，这里是她的家乡，所以第二站就到了这里。演唱会是下周六晚上，地点在滨河体育馆。最近这十多天她一直在筹备排练，就住在这家酒店里。昨天早上，她突然说身体不舒服，就找来医生在酒店里给她挂点滴。大约十一点时，医生离开后，她告诉助理要睡一会，让别人不要打扰她。等到了晚上，助理敲门，竟无人回应，然后进去发现人不见了。助理给她打电话也不接，发微信也不回，等到了今天下午三点，助理跟她的公司联系后，这才报了警。

颜素问道："她带的团队有多少人住在酒店？"

江之永回道："有 30 多个，光安保就有 6 个，几乎是寸步不离地跟着她。酒店的监控，我来的时候就查过了，瑶琴居住的那一层让她的团队整个包下了。

她的安保人员为了保护她的隐私，让酒店把那一层的监控全部关掉了，所以什么监控录像都没了。酒店的其他监控里，也没看到她是如离开的。另外，她的手机就在房间里，所以定位也失去了意义。"

说到这里，江之永压低声音继续说道："我们查看瑶琴房间的时候，在卫生间的厕纸篓中找到了几根吸管和一小块铝箔。我已经让人拿回去化验了。另外，我一进入她房间，就闻到了一股麻古的味道。她的助理说，这个房间只有她一个人住。"

颜素听完，轻叹了一声。麻古是冰毒的一种，不过它的成分是甲基苯丙胺和咖啡因，有一种特殊的香气。吸食冰毒的人会掺合麻古一起吸食。如果找到了瑶琴，还得给她做一次尿检。如果检测结果呈阳性，那她的演艺生涯基本也就结束了。只不过，瑶琴的失踪发生在周彪死亡之前，事情恐怕没那么简单。

这时，张昭发来微信，让颜素他们来一趟保安室。颜素他们到了后，张昭指着大厅里的监控画面中的一个人，笃定地说道："这个人就是沈卫国。"

颜素放大了监控，发现画面里的人年龄比照片中的稍大了一些，不过五官轮廓确实和沈卫国十分接近。另外，他的左半边脸有大面积的伤疤覆盖，估计是被火烧伤的。

颜素问道："你确定吗？"

张昭点了点头，说道："我能识别的人脸部特征点是正常人的两倍。他穿着酒店后勤人员的制服，咱们去找酒店的管理人员问问就行。"

他们找到酒店的人事经理后，询问了一下情况。经理把他们带到了后厨。酒店的餐饮部是整个外包出去的。后厨的负责人向他们详细介绍了一下监控里的这个人。据此人留下的身份证复印件显示，他叫沈大贵，是后厨新招的打杂工。刚来上班，不到一个星期，不过从昨天开始就失踪了，没有请假，他们也联系不到人。后厨的人对他不是很熟悉，毕竟像这种勤杂人员流动很大。但普遍反映，他干活很利落，话很少，性格有些内向，其他的，他们也不清楚。

颜素让杜馨笙去查了沈大贵的身份信息，发现他留的身份证复印件是伪造的。于是，颜素马上让杜馨笙申请技侦手续，看看能不能通过他预留在后厨的手机号码找到他。从后厨出来后，颜素整理了一下思绪。沈适是被周彪的马仔聂晓东撞死的，现在聂晓东失踪，下落不明。昨天周彪坠楼身亡；周硕可能是周彪身后的高参；胡安邦是沈适的领导，他的儿子和背景不凡的刘家有经济牵连；瑶琴是周彪团伙的洗钱通道，也参股了胡强东的公司。这些人似乎都与当年的医科大女学生的失踪案有着微妙的联系。

假设沈卫国是为了给儿子沈适讨一个公道，那他应该先从直接撞死他儿子的肇事者聂晓东下手。所以，聂晓东的失踪应该和沈卫国有直接关系。然后，他又从聂晓东这条线找到了周彪。

周硕是第一个出现在本案的被害人。颜素觉得，大概率还是从胡安邦的身上找到了突破点。沈卫国能找到周硕，通过严刑逼供找到瑶琴也是情理之中。只不过，目前还不清楚瑶琴是怎么具体跟516宿舍的女孩扯上关系的。

如果瑶琴落到了他的手里，估计下场会和周硕差不多。此时的瑶琴不仅关系到老赵他们的案子，更关系到十多年前的女大学生失踪案。当务之急，还是得赶紧找到她。

可瑶琴这么一个大活人，竟然在六个保安的看护下失踪了。而从酒店的监控看，沈卫国从始至终都没有接触过瑶琴，甚至都没有上过瑶琴居住的楼层。这事情恐怕还得从这六个保安身上下手，多半是有内鬼。

颜素回头对江之永说道："跟秦支申请下，让预审大队派几个老骨干过来，这三十多个人得细细地讯问。"

一个小时后，预审大队队长老余亲自带队抵达了案发地。专案组内除了他们四个人有办案经验，剩下都是一帮刚上班没多久的新人，让他们跑跑腿还凑合，讯问就差多了。走访讯问是个技术活，既要学会观察对方，同时讯问人员也要有过硬的基本素质和调节自我情绪的能力。要克服急躁、焦虑、对立、畏难和惰性等情绪，并会自我调节。

面对嫌疑人，讯问者还要能准确把握对方的心理活动，做出有效的应对方案。比如，嫌疑人在畏罪、侥幸、对立、悲观和戒备的情况下，讯问者该如何处理。从试探摸底到对抗僵持，然后过渡到动摇反复，一直到对方供述，整个过程该如何把握，最后面对他的供词，还要做出甄别。能熟练处理拒供、谎供、少供、翻供、狡辩、伪装、诬陷等情况。什么时候该攻心夺气，怎么把握重点突破，什么时候又该使用避实击虚、引而不发、迂回围歼等策略，都是有讲究的。没几年实战功夫，根本练不出来。颜素希望老余他们能问出来一些门道，不然这人海茫茫，想找一个人太难了。当然，颜素他们也没有闲着，现在重点得去找瑶琴的父母亲朋，看看他们有没有知道瑶琴下落的。

他们忙忙碌碌到了深夜，走访并不顺利。瑶琴的家虽然就是 A 市的，但是亲戚们对她成名后的日常动向了解得并不多。瑶琴的父母因为前几年就移民出去了，现在暂时还联系不上。颜素在路上颠簸了一天，回到宿舍后，倒头就睡着了。江之永带着一个同事继续在寻找沈卫国妻子的下落，目前尚无进展。

清晨时分，颜素被手机铃声吵醒。她迷迷糊糊地接起来电话，听到那边事故科的同事跟她说，今天早上六点左右，他们接到了警情，在龙须沟附近的山路上发现了一辆侧翻在山沟里的越野车。车上的驾驶员已经死亡，疑似他们正在找的瑶琴。颜素听到这里，顿时清醒，赶忙打电话叫上张昭他们赶往事故现场。

到达现场的时候，交警队事故科的同事们正在工作，狭窄的村道上有一辆吊机已经就位。颜素下车后，找到了出警的小武警官。据小武介绍，他接到总台电话后，便赶到了现场。到了这里后，他立马和 120 的人下去查看是否有生还者，结果发现驾驶员已经死亡多时。从现场痕迹看，应该是遇到了交通事故，路面也有两车相撞后留下的大量碎屑和液体。不过，肇事车主已经逃走，交警队正在追查肇事车辆的信息。他们从车外的一个包里发现了一张身份证和数张银行卡。核对过外貌后，确认身份证是瑶琴的。她本身是个明星，骤然出了车祸，肯定会引起多方注意。而且，昨天他们看到了协查通报，所以立刻上报了这个案子。

颜素他们随后沿着山坡下去，在山沟里看到了事故车辆。颜素抬头看了一眼，路面距离下面的山沟有七八米的垂直高度，从上面滚下来确实很危险。玻璃碴之类的车辆碎片从山坡上一直蔓延到车旁，滚落的轨迹清晰可辨。

　　事故车辆呈侧翻状，车架中度变形，所有的车窗玻璃都已经破损。车内的安全气囊露在外面，坐在车内的人早已死亡。而且，车头变形严重，导致尸体被卡在了里面。一会儿估计还需要消防的同志们帮忙切割车辆才能把尸体取出来。

　　张昭蹲在地上观察了一眼尸体。死者面部正中的条状挫伤和挫裂创清晰可见，右下颌出现了挡风玻璃所致的浅小切创和条片状表皮剥落，是挡风玻璃框造成的碰撞伤。看到这里，张昭回头对颜素说道："她不是瑶琴。"

第七章　车祸

　　颜素心里一惊，蹲下仔细看了一眼，实在没看出来有什么不同。

　　张昭小声说道："我看过瑶琴刚出道时的照片，和她现在的样子相差很多。瑶琴整过容，这个女人也整过容，但是她们两个的面部骨架特征不一样，所以有一些细节还是能看出来一些差别。比如，她耳朵的形状和瑶琴的相差很大。"

　　颜素打开手机，仔细地观察着瑶琴的照片，果然发现照片中的耳朵与面前这个死者的相差极大。其他的不说，这个女人的耳朵偏小，而瑶琴的耳朵大而饱满。一般整容手术也不会在耳朵上动刀。颜素当即朝着张昭竖起了大拇指。这种细节，恐怕也只有他能第一时间发现。

　　张昭起身说道："让现勘组先来吧。我上去看看。"

　　顺着山坡，张昭爬到了路面上。此时，道路两侧已被封闭，但是过了这么久，没有一辆需要从此通过的车被拦下。他打开手机软件，看了一眼附近的道路情况，原来这条路是很早以前修建的，当时因为资金紧张，所以都是依山而建，道路曲折蜿蜒，不太好通行。后来，政府又重新修建了一条更好走的公路，这条路的车流也就随之变少了。

出事的路段是一个巨大的 U 字形弯道，双方会车的时候，可能存在视野盲区。如果速度很快，很容易发生交通事故。他刚才看到车辆是侧方撞击，整个车的侧面损毁严重，而车头、车尾相对完整，更多的损伤应该是车辆滚下山坡时发生的。那么，肇事车辆应该是拐弯的时候，没有发现死者的车，然后撞到了这辆车的侧面，直接将车撞下了山坡。

观察地上的刹车痕迹，被撞的车在道路上只留下了很浅的横向车轮印，应该是被撞下山坡的瞬间留下的，驾驶员在这个过程中没有采取过制动。肇事车的车轮印很短，而且距离撞击位置很近，这说明肇事者采取过制动，但是制动的距离过短，而车速又快，所以无法在很短的时间里刹车。张昭感到有些疑惑。大部分人遇到这种弯道都会习惯性减速，不然很可能会因为没有充足的转向角而导致事故。除非肇事车的目标本就不是过弯，而是撞击目标车辆，那似乎就变得合理了。

四十分钟后，现勘抵达，消防队也一起到了。等现勘采集完车内的痕迹后，消防人员才上去将车辆切割开，取出尸体。张昭和老郑对其进行了衣着检验。勘验完之后，张昭对着颜素说道："我和老郑先把尸体带回去。一会儿让老余他们问问瑶琴的团队，瑶琴是否有个跟她长得相似的替身。现在看，尸体现象就对不上。她的下颌关节和上肢尸僵已经开始缓解，而其他关节还呈现僵化的情况，死亡时间怎么也在二十四小时以上了。她是 11 日下午失踪的，就算是昨天上午出的车祸，这路上虽然偏僻，但也不是绝对没车经过，为什么今天早上六点才有人报警？另外，她因车祸造成的那些多联损伤大多都没有明显的生活反应，我高度怀疑是其死后损伤。"

颜素马上就明白了，给老余打电话说明情况。

在这个时间节点上，出现了这么一个意外事件，让案子变得越发扑朔迷离。如果死者是瑶琴，那么可能性无非是故意谋杀或者纯粹的意外。而如今死的是个跟瑶琴十分相似的人，她的手里还有瑶琴的证件，这明摆着瑶琴绝非失踪那么简单。

下午两点，江之永打来电话汇报，说是打听到了一些沈卫国妻子的线索。颜素让他先回来，她去联系当地警方找人。三点左右，老余那边查到瑶琴确实有一个替身，叫孙晓芳。刚开始作为她拍戏的裸替，后来又做她的武替，两个人合作已经有七年了。不过，这次瑶琴来 A 市开演唱会，工作人员名单里并没有她。

颜素心想，这事情就更复杂了。首先，孙晓芳出事的那个路段也不是来 A 市的必经之路，她拿着瑶琴的所有证件去那里干什么？其次，她离奇死亡，有没有可能是瑶琴一手安排的金蝉脱壳之计？如果她的死是瑶琴一手策划的，那么瑶琴是不是早就知道她已经被监控了？如果是这样，周彪突然死亡，其背后牵扯的事情可就太多了。

颜素先让孙晓芳户籍所在地的同事帮忙寻找她的父母，并采集他们的 DNA 做身份确认。同时，这边也在积极地寻找肇事车辆。让人意外的是，下午三点左右，网络上瑶琴因车祸遇难的消息不胫而走。不少娱记已经开始在市局外面打听情报。目前，瑶琴车祸的案子死者身份存疑，所以市局还未对外宣布调查结果。况且，瑶琴还涉及其他案子，基本的保密工作肯定是要做的。张昭让杜馨笙抽空去查一下舆论源头，果然不出所料——爆料瑶琴因车祸遇难的帖子的 IP 大多在国外，另外很明显能够看出来，有人在社交平台上雇用水军制造话题热搜的痕迹。他们这么做的目的无非是混淆视听，想让瑶琴的死成为既定事实。

张昭对此进行了一系列推断。假设孙晓芳的死是瑶琴策划的，那目的是什么呢？洗钱罪的重罪刑罚只是五年以上、十年以下有期徒刑，即便是意图逃脱洗钱罪责，可策划这么一场车祸反倒代价更大。另外，张昭虽然不清楚老赵对她的布控是从什么时候开始的，但想来时间不会太久。她既然有能力从酒店消失，自然也有能力摆脱老赵的监控。她有的是脱身的机会，为何一定要通过假死来脱身？她应该知道孙晓芳的尸体哄骗不了公安，毕竟现在能使用的技术手段太多了。但是，她可以利用这个来骗其他人。至于是不是想骗沈卫国，现在还不好下定论，毕竟目前专案组手里没有证据能证明沈适的死和瑶琴有直接关系。不过，沈卫国出现在那里，大概率是冲着瑶琴去的。只是专案组也不确定瑶琴是否知道沈卫国的存在。所以，张昭认为从目前掌握的线索看，瑶琴这么做大概率是想骗对她构成真正威胁的人。

颜素问道："你是说周彪身后的势力？"

张昭点头说道："温道全一直没有落网，他在粉冰案里本身就是一股处在主导地位的势力，而且一直存在。周彪团伙作为他们洗钱、投资、变现的通道，理应在这股主导势力的监督下进行。周彪的突然死亡很有可能就是这股势力导致的。"

颜素此时明白过来。只有隐藏起来的黑手才叫黑手，与其让警察全部端了，还不如早早清理门户，挽回一些损失。归根到底，还是老赵那边的计划被泄露了。而且从现在的情况看，温道全的这个团伙已经在内地布局多年，粉冰也不过是他们众多违法产品中的一个。像周彪这种洗钱通道，他们手里肯定还有很多。颜素现在很想跟老赵聊聊，问问他对瑶琴的监控情况，只是打了几次电话都不通，估计是在收拾残局，所以秦儒才会把瑶琴失踪案交给他们专案组处理。

此时，老余打来电话，给了她一个好消息。据瑶琴安保团队提供的笔录显示，正常情况下，如果瑶琴在酒店休息，安保组的人就会守住所有楼层的进出口，防止狂热的粉丝和娱记混进来。不过，在瑶琴失踪的当天，蹲守步梯口的两个安保人员曾经离岗，在隔壁房间喝酒。他们在第一轮讯问中没有说实话，主要是怕丢了工作。有意思的是，他们喝的酒是瑶琴送的。30年的珍藏汾酒，说是犒劳他们的。这几个安保人员都跟瑶琴挺长时间了，瑶琴对他们很熟悉，知道他们下班后，都会喝两口解乏。

另外，据瑶琴团队的一个工作人员透露，瑶琴有一个男朋友，名叫许安志，以前是瑶琴安保团队的。因为瑶琴身份特殊，所以这个消息一直对外封锁，团队里也没几个人知道。两人已经交往了四年多的时间，往常许安志都是寸步不离地跟着瑶琴，但是这次却没有来。瑶琴团队提供了许安志的照片，老余的一组人在调阅大堂监控时发现，在瑶琴失踪的当天下午，监控里清晰地出现了许安志的身影。进一步调查酒店监控后，老余才知道许安志在瑶琴失踪前一天入住了酒店，登记用的是别人的身份证，离开的时间是瑶琴失踪的当天下午五点十一分。他随身携带着一个巨大的行李箱，老余他们推测是运走瑶琴的主要工具。老余把许安志离开时所乘坐车辆的车牌号告诉了颜素，调查显示那是一辆套牌车。

颜素随后到监控中心去调查这辆车的下落。瑶琴日常居住的地方是 A 市比较繁华的地段，监控覆盖得比较全面。一路追查下去，她发现这辆车到了崛围山附近山路上，就失去了踪迹。颜素打电话跟崛围山附近的派出所打听了一下情况，那里因为有一个旅游区，所以情况比较复杂——地广人稀，植被茂密，岔路繁多。而且，那辆车是 11 日出现在崛围山的，今天已经是 13 日了，大概率已经离开崛围山一带了。时间已经是晚上，走访比较困难，他们表示只能顺着那辆车进入的方向碰碰运气。颜素表示万分感谢。

颜素抽出来时间，去查了查这个许安志，这才发现这小伙不简单。许安志是本省 C 市人，只有中专学历。从他们当地派出所查到的资料看，他有过故意伤人的案底，除此之外，还有数次吸毒并且被强戒的前科。有过服刑经历，他留在瑶琴公司的简历就"光鲜亮丽"不少。至于他们两个是如何相识并且走到一起的，现在众说纷纭，已经无法辨别真伪。另外，瑶琴已经失踪两天，这两天的时间足够她从 S 省跑到海边。如果她想偷渡离开，十有八九已经走了。此时，崛围山派出所打来电话，他们找到了可疑车辆。

第八章　解谜

　　颜素他们带着特警队小心翼翼地靠近了嫌疑车辆。这里是崛围山庄头村附近，位于崛围山风景区内，村里百姓大多以务农和经营农家乐为生。庄头村外围有几栋私人别墅，听当地派出所的民警介绍，这些别墅都是村民的自建房，后来被人买走改建成了现在的模样。一年到头，也没见里面有人居住。他们是顺着村里道路巡查的时候，看到了这辆车。因为是晚上，别墅里竟然亮着灯，估计里面有人，所以赶忙上报了。

　　部署了一下计划后，特警小组分成了两队绕到了别墅的前后门。一声令下，他们直接撞开大门冲了进去。进入别墅内，颜素不由得皱了皱眉。别墅的客厅里一片狼藉，原先覆盖在家具上的遮灰布都被扯到了地上。花瓶等装饰物碎了一地。地上有零星的血迹，顺着这些血迹，颜素他们上到了别墅的二层，在通向阳台的一间卧室内，发现了许安志的尸体。

　　张昭蹲下，仔细地观察了一下尸体。他额头部位血肉模糊，创口边缘是较宽的擦伤，创底可见颅骨的骨折线，创腔左外下段有组织间桥，是典型的钝器击打伤，凶器应该带有棱角，但现场并没有看到类似的工具。从墙上的抛甩型血迹判断，这里就是死亡现场。死者的另外一处创口在腹部，刺口呈菱形，两创角呈现锐角。从外面看，创缘齐整，刺创管很深，但是没有完全贯穿人体。张昭推测，凶器应该是一把双刃匕首。从受伤部位看，这一刀并没有直接致其死亡，致命伤应该是头部的钝器打击所致。

　　一个小时后，勘验组抵达现场，开始工作。又过了一个小时，张昭和江之永各自汇总了一下先前勘验得到的信息。按照江之永的说法，现场因为常年没有人居住，地面上积灰严重，虽然进入的特警造成了部分干扰，不过足迹基本都被保留了下来。所以，能够判断案发时应该至少有四个人的脚印。其中一组脚印和许安志的鞋底花纹吻合。另外三组中，其中一组鞋号偏小。在别墅的后院围墙外，他们捡到了一只旅游鞋，鞋底花纹和这一组吻合。从鞋号推测身高，进而判断，这只鞋应该是瑶琴的。

第三组足迹发现的初始点在别墅后院的围墙外。那里原本是一片花圃，不过因为长时间没有人打理，花草都枯死了。泥泞的足迹一直延伸到了后院厨房的后窗位置。后窗的不锈钢防盗网被暴力破坏，后窗的窗户也是开着的。从窗框上的灰尘减层痕迹看，他是从这里进入了厨房，然后从厨房进入客厅，靠着边径直上了二楼。这个人的脚印模型和步态轨迹跟挖掘胡安邦坟墓的人很接近。用足迹步法定量化检验，分析步长、步角和步宽，此人高度疑似沈卫国。

第四组足迹的活动范围很小，不过在现场遗留痕迹最多，而且十分明显，初始出现点在别墅大门口。从许安志在现场遗留的血迹看，他应该是在大门口受的伤，那里出现了零星的滴落型血迹。滴落型血迹和水滴形态差不多，在主体移动的过程中，滴落型血迹会出现方向性。从大门处的足迹简单推测，许安志在打开门的一瞬间遭到了偷袭，伤口应该就是腹部的刺创。两个人在客厅进行了短暂的对峙，导致客厅的花瓶等物品被破坏。随后，许安志迅速逃向二楼。所以，地面上的血迹相对较少。从两个人的站位看，许安志当时是有时间躲进厨房的，可是他选择了去二楼，可能是因为瑶琴当时在二楼。这个人随后也追了上去，两个人在二楼主卧展开了殊死搏斗。

二楼主卧地面的血迹斑驳，而且被反复踩踏过。不过，可以推测，许安志到主卧找到了瑶琴，然后锁上了二楼主卧大门。尾随而来的杀手强行踹开了大门，所以卧室的门上有他清晰的脚印。这里也是足迹出现最多的地方。四个人都在这里活动过。因为案发现场被破坏，已经很难完全复原当时的具体情况。之后从足迹朝向上看，疑似瑶琴和沈卫国从主卧冲了出来径直下了楼，然后从后门离开了。因为瑶琴脚上沾染了血迹，所以很好判断。在逃命过程中，她还跑丢了一只鞋。通过对现场多点血迹进行 ABO 血型抗原检测，暂时没有检出第二种血型。所以可以判断，除了许安志外，暂时没有人受伤。只不过，痕迹组在后门门框上找到了一个弹孔，弹头已经被他们带回进行弹道分析。所以现在看，剩下的三人中可能有一个人有枪，而且多半是杀害许安志的凶手所持。

江之永从足迹上推断：用这个凶手的鞋号计算，他的身高应该在176厘米左右；他的运步比较稳重，后压较重，前压较轻，蹬、挖痕迹不多，擦痕明显，但是不多；抬、挑较少，步长比较长，推算年龄应该在30岁到40岁之间；另外，他运步灵活，体型应该偏瘦。

张昭结合许安志的肛温以及尸体现场，推测死亡时间在昨天晚上七点二十分左右。从卧室墙上的抛甩型血迹以及地上的转移型血迹分析，许安志在遭受致命伤之前，和凶手有过激烈的搏斗，插在他身上的匕首是在那个时候被拔出来的。遭受致命伤的时候，他的身位较低，呈现跪姿。并且，在其死亡后，仍旧被凶手拖行了一段距离，于是造成了转移型血迹出现。这说明，许安志大概率是在用自己的殊死搏斗来拖延凶手的行动，给瑶琴制造了逃生的条件。

这座别墅里发生的事情差不多搞清楚了。螳螂捕蝉，黄雀在后，估计瑶琴如今在沈卫国手里，这也实在不算什么好消息。颜素已经亲自去查过了附近的监控，庄头村在崛围山风景区内，所以景区和公安都有监控探头。本身崛围山也不是什么很有名的景区，下午游人稀少，警方结合许安志的死亡时间很容易就找到了杀手所乘的那辆车。只不过，车内通过三处监控判断，一共有两个人。沈卫国比较特殊，他其实在瑶琴失踪的当天下午，也就是11日晚上，就一路尾随瑶琴到了崛围山，交通工具是一辆摩托车。

监控显示，许安志带着瑶琴在11日进入崛围山的时候，并非只有他们两个人，而是三辆车，总共八个人。不过，警方在监控里并未看到孙晓芳。这一行人在崛围山的别墅里待了整整一天，到了13日凌晨两点，三辆车才全部离开。孙晓芳的车祸是在13日早上被发现的。那么，时间上也隐隐对上了。昨天上午十点左右，三辆车全部返回崛围山。下午六点左右，其中有两辆车离开了崛围山，别墅里此时应该只剩下瑶琴和许安志。

得知行凶者有两个人后，颜素马上呼叫了增援。如果对方只有一个人，沈卫国和瑶琴大概率能逃走。别墅的勘验结果显示，对方有一个人始终没有进入别墅，多半是在外把风。从这种布置看，这个双人团伙显然有一定的作案经验，而且手持枪械，沈卫国和瑶琴能否顺利逃生还是个未知数。监控里没有显示沈卫国他们是如何离开的。颜素跟附近的派出所了解情况后，才知道张庄村有数条山路通向外界，而且都没有监控覆盖。

凌晨五点左右，增援赶到。大家以别墅为中心开始向四周搜索走访，希望能找到沈卫国和瑶琴的下落。早上六点四十左右，搜寻人员在距离张庄村十多里外的一处野山坡上发现了搏斗过的痕迹，同时也发现了沈卫国的摩托车。颜素他们赶了过去，下车一看到现场，就倒吸了一口凉气。这里是一处农田，地势开阔，春耕才开始，庄稼也没有冒头，所以被破坏的痕迹格外显眼。

沈卫国的摩托车倒在距离田埂五六米的位置，看样子是受到了撞击，车架整个都变形了，摩托车的零件散落了一地。现场能够看到有车辆的前保险杠碎片，可见撞击的时候有多凶险。地上只有一具尸体，初步判断是两个杀手之一，这点颇让人意外。杀手的致命伤是咽喉处的锐器伤，凶器还留在尸体上，是一把三菱刺刀。

江之永带着警犬中队向外搜索，顺着其中一行杀手的足迹，一路追踪到了十多里外的公路上，足迹便消失了。至于沈卫国和瑶琴，则下落不明。颜素让杜馨笙去查沿路的监控，看看能不能找到两人的去向。他们的那辆车被撞击过，应该很好辨认。

上午九点左右，汾河二库的派出所传来了消息，那辆车在汾河二库的下游被找到了。不过，车头朝下泡在水里，车上没有人。张昭他们赶过去看了一下，从车辆的运动轨迹推测，这辆车是驾驶员故意开到河里打算隐匿踪迹的，可能是他们觉得这里的水够深，结果没想到最近是枯水期，水位下降得厉害，所以车并没有完全被淹没。颜素带人朝着四周展开了搜寻，一直到了晚上，也没有找到沈卫国和瑶琴两人的影踪。用张昭的话说，沈卫国是个上过战场的百战老兵，他虽然身体机能下降了，但是从血与火磨炼出来的经验还在，他那套反追踪技术对付他们绰绰有余。想要正面找到他的希望不太大，如今还是抓紧时间看看能不能从他妻子身上挖出点东西来。

第九章　小豆子

一连两天一晃而过。DNA 检测结果已经出来，车祸死亡的被害人确认是孙晓芳。经过全面解剖，意外发现，她是中毒身亡。警方通过对从崛围山获取的其他涉案人员的车辆展开追查，目前参与制造车祸的帮凶已经有一人落网，其余人员正在追逃中。根据该团伙成员交代，他们的头目叫王超，主要在四川活动。许安志给了王超两百万作为报酬，让他们负责制造这起车祸。孙晓芳是他们绑架的，但人是许安志杀的。杀死孙晓芳后，王超带人布置了现场，人为地制造车祸来进行伪装。计划成功后，他们在 13 日下午拿到了后续酬金，便跟许安志分开了。

警方终于联系上了瑶琴的父母，他们正在回国的路上。通过电话沟通得知，他们因为这些年和瑶琴聚少离多，对她的情况了解并不多。秦儒抽调了一千多名警力对水库进行了全面的搜索，但是依旧没有找到沈卫国和瑶琴的任何线索。

沈卫国的妻子这条线也有了眉目，她叫赵红霞。在申请了技侦配合之后，昨天在外地警方的协助下找到了她。在确认了她的最后位置后，颜素带着组员乘坐动车直奔一千多公里外的沿海城市。见到赵红霞的时候，颜素他们颇为诧异。彼时的赵红霞正在一家沿街的小餐馆里忙碌着，尽管她的身段稍显臃肿，不过气质依旧。做背景调查的时候，颜素了解到，赵红霞是有中专学历的。在那个特殊的年代，中专文凭相当于现在的大学文凭。她中专毕业后，就去了土地局，也就是现在的国土资源局上班。后来跟着沈卫国转业回来，上了两年班后就开始下海创业。赵红霞也就在那个时候辞去了工作，跟丈夫一起拼搏。他们将一家小饭店慢慢经营成了大饭店，有了原始资金后，沈卫国承包小煤矿发了财。后来，国家整合小煤矿，沈卫国便拿了赔偿款，加上他们之前积累起来的财富，其实早就财务自由了。

眼前的这家小饭店叫红霞饭店，这和他们创业时开的小饭店是同一个名字。赵红霞看到颜素他们穿着警服进来后，先愣了一下，然后仔细看了看颜素胸口的警号说道："警察一般是不穿着制服来饭店吃饭的，看你们的警号，咱们又是老乡，你们是来找我的吧？"

颜素点了点头，没等颜素说话，赵红霞就说道："都这会儿了，大老远能找到这里来，估摸着你们应该没吃饭。我想留你们在这里吃两口，怕是你们工作纪律也不允许。这对门有家米线很不错，你们先去吃饭。我这里还有半个小时才打烊，这些伙计跟我干了快两年，等会儿饭店歇业了，我就把工资先给人家结清了。我知道，我这跟你们一走，怕是回不来了。你们放心，我不会跑。我都这把岁数了，还跑个什么劲儿？"

颜素犹豫了一下后，带着人从饭店出去了。赵红霞为了让他们安心吃饭，直接带着他们去了对门的米线店。看着他们吃完，才转身回到了饭店。到了十二点，赵红霞果然给店里的伙计支付了工资，遣散了所有员工。这才坦然地走到颜素他们面前，伸出了双手说道："谢谢你们。你们来找我，一定是老沈出事了。我愿意配合你们。"

颜素将她带到了准备好的审讯室里。面对颜素他们，赵红霞显得十分坦然。等颜素走完程序后，赵红霞问道："你们抓住老沈了？"

颜素摇了摇头说道："目前还没有。"

赵红霞长叹了一声，喃喃说道："小豆子已经走了快二十年了。人都说，时间总会抹平一切伤痛。可这件事让我们两口子一辈子意难平。你说，辛辛苦苦拉扯大的孩了，有一天突然就没了。小豆子出生的时候，老沈在外面打仗。

孩子四岁了，他才转业回来。可能是心里对家庭有亏欠，所以他对儿子格外宠溺。我和老沈花费了好多年才从这件事的伤痛里挣扎出来。那个时候实行计划生育，所以我生下小豆子就结扎了，也就没了再生育的可能。我也劝过他，不行的话，我们领养一个孩子。可是，老沈心里过不了这道坎。他倒是资助了不少孩子。这些年赚的钱，他绝大部分都捐了。我甚至劝他，不行，我们就离婚，你再娶一个也行。他不愿意，非要把自己逼到绝路上。"

颜素说道："我们查到，沈适当年的车祸可能是被人设计的。"

赵红霞点点头，然后说道："小豆子大学毕业后，就去了报社上班。其实我和老沈都不愿意他去 A 市上班。老沈在我们县多少也是个有头有脸的人，那些年也积攒下了一些家当，以孩子的能力和我们的社会人脉，给他在县里谋一个工作其实不难。我们希望他能留在我们身边，平平安安、稳稳当当地度过一生。可这孩子可能是从小受到了老沈的影响，骨子里是一个特别执拗，而且富有正义感的人。所以，他立志要去做一个调查记者。儿大不由爹娘，最后也就如了他的愿。

"知道儿子出事走了，我们当时真的跟天塌了一样，对很多事情其实都没有细究。一周后，我们在和警察的沟通过程中，才对肇事者有了一些了解——一个小混混，地痞流氓，撞死了人。不过，老沈当时就觉得有问题。可是孩子那会儿跟我们离得远，我们也不知道他每天都在干什么。所以，我们是一点头绪也没有。你们警察经过调查，最后认定这是一起普通的交通肇事案，我们也就只能接受这个事实。不过，老沈却一直对这起车祸有疑惑。他去找胡安邦谈过话，我虽然不知道他们具体谈了什么，可老沈回来后就固执地认为胡安邦一定有问题。从那时候开始，老沈就一直盯着胡安邦。我们虽然有点钱，但说到底也只是普通老百姓，也查不什么东西来。所以时间一久，事情也就不了了之了。"

颜素问道："那后来呢？"

赵红霞继续说道："小豆子有个从小玩到大的发小，我们都叫他小钱。四年前国庆前夕，他需要一大笔钱给孩子治病。因为县城很小，我们两家人其实都认识。老沈听说后，就给那孩子送去了五万块钱，又托关系给他孩子联系上了北京的一家专科医院。晚上聊天的时候，就聊起了小豆子。他们两个人小时候都很淘气，闯了不少祸。有些糗事，我和老沈都不知道。小钱说，他们上了大学后虽然不在一个地方，但是两个人都喜欢玩网络游戏，所以平时联络比较多。大学毕业后，虽然各忙各的，但一起玩游戏这个爱好却没有中断过。后来，小钱说小豆子虽然走了，但小豆子当年玩游戏的账号他还一直留着。偶尔也会上他的号去看看。

"老沈对小豆子留下的所有东西都视若珍宝，所以就问小钱能不能把那个账号给他。小钱说，这本就是小豆子的，就把账号和密码告诉了我们。没想到就是这个游戏账号，让老沈发现了小豆子车祸的秘密。

"那个账号是一个邮箱地址。老沈偶然间登录这个邮箱的时候，发现密码和游戏账号密码是一样的。后来，我们发现这个邮箱也是小豆子的工作邮箱。就在2003年小豆子出车祸的两天前，他用这个邮箱给胡安邦发过一个采访稿的初稿，里面的内容触目惊心，主要是大富豪娱乐城逼迫女大学生贩毒、陪赌、性贿赂的一些黑幕。早在小豆子车祸案庭审的时候，我们就知道肇事者聂晓东是大富豪娱乐城的员工，所以小豆子当年车祸案的真相就浮出了水面。现在想想，如果当时老沈和我能冷静一点就好了。然而，当时我们都做出了一个错误的决定，就是没有马上报警。老沈认为，胡安邦是知道当年的真相的。老沈担心单凭这一篇电子采访稿，没有照片、录音、签名，甚至连作者署名都没有，很难作为直接证据给小豆子的车祸案翻案，弄不好还会给我们带来灭顶之灾。所以，他想找到胡安邦拿到铁证。其实出发之前，我们就想到了胡安邦跟大富豪娱乐城那些人可能是一伙的。不过，老沈认为大富豪娱乐城已经被捣毁多年，即便有残余势力，经过这么多年，也应该早就没什么威胁性了。如今，我们手里有胡安邦的把柄，不愁他不配合。结果，我们还是大意了。"

说到这里，赵红霞将袖子撸了起来，颜素看到她胳膊上有一片触目惊心的烫伤。赵红霞接着说道："胡安邦当时已经开始接受化疗。我们找到他也花费了许多时间。胡安邦看到这些证据后，倒是很大方地承认，他确实看过这篇采访稿的初稿。但沈适很快就出了车祸，这篇稿子因为缺少一些关键证据，所以就没有被曝光出来。不过，他愿意帮助我们为沈适的车祸案翻案，只不过他此时的身体状况不太好。等这次化疗结束后，他会亲手准备一些材料交给我们。我和老沈那个时候真的是太单纯了，竟相信了他的话。结果第二天下午，老沈的侄子在回家的路上就莫名其妙地失踪了。我跟老沈听说后，马上开车往回赶，路上老沈就说有人在跟踪我们。我还不相信，结果老沈用了一点小手段，对方就暴露了。老沈考虑到我的安全，就没有追赶对方。

"到了他弟弟家，跟警察了解完情况，我们就回家休息了。这时我们才发现，小豆子的邮箱被人盗了，里面的邮件全部被清空了。夜里十一点，楼下就烧起了大火。老沈在转业前是个老兵，虽然年龄大了，但是比我会处理这种危险场面。他一路护送我出来，结果我们刚逃到院子里，就遭到了陌生人的伏击。老沈在搏斗中，将对方杀死。我当时被吓得六神无主。老沈将对方的尸体扔到了火里后，就对我说，我们惹上了不能惹的人，小豆子的命就是这么没的。即便现在报警，也保证不了我们的安全，更何况我们手里什么证据都没了。当务之急，还是得先保证自己的安全。他说我一个女流之辈，不容易引起对方的警惕。只要他消失了，我或许就能脱身，而他也可以利用这一点麻痹对方。于是，他就教我一会儿怎么跟警察说谎。

"后来消防队和警察都来了，我按照他教我的说了一遍。因为那具尸体已经被烧得面目全非，所以就侥幸骗了过去。我后来在医院接受治疗时，老沈还偷偷来见过我一面。他跟我说，事已至此，开弓没有回头箭，不揪出这帮人，我们这辈子都不得安生。他见我有些犹豫，竟然给我跪下了，说他这辈子腰杆子直，从来没求过人。当年在战场上跟敌人打了他三天三夜，他都没下跪过。他求我成全他，就当他已经死了。我知道，老沈不是为了他自己，虽然心里一万个不愿意，但那个时候我们也没别的选择了。出院后，我给老沈办了葬礼，然后就离开了县城。这么多年，我们再也没有联系过。"

颜素听完，内心不由得长叹了一声。颜素知道，赵红霞是个外表看着柔弱，内心却无比坚强的人。她虽然可能不认同沈卫国极端的做法，但是一定不会拖他的后腿。毕竟是共患难又相濡以沫这么多年的夫妻，所以想从她嘴里问出来沈卫国的下落，恐怕是不可能了。而且，颜素觉得赵红霞不像是在撒谎。颜素随后跟她要到了当年采访稿的音频内容，大家仔细听完后，都沉默了。之前大家都想不通瑶琴是怎么跟当年的大学生失踪案扯上关系的，现在所有的谜题都解开了。

被采访人是 516 宿舍的刘悦溪和夏蕊。然而，事情的起因却不是她们两个人，而是六个女孩中最后一个失踪的李妍。采访稿上说，李妍是个性格外向的姑娘，在一次学校联谊活动中，她认识了煤炭学院的师姐瑶琴。那个时候，瑶琴还没有参加选秀节目。而李妍那个时候是一个单纯可爱的女孩，完全不懂社会的险恶。她当时只是羡慕瑶琴身上那种叛逆和洒脱的气质。而瑶琴能够在选秀节目中脱颖而出，也正是得益于这种气质。这对于李妍这种乖乖女来说，自然是有一定吸引力的。

而接下来的事情就开始不受控制。李妍在一次和瑶琴的聚餐中多喝了几杯，后被一个姓黄的小混混给强奸了。瑶琴不仅知道这件事，而且还用 DV 拍摄下了整个过程。至于瑶琴是怎么跟那些有黑社会背景的人有联系的，这两个女学生也不太清楚。不过，从后面的接触看下来，瑶琴应该也是受他们控制的，只不过其地位比她们稍高一些。接下来，李妍身不由己地把她们整个宿舍都拖下了水。采用的手段就是威逼利诱，威胁她们去做各种见不得光的事情，其中最主要的就是参与大富豪夜总会的性贿赂。除此之外，从沈适的采访计划看，他已经给了夏蕊一套针孔摄像机，并且明确标注已经拿到了录像和录音。

颜素并不怀疑这篇采访稿的真实性，这或许正是沈适被杀的直接原因之一。至于泄密的是不是胡安邦还未可知，但是胡安邦确实从这里面得到了莫大的好处。沈卫国夫妇的确犯了一个致命的错误，如果他们发现这篇采访稿的时候，第一时间选择报警，或许之后的种种悲剧都是可以避免的。毕竟当年的女大学生失踪案一直没有线索，单凭这一点线索已经足够引起各级公安的重视了。而沈适死后，516宿舍就上演了灵异事件。现在看，一定是对方为了彻底毁灭证据，将那些女孩都灭口了。至于李妍为何第二年才失踪，这恐怕只有瑶琴才知道了。

从审讯室出来后，颜素一时间有些迷茫。秦儒已经把能使用的手段都用了，但是到目前为止，还是没有沈卫国和瑶琴的任何消息。赵红霞这条路如今看也走不通，一时间竟不知道该如何下手。张昭在一旁说道："沈卫国不是个有勇无谋的人，从他布局失踪，然后到医科大制造舆论话题的手段看，他也不是想杀几个人泄愤那么简单。依我看，他的目的是想给儿子翻案。瑶琴作为给他儿子洗冤的重要人证，我判断暂时应该没有生命危险。从我们手里现在掌握的线索看：胡安邦是沈适的领导，他要么扮演泄密者，要么扮演保密者；瑶琴是沈适的调查对象；周硕在这个案子里的身份不明，不过从老赵那里了解到的信息看，他应该在某种程度参与了制造沈适的车祸；聂晓东是行凶人。你没发现在这个利益链条里，少了一个重要的角色吗？"

颜素问道："周彪？"

张昭摇头道："大富豪娱乐城身后的保护伞。"

颜素马上明白了过来。大富豪娱乐城身后的保护伞并没有在其覆灭的时候受到清算。周彪出狱后的发迹史疑点重重，胡安邦升迁里的猫腻就更加明显了。瑶琴作为亲历者，应该知道那些见不得光的人都是谁。不出意外，周彪或是周硕给他们提供了这样的违法服务，等于是拿到了这些保护伞的把柄。而这些人同样也是这个利益链条上的一环。

张昭继续说道："沈卫国一方面在制造舆论，一方面在搜集证据。仔细想想，这个人的格局其实很大。他不是单纯搞法外制裁。他搞医科大灵异事件的目的，就是想一步步地引导或者逼迫我们去重启旧案，而且是定向地喂给我们线索。他如果只是单纯想杀人，以他的策划能力和动手能力，这些人早就死了好几遍了。如果你们是他，在拿到了瑶琴这个关键证据之后，你们会做什么？"

颜素这才恍然大悟。

张昭抬头盯着漆黑的夜空说道："迟来的正义，或许也算是正义吧。"

第十章　结局

指挥车外春光明媚，远远地望去，校园内的柳树已经有了一抹绿色。颜素他们在校园里已经盯梢三天了。专案组的组员伪装成大学生每天都盯着校园的几个主要出入口。另外，在学校的配合下，他们加强了对进出车辆的盘查和管控，现在就是在等沈卫国露面。

其实关于是主动出击还是守株待兔，专案组内部一直有很大的分歧。颜素主张主动出击，从大富豪娱乐城背后的保护伞查起。虽然时隔这么多年，但只要工作做得细，不愁找不到他们。锁定了他们之后，就一定能找到沈卫国，只不过这个计划也是有风险的。因为从沈卫国谨慎的做事风格看，一旦错失战机，他们马上就会陷入被动。张昭认为，最稳妥的办法还是守株待兔。沈卫国为了给儿子翻案，策划了两起灵异事件，那么在揭露真相的这个关键点上，他一定还会搞出一个前所未有的大动作来引发关注。并且，他早就将自己的生死置之度外，不排除他会采用十分偏激的手段，虽然概率很小，但是一旦实施成功，后果将是灾难性的。最要命的是，现在没有人知道他会使用什么手段。所以张昭认为，与其来回奔波寻找战机，不如守株待兔比较稳妥。只不过，张昭的方案风险也很大。万一沈卫国没有选择医科大作为目标，那一切都无从谈起。

秦儒犹豫良久后，最终选择了张昭的方案，因为接下来的 4 月 23 日是医科大建校百年的校庆日。晚上八点，学校广场会有校庆晚会。届时，一些重要领导和国内主要媒体的相关人员都会来参加。这对于沈卫国来说，可谓天赐良机。第一，这样的大型活动参与人员众多，沈卫国有的是浑水摸鱼的机会。第二，瑶琴在他的手里，他相当于是拿到了最后一块拼图，而且有充足的准备时间。而秦儒选择这一方案，最重要的一点是，他们没有那么多时间去查大富豪娱乐城身后的保护伞，这不是公安一个部门就能办理的案子。

颜素他们这边一直盯着校庆会场，沈卫国却一直没有出现过。杜馨笙他们和技侦也对学校内网以及移动信号、不明信号进行了监控。张昭让颜素多留意晚会的影音组，所以她很早就拿到了相关人员名单。经过了一遍核查，这些人的身份背景都没有问题。为了保险起见，颜素让江之永带着一组人安插到了晚会的筹备组和后勤组里。除此以外，颜素还安插了一些人进入了执勤的巡防队和安保队伍。整个校庆会场都密密麻麻地布下了天罗地网，只要沈卫国一露面，马上就能将他抓捕。此时，晚会已经进入最后的准备阶段，下午一点左右会进行最后一次带妆彩排，然后就是晚上八点的正式演出。

颜素此时有些惴惴不安。这是和沈卫国的第一次正面交锋，她心里清楚，沈卫国肯定不会在达到目前自投罗网。他应该也料到了，警方一定会抓住这个千载难逢的机会试图将他抓获。所以，他会使用什么手段来干扰他们，颜素心里也没底。虽然秦儒上报了一些紧急情况的预案，但是这种大型活动倘若发生意外，其他的不说，一旦造成慌乱，发生踩踏事故，后果都不堪设想。所以，对执行抓捕的颜素他们来说，没有任何退路可言。

时间在一分一秒地流逝，眼看到了晚上六点半，还是一点动静也没有。带妆彩排已经结束，演员们开始陆续退场吃饭休息，各家媒体也已经开始进入场地调试设备。晚会的后勤组开始进行最后的设备检查维护，学生们也开始陆陆续续进场。会场内开始渐渐热闹起来，而公安的指挥车内却十分安静。沈卫国此时就像一颗定时炸弹，你不知道他什么时候出现，所有人都在承受着前所未有的压力。

晚上七点刚过，杜馨笙小组汇报，刚才学校的内网遭到了不明黑客的病毒攻击，他们正在找寻攻击的 IP 地址，对其进行反追踪。颜素知道，决战开始了。

她马上让所有监控组的人提高警惕。因为是内网受攻击，所以攻击源一般就在学校的局域网内部。很快，杜馨笙他们就找到了对方的大概位置。机动抓捕小组悄悄摸过去后，看到在阶梯教室内的弱电箱里，插着一台笔记本电脑，人已经不知去向。翻看监控后，才发现是一个年轻人，抓捕小组马上追了上去。小伙子还没出校门，就被便衣给按倒在了地上。经过简单审讯，得知委托他的就是本地人。他是从网络上看到的这个工作信息，对方给的报酬很高，所以他就心动了。上一次内网被攻击就是他做的，这次对方给他的任务也一样。颜素他们找到了笔记本电脑里预先准备好的视频后，才发现和上次的灵异视频一模一样。看来，这可能只是前奏。

经过这个黑客一折腾，时间已经到了七点四十分。晚会进入了倒计时。颜素知道，如果沈卫国要出招，现在应该开始了。果然刚过了两分钟，学校南门监控组就在对讲机里说道："瑶琴出现了。"

张昭和颜素不由得对视了一眼，瑶琴这个时候出现，一定是沈卫国用来声东击西的。张昭说道："我在这里盯着，你快去。他这个时候放瑶琴出来，一定有后招。你小心一点。"

颜素马上往南门赶去。

考虑到今晚的特殊性，为了不引发骚乱，他们早早就准备了电动车作为交通工具。当颜素赶到南门时，晚会已经开始了。学校的广播里传来了主持人热情洋溢的开幕词。南门外此时也是人头攒动，附近的居民和其他学校的学生知道今晚医科大有晚会，虽然没有坐席，也都纷纷赶来观看。

此时，瑶琴就站在学校南门正门口。她裹着一件男款的蓝色运动衣，神色慌张，手足无措，不停地抽泣着。她因为没有化妆，光线也不好，所以暂时还没有被人认出来。颜素让抓捕组布控好了之后，她悄悄靠近了瑶琴。两人对视一眼后，颜素悄悄亮明了身份。

瑶琴顿时泪如雨下，慌乱地说道："你们是警察，那太好了。求求你们救救我，救救我。"

刚说完，她就拉开了外套的拉链，身上捆满了炸药。颜素顿时倒吸了一口凉气，马上让身边的同事疏散人群。围观的群众看到她身上的炸药后，顿时乱作一团。万幸，监控组和抓捕组以及机动组就在附近，他们迅速有序撤离人群，并未让意外发生。

颜素试图让瑶琴冷静下来，但是她的精神已经崩溃了，她跪倒在地上，号啕大哭。颜素马上让人去调集拆弹组过来。面对不可控的风险，颜素他们做好了应急预案，拆弹组就在附近待命。他们穿好装备后，迅速靠近瑶琴，去检查她身上的炸弹。颜素还没有等到检查结果出来，就听到对讲机里有人喊道："北门有情况。"

颜素来不及多想，赶忙朝着北门而去。半路上，对讲机里有人接着喊道："颜队，沈卫国在东门现身了。"

此时，颜素突然停下了脚步，心里涌起一股不祥的预感。沈卫国为什么没有出现在晚会现场？只是，现在她已经顾不得那么多了。秦儒此时已经带人接近了北门，颜素选择直接赶往东门。到了东门的时候，已经又过去了十多分钟。这时，颜素在对讲机里听到拆弹组的同事汇报："目标身上的爆炸物确认是假的，没有威胁。已经成功拆除。"

颜素此时已经看到了沈卫国。她从车上翻身下来后，沈卫国也看到了她。于是，他直接举起了双手，然后双手抱头跪倒在地。颜素和东门机动组的人迅速靠了上去，然后一名特警马上将沈卫国按倒，搜完身后，给他戴上了手铐。沈卫国从头到尾都没有反抗。

他一脸从容地说道："放心，我没打算伤害任何一个无辜的人。我只想把沈适没做完的事情做完。"

颜素马上对着对讲机问道："江之永，江之永，舞台那边有什么情况？"

江之永回答道："暂时没发现。"

颜素不解地看着沈卫国。他选择这个时间段来自首，无非是出于这样的考虑：首先，百分之百确定他的计划已经成功了，才会现身；其次，是制造混乱，声东击西。只是，她还没想到沈卫国是如何实施他的计划的。此时，颜素听到转播校庆晚会的广播里传来了沈卫国的声音："我叫沈卫国。2003 年，我的儿子沈适在采访完 516 宿舍女生之后，离奇死亡。经过十多年的追凶和调查，我现在将 516 事件的真相公布于众。希望沈适在天之灵能得到安息。希望 516 宿舍全部遇难的女学生的死亡真相大白于天下。希望政府能够严惩真凶……"

此时，颜素听到了瑶琴的声音。

"我叫刘梦琴，艺名瑶琴。我现在实名举报……"

江之永用对讲机对颜素说道："他们在晚会现场对面的图书馆楼里安装了一台工业投影仪，影像投射在科教楼的一面墙上。等于是现场直播了。这招可玩得太高明了。我们的人正在撞门，应该能马上实施抓捕。"

杜馨笙此时也汇报道："刚才广播站的系统遭到了入侵，我们已经查到了 IP。抓捕小组正在赶去的路上。"

颜素长叹了一声，知道今天的行动算是彻底失败了，但是她的内心反而没有多少挫败感。她抬头对着沈卫国问道："你完全可以把证据交给我们。沈适和 516 宿舍女孩的死因，我们一样能够查清楚。你这又是何必呢？"

沈卫国平静地说道："你们理解不了失去孩子后的那种痛，就像是被万箭穿心。他们死得无声无息，真相大白的时候，理应有人替他们大声喊出来。我没有使用极端手段去复仇，不是我不能，而是我仍然相信，这个世界是有正义和良知的。但是，正义和良知从不会自动降临。"

颜素听到这里，一时间竟无言以对。

第二天下午，张昭他们根据瑶琴提供的线索，在崛围山东麓山林里挖掘到了六具骸骨。初步判断，六具白骨均为女性，其他信息需要带回去进一步勘测才能得出结果。不过有瑶琴的供词，基本可以判断，这六具骸骨就是 516 宿舍失踪的那六个女孩。按照瑶琴的供述，沈适的死主要是因为李妍的泄密，而不是胡安邦。胡安邦只是后来隐瞒了沈适采访的真相，并以此为把柄换来了他仕途的升迁。夏蕊和刘悦溪接受采访的时候，李妍就在现场，所以她知道具体情况。李妍虽然惧怕瑶琴他们，但是更惧怕真相被公开后，她没有办法面对以后的生活。所以，这可能是她选择向瑶琴告密的原因。瑶琴得知后，又泄露给了周硕。这才直接导致沈适被杀。至于沈适是怎么找到她们的，成了无解之谜。这也是周硕团伙当时没有将李妍一并杀害的主要原因。516灵异事件是周硕当时雇用了一批人在网络上造谣形成的。后来，警方一直盯着516宿舍失踪案不放，周硕担心李妍承受不住压力崩溃，所以就制造了一出灵异事件来混淆视听。李妍是个胆小又懦弱的姑娘，而且后来因为吸毒经常神志恍惚，她根本就没意识到周硕想要干什么。

按照瑶琴的描述，周硕是个比较特殊的人。起初，她以为他只是周彪的下属。后来才发现，周硕根本不直接参与周彪的违法生意。他具体是干什么的，瑶琴至今也不清楚。不过，瑶琴是被周硕拖下水的。她第一次被强奸，就是周硕下的套，强奸她的人是刘培盛。周彪从某种意义上，其实就是周硕的提线木偶，出狱后更是如此。

沈卫国落网后，十分配合。他策划和导演的"短片"很快在全国掀起了一场舆论风暴。沈适的死因也得以查明。当年的那些保护伞接二连三地浮出水面，并且被有关部门带走调查。沈卫国的同谋在当天晚上尽数落网。那些黑客是他从网上雇来的，只是单纯为了钱。当天晚上在医科大北门发现的神秘背包客被秦儒抓获，他的身上也绑着假炸弹。解除炸弹后，经过辨认才发现，他竟然是失踪了两年之久的聂晓东。根据聂晓东交代，他两年前就落到了沈卫国手里。沈卫国没有杀他，只是将他非法囚禁了起来。聂晓东是最早跟周彪讨生活的小混混之一，所以他知道周硕才是导致周彪发迹的幕后人物，甚至连周彪早期放印子钱的本钱都是周硕提供的。

据沈卫国交代，他盯着周彪团伙确实有很长时间了。只不过他单枪匹马，势单力薄，而周彪深居简出，他一直没有找到合适的下手机会。周硕就更加麻烦，他一年到头在国内待的时间很短。沈卫国承认周硕是他绑架的，但人并不是他杀的。他抓到周硕后，回到自己的秘密据点对其进行了拷问，但是在拷问过程中，被几个神秘人冲了进来搅局。对方手里有自动武器，所以他选择了逃跑。回来的时候，周硕已经被杀了，而且脑袋也被割走了。他那个时候才意识到，除了他，还有一方势力也在寻找周硕。他在刑讯周硕的时候全程录像，而且在安全屋附近安装了监控。通过查看监控，基本判断沈卫国没有说谎。其中出现在监控里的那辆车，就是在水库找到的没被完全淹没的车辆。沈卫国在营救瑶琴的过程中，击杀了对方一个杀手。该杀手是一个缅甸人，具体信息还在进一步侦查中。

516 宿舍集体失踪案虽然告破，但是每个办案人员的心里都没觉得这是打了一场胜仗。那台工业投影仪一年前就被沈卫国安装到了图书馆的楼顶，并且用水箱做了伪装。承揽学校维护工程的施工方是校方领导的亲属。这个人手下有几个小包工头，沈卫国有意接近其中一个，并以高额的回扣拿下了一些学校的修缮项目。图书馆楼顶的防水工程就是他做的。他利用这个身份也摸清楚了学校一些设施的布置情况。

按照他的计划，不管能查到多少内幕，他都会在校庆那晚公布，只不过抓到周硕让他改变了一些计划。颜素清楚记得，在确定了抓捕计划后，他们对舞台四周的建筑进行过一次安全巡查，当时主要是担心沈卫国会使用极端的手段，比如安置爆炸物之类的危险品进行报复，所以图书馆是经过一轮安全检查的，可惜并没有发现这个投影仪。颜素有些不解，其实这个水箱伪装得并不高明，无论是摆放位置还是结构，现在看上去都十分突兀。可是，当时为什么就没有发现呢？

她翻了一下工作记录，上面清楚地写着，当时检查图书馆是张昭带队去的。看到这里，颜素有些错愕，她本想起身去问问张昭，不过想想还是算了。这个世界上，谁的心里还能没有点秘密呢？

02

绑架案

第一章　任仁光

接到报案，颜素一行人匆匆赶到了案发现场。这里距离 A 市四十多公里，前不着村后不着店，十分荒凉。他们抵达的时候，交警队的同事们正在勘察现场。颜素下车一看，心里不由得一凉，因为那辆车已经摔进了公路旁十多米深的山沟里，整辆车车顶朝下，被烧得一团漆黑。仔细一看，就剩下一个车架了。

"里面的驾驶员呢？"颜素回头向交警队的同事们打听道。

一个小交警皱眉道："已经烧成炭了。"

"怎么出的事儿？"颜素问道。

小交警伸手一指那边勘察现场的人："听事故科的兄弟说，好像是轮胎爆了。车辆当时速度较快，失去了控制，撞断了护栏，直接跌落到了山沟里。起火原因还不知道。"

颜素当即朝着勘验现场的人走去，路上果然看到有一截扭曲的轮胎摩擦地面的刹车痕迹。她出示了工作证后，勘验现场的事故科同事说道："目前看，好像是主动爆胎。颜队您看，地面上有明显突然偏转的痕迹。而且，地面的侧滑印越来越宽，这是因为爆胎后，弹性结构的轮胎会增加和路面的接触面积，行驶越远，痕迹越宽。而另外一道刹车就会越来越淡，那是因为爆胎后车辆突然转向，车辆自动转弯形成的。再有，瞬间失压后，轮毂和地面会发生摩擦，那里的转弯处地面有明显的轮滚划痕，而且沿途有很多轮胎的黑胶颗粒。"

颜素听完，不由得皱起了眉头。她心里琢磨，难道真的是一起普通的交通事故？那他们的运气也实在是太差了。此时，她看到张昭和江之永已经翻下护栏朝着山沟里的车而去。

到了山沟里，江之永就皱眉道："可惜了，多好一辆揽胜，就这么给烧没了。"

张昭在距离车一米左右的位置跪了下来。消防队为了灭火，把车四周已经弄成了一个水潭。他趴在地上观察车内的情况。整辆车被烧得十分严重，从烟熏的痕迹看，燃烧过程十分炽烈，车窗玻璃爆裂，座椅已经全部都被烧没了。此时，他隐约能看到车辆驾驶座上有一个人，但是已经被烧得严重碳化。这让他不由得皱起了眉头。看尸体情况，至少在三级碳化以上，全身仅残留少量软组织，部分骨骼灰化，甚至内脏都碳化了，又被大水一冲，这意味着基本剩不下什么有用的信息了。

颜素从上面下来后，问道："看出来点什么没有？"

江之永摇头道："都烧成这样了，恐怕是没什么有用的信息了。可问题是，这车怎么会烧成这样的？一般汽车的设计都比较安全，就算是翻成这样，也不应该起这么大火才对。除非油箱破了，又遇到了明火。"

张昭此时爬起来看了一眼四周，问道："报案情况如何？"

"今天上午十点十三分，接到了110指挥中心的派遣。十点半，我们抵达了现场。消防队在我们之后抵达现场，扑灭了大火。根据目击者的口供，这辆车十点左右失控，一头撞断了护栏，摔到了下面。他们本来想下来救人，结果还没下车，就看到车燃起了大火，并伴有爆炸，吓得他们没敢动。"一个交警说道。

"爆炸？"张昭一听，就皱起了眉头，对着颜素道，"让痕迹勘验小组过来吧。一般车翻成这样，引起自燃是有可能的，但是引发爆炸的几率很小。我觉得这里面有问题。"

颜素一听，就去打电话。两个小时后，痕迹勘验小组进入了现场。张昭和同事们小心翼翼地将尸体从车里捡出来，之所以用捡，是因为尸体焚烧严重，而且又遭遇爆炸，部分人体组织已经脱离躯干。在事故现场三米远的地方，同事们将尸体装进了尸袋。张昭简单地拼凑了一下尸体，发现尸体四肢、颅骨、躯干都在，不过下肢脚踝处已经被大火烧得骨破裂，而且尸体右侧焚烧得要比左侧严重许多。这些也基本符合火灾的现场情况，但是他总觉得哪里有些不对。

仔细看了一眼尸体的颅骨，他发现上面有一道十分明显的骨折区域，这和普通的烧伤不一样。在普通的焚烧下，颅骨会烧焦、碳化，但是骨折会造成颅骨外凸或呈现星芒状，这是因为人体受热后，脑组织压力增高，骨折片会向外翻。但是，尸体的颅骨骨折明显呈现向内凹陷的钝器击打形成的开放式骨折。根据现场看，该车先爆胎发生交通事故，随后引发大火，无法排除颅骨骨折是交通事故造成的伤害。余下的，他需要带回去进行进一步解剖，而让他比较放心的是，尸体有几颗牙齿保存得相对完好。在身体重度碳化的情况下，牙髓或许可以进行 DNA 检测，这样就可以高效地确认尸体的身份。

随后，他打开工具箱，取出直角规、测骨盘及软尺，分别对已经暴露出来的长骨简单地测量了一下。当把数据记录完毕之后，他闭眼计算了一会儿，脸上露出了一抹凝重的神色。

半个小时后，交警队找来了吊车，张昭招呼同事们把尸体先吊上去。颜素是今天早上才接到的任务，目标人物为任仁光。没想到刚接了任务，这边就出事了。现在看，不管是交通事故还是他杀，中间的猫腻都很多。此时，她接了一个电话。听完后，她脸色骤变，马上对着张昭他们说道："走，尸体的事情一会儿再说。任仁光的两个女儿被绑架了。"

第二章　绑架

按照杜馨笙提供的信息，他们抵达了滨州南路的华清小区。下了电梯，就看到楼道里已经有迎泽分局刑侦的同事们在。见到颜素后，他们也十分诧异。队长老邢问道："颜队，你怎么来了？"

颜素低声道："秦支下的任务。今天十点左右，任仁光的车在 208 国道出了车祸。目前，还不确定死者是不是他。现场还没勘察完，就听说他的女儿被绑架了。我觉得这里面可能有什么联系，所以就过来看看。现在是什么情况？"

老邢脸色凝重道："比较麻烦。你听说过 2009 年'5·12'绑架案没有？"

颜素摇摇头。一旁的张昭说道："2009 年 5 月 12 日早上，小店区张斌的两个女儿在学校先后被绑架。绑匪索要赎金 300 万。张斌当时为了女儿的安危，并没有报警。结果，绑匪收到赎金后直接撕票，两个女儿均被奸杀。2010 年 11 月 6 日，Y 城女企业家管长梅的大女儿被绑架，绑匪索要酬金 500 万。管长梅随后报警，警方在跟绑匪周旋一段时间后，绑匪撕票。一个月后，她女儿的尸体被发现。至今为止，这两宗案子均未告破。而确定他们是同一个团伙作案的主要因素有三个：第一，他们都用了同一报纸的剪报作为勒索信；第二，他们只对女孩下手，而且均被奸杀；第三，通过女孩的尸体判断，她们死前都被虐待过。"

颜素皱眉问道："这个团伙难道就一点线索都没有留下？这怎么可能？"

老邢低声道："这两个案子说来话长。你知道小店分局的老叶吧？他有一次跟我仔细讲过这两个案子。眼下的案子和这两个案子十分相似。没想到，时隔这么多年，他们又冒了出来。"说着，老邢就把手机递给了颜素。

颜素接过来一看，首先是勒索信。这是一封剪报形式的信件，十分复古。她翻看了一下，信上对如何支付赎金只字未提。这让她颇有些纳闷。于是，她问道："这上面怎么没有提赎金的事情？"

老邢说道："前两次也是这样。随后，会有第二封信寄来。现在，信已经送去化验了，希望能在上面找到一些有用的信息。"

颜素接着问道："孩子是怎么被绑的？"

老邢苦笑道："派出所接到报案后，就直接通知了我们。任仁光的两个女儿都在附近的十五中上学，小女儿上初三，大女儿上高二。两个孩子都上晚自习，九点半放学。因为距离很近，平时步行只要二十分钟就能回家。一般情况下，她们的母亲梁化凤都会去接。但昨天晚上，她正好和任仁光因为琐事大吵一架，七点左右就回娘家去了。

"她本以为任仁光在家，所以只是给女儿们发了一条微信，让她们自己回家。后来，她头疼就睡了。结果，今天上午，大女儿的班主任说女儿没来学校，问是不是病了。她就给女儿们打电话，发现怎么也打不通。她随后给丈夫打电话，也打不通。她匆匆回家后，在家门口发现了这封信，就报警了。我们调取了监控，发现梁化凤确实昨天晚上七点多从家里出去了，任仁光在九点左右开车离开，此后就一直没有回来。而两个女儿则一直没有出现在监控里。我的人已经去盘查从学校到这里的路口监控了，希望能有收获。"

"送信的人有线索吗？"颜素问道。

"是一家同城闪送。已经询问过送信人，信是八点左右在南肖墙外一个巷子里被接收的，在今天早上十点送到的。根据送信人的描述，发件的是一个穿着黑衬衣、身材匀称的中年人。我们正在组织人画像，同时让附近的派出所去查了监控，发现那里是个盲区。"老邢沮丧地说道。

颜素一听，心里琢磨，这是个高手啊。于是，她问道："我能去见见任仁光的妻子吗？"

老邢点点头，带着他们进入了任家。而张昭却说道："小区里你们布控了没有？"

老邢诧异地看了他一眼，问道："这个年轻人很眼熟啊，我感觉在哪里见过。"

颜素介绍道："张昭，刑技大队副队长，法医出身。"

老邢当即恍然大悟："噢噢，原来就是你。我可早就听说过了。你说的布控，是什么意思？"

"我之前研究过这个案子。咱们假设，这个案子就是'5·12'那伙人所为。首先，我觉得这个团伙里存在这么几种人格。第一，他们当中的一个人有偏执型人格障碍，有偏执型性侵犯的特征。其次，团伙里有性虐待狂和虐待狂杀手。我看过这个案子的卷宗，被害人死亡之前，除了被强奸，还无一例外地遭受过虐待。先说偏执型性侵犯，通常来说，他们幼年生活在不被信任、常被拒绝的家庭环境中。缺乏母爱，经常被指责和否定。一般说来，单亲家庭居多。成长中，连续地遭受生活打击，经常遇到挫折和失败。自我苛求，而且处境异常。性格固执，敏感多疑，过分警觉，心胸狭隘，好嫉妒。自我评价过高，拒绝接受批评，对挫折和失败过分敏感，如受到质疑，则会表现出争论、诡辩，甚至冲动攻击和好斗。常有某些超价观念和不安全、不愉快、缺乏幽默感等。而且，有严重的妄想倾向，有渐进性、系统性和固定性的标志。此案中所有的受害人都是未成年少女，应该和我的侧写相符。这个人一定会通过观察受害者家庭来满足自己的欲望，我怀疑他就在附近。"张昭说道。

老邢听得有些蒙。

颜素说道："先按他说的做。"

老邢倒吸了一口凉气："那他们岂不是知道被绑人家属已经报警了？"

张昭摇头道："不要紧，他们自我评价一般都很高。也就是说，他们有异于常人的自信，知道对方一定会报警，而且很乐意看到我们被耍得团团转。可以多派点人手，一部分人暗地里查，一部分人用来麻痹对方。"

颜素听后，皱眉道："这帮人不是冲着赎金来的？"

张昭摇头说道："如果这个案子和'5·12'案是同一伙人所为，那么他们无论收不收到钱，都会撕票。他们是没有什么契约精神的。而且，他们根本不是绑匪，而是杀人犯，是围猎者。从案发那一刻开始，那两个女孩随时都有可能会死。我们能做的，就是想尽一切办法抓到他们。"

颜素听完后，恍了一下神。她意识到，任仁光的失踪和他女儿突然被绑架，恐怕彼此之间有一定的联系。于是，她跟秦儒简单地汇报了一下这里的情况。秦儒指示，让老邢全力配合他们，不惜一切代价，先把这两个女孩给找到。

颜素随后进入了任家。任仁光的妻子梁化凤正在两名女警的陪同下，坐在沙发上默默垂泪。颜素观察了一下四周，初步判断出任家家境优渥。房子是顶层的大跃层，估计有三四百平方米，屋子里是清一色的高档红木家具。她坐到了梁化凤的身旁，简单地介绍了一下自己，并安慰了她两句。梁化凤抹着眼泪道："警察同志，求你们一定要救救我的女儿。不管花多少钱，我都愿意。"

颜素轻叹一声问道："梁女士，今天上午十点左右，我们在208国道上发现了你先生的车出了车祸。在车上发现了一具尸体，目前还没有办法判断他的身份。"

梁化凤直接愣住了，她呆呆地看着颜素足足有一分多钟，然后问道："你们是不是搞错了？"

颜素安慰道："你先别着急，车内未必就是您先生。我们这次来，只是想了解一下情况。我们想先采集一些信息，以确认死者的身份。您能配合一下吗？"

梁化凤悲痛地点点头，想说什么，但是没说出口，便直接哭了出来。

张昭起身去房间内，把几个痕迹采集的同事叫到了卧室和卫生间内，开始采集任仁光的个人信息。有了他们女儿和他的生物样本，再和车祸现场尸体的DNA进行比对，应该就能确认尸体的身份。此时，他隔着门看了一眼梁化凤，发现她目光呆滞，神情悲痛。但是，他总觉得她的悲伤有些假。于是，他给颜素打了一个眼色，两人便转身出了任家。

到了大门外，张昭问道："你有没有觉得梁化凤有些不对劲？"

颜素点点头道："她不是一个好演员。当听到任仁光出事后，她的反应有些夸张。"

"她的脸上表情不对称，现在表现出来的感情有可能是装出来的。我觉得，她对我们有所隐瞒。"张昭分析道。

颜素说道："我想沿途去看看她的女儿怎么被绑架的。这里位于市中心，从十五中到这里一路上车水马龙，监控无数，我不太相信有人能凭空抓走两个女孩而且不留下任何痕迹。"

张昭点头道："我也这么觉得。"

第三章　凭空消失

两人从任家出来后，先到了学校。刚下车，碰到老邢的人正在往外走。颜素问道："情况怎么样？"

老邢的手下小刘一脸惆怅道："颜队，我们查了沿途的监控。学校监控显示，这两个女孩确实是昨天晚上九点三十六分出现在学校大门口的监控里，看方向也确实是往家走。九点四十三分出现在往家走的第一个十字路口的交通监控里。然后，就失踪了。"

颜素回头看了一眼，距离学校五百米往任家方向是五针街的十字路口。她皱眉问道："失踪了？后面的监控，你们看了没有？"

"我们把五针街通向不同的四个方向的监控都看了。五针街的监控显示，她们两个人确实是朝着家的方向走。按理说，她们应该出现在园南路的交通监控里，再走一百多米就是任家。可是，监控里没出现她们的身影。剩下的三个方向，我们也查了。而且，时间延后了三个小时，都没有发现她们的任何踪迹。初步判断，她们是在五针街十字路口到园南路十字路口这段路上失踪的。我们又排查了过往的车辆，可那个点车流量不算很大，并没有停留时长有问题的车。"小刘说道。

张昭问道："任仁光的车，你们看了没有？"

"看了。因为他是九点出的门，邢队以为他可能去接女儿，就顺带看了一眼。他的车走的长风街，后来到了滨河东路，然后就失踪了，走的并不是去学校的方向。目前，还在查绑匪车的下落。"小刘说道。

张昭听完，就朝着五针街十字路口走去。三个人到十字路口看了一眼，通向园南路方向到任家只有不到一公里的距离。而园南路两侧也有不少商家，颜素看到有老邢的人正在挨个走访。不一会儿的工夫，一个高壮的警察看到小刘后，走了过来道："见了鬼了真是。你看，过了路口三百米有一个金虎便利，而路对面有一家内衣店也有监控。从这两处监控看，两个女孩都没有出现过。"

小刘看了一眼这个路口，五针街的交通监控范围是五十米。也就是说，她们失踪的地点就在这二百多米的距离内。这个时候，老邢从远处过来，气急败坏地说道："刚才发现，定位这两个姑娘的手机在小店。让派出所民警去找，结果是一个环卫工在这附近的垃圾桶里给找到的。一会儿，带她过来指认捡到手机的地点。"

颜素若有所思道："就这二百多米的距离，而又没有通过停留时长有问题的车，说明对方下手特别迅速。一般家用车是五个座位，除去司机和被绑的两个女孩，那么只有两个成年男人动手。那在短短十几秒内，成功抓住两个女孩的概率并不大，而且难免会引起路人的注意，除非抓人的并不是两个人。换句话说，嫌疑车有可能是七座以上的商务或者面包车，以及大一些的七座越野车。可以将这些作为排查重点去看看。"

张昭却突然说道："也有可能是认识的人。"

众人一愣。

颜素马上明白了张昭的意思，但觉得有些匪夷所思，便问道："你是说，她们有可能不是被绑架了？"

张昭说道："两个女孩失踪的那个时段，通过这里的车流量并不是很大。想要搞清楚她们的去向，我们有个最笨的办法。"

老邢明白张昭的意思，但是那样的排查工作需要大量时间。现在他们的处境非常不利。他们本来打算通过监控来找到嫌疑人，毕竟在闹市绑架两个人，要做到无声无息，那太难了。如今看，即便是工作量大，他们也没有别的办法。被绑匪牵着鼻子走，那是十分危险的事情。

颜素看老邢一脸难色，知道这种排查工作不是他们一个刑侦大队在短时间内能够完成的。即便是孩子们失踪的那个时间节点通过的车流量不算大，但这毕竟是省会城市，少说也有几十辆车，也够他们喝一壶了。又要找车找人，又需要做笔录，又要核查判断，这需要大量的警力。而且，还极有可能让嫌疑人和嫌疑车蒙混过去，导致他们最终一无所获。

张昭面无表情地看着街面上来来往往的车辆，冷声道："如果这两个女孩只是被普通绑匪劫走，那对方的目标很明确。只要满足他们的需求，两个女孩大概率会存活下来。但是，眼下这个案子，对方并不是单纯的绑匪，他们的目标未必是赎金。按照他们以往的作案节点推断，两个女孩超过三天的存活率几乎为零。因此，留给我们的时间不多了。"

颜素当下向秦儒请示，请求合并办案，并且抽调警力参与排查。秦儒倒是答应得十分干脆，让他们先在现场办案，成立专案组，并帮他们抽调人手，准备开展下一步的工作。

听到指示后，老邢他们就匆匆返回了出事的小区进行布控，按照张昭的意思继续在小区附近暗中搜寻嫌疑人。颜素已经饿得前胸贴后背，就去对面的便利店买了水和面包，分给了张昭他们。颜素吃了两口，小声地问张昭："你刚才说的熟人绑走，是什么意思？"

张昭若有所思，停顿了一会儿，才低声说道："颜队，你不觉得任仁光的失踪本身就不正常吗？"

颜素一听，有些诧异，反问道："失踪是什么意思？"

"如果我猜的没错，秦支紧急叫我们回来，应该是让我们去找任仁光，因为他在昨天晚上逃脱了我们的布控。你要知道，有三个组在 24 小时对他进行监控。而他再次出现，已经是今天早上的车祸现场。目前，虽然无法判断那具被烧焦的尸体就是任仁光，但是，一样说明了很多问题。"张昭淡淡地说道。

颜素听完后，当即意识到了问题的严重性。任仁光这种参与粉冰案的重要嫌疑人，在众目睽睽之下，连人带车躲开了监控，这本身听上去就很蹊跷。现在的技侦手段已经十分先进，满大街的监控更加是对城市形成了无死角覆盖。如果只是人逃脱了监控，是能理解的，毕竟干扰的因素很多。但是，那么大的一辆车，怎么可能在市区跟丢了？这又不是拍电影，这个路口没找到，下个路口的监控一定能找到。除非，他长翅膀飞走了。

而秦儒紧急把他们召回，倒是符合他一贯的做事风格。毕竟，鸡蛋不能放在一个篮子里。另外，老赵和他们组一明一暗，有时候能够互相做掩护。

于是，颜素问道："跟丢了任仁光，老赵那边没给个合理的解释吗？"

张昭摇头，没有回话。而颜素此时才明白张昭所说的"熟人"的意思。

如果任仁光发现他被警方监控了，是有可能想尽办法来个金蝉脱壳的。如果他想带走他的女儿们，这场绑架案绝对是一个绝好的掩护。这样的可能性虽然很低，但是确实也有这个嫌疑。最大的疑点就是梁化凤，她有可能已经知道任仁光的计划，所以当听到丈夫有可能出车祸去世时，表现得并没有那么悲伤。所以，张昭才会让老邢他们动用最笨的办法，如果这些都是任仁光计划的一部分，那么接走他女儿们的人，必然是他信任的人。或许，警方能从中找出破绽。

颜素推想，任仁光的失踪恐怕比她想象的更加复杂。只是眼下比较麻烦的是，必须判断，这是任仁光的计划，还是他女儿真的被绑架了。如果是前者，哪怕他今天真的出车祸死了，至少他女儿可能是安全的。毕竟，孩子是无辜的。但是，如果是后者，那留给他们的时间可真是不多了。同时，这也意味着还有一股人在对付任仁光。那么，这案子的水就略深了一些。

只是现在，他们必须当任仁光的女儿真的被绑架了来对待。因为尸体身份做 DNA 比对至少需要二十四小时。前提还得是他们运气特别好，尸体的残余组织，比如牙髓，能做比对。而老邢他们这边，短时间内恐怕没什么结果。一时间，案情陷入了僵局。

颜素将手里的水一饮而尽，然后问道："你有什么想法？"

张昭此时也把面包吃完，喝了两口水，起身说道："梁化凤。"

第四章　梁化凤

颜素刚回任家小区，就在路旁看到了老赵坐在车里，正郁闷地抽烟。见到颜素后，他赶忙打开了车门下来。她也挺长时间没见过老赵，乍一看他，突然感觉他憔悴了不少。身上的衣服也不知道多久没换过，皱巴巴的，充斥着汗臭味和烟味，隔着老远就能闻到。

老赵显然是从昨天到现在都没休息过，眼里布满了血丝，精神萎靡。看到张昭，他点了点头，然后问道："颜队，现在进展如何了？"

颜素稍稍摇头，就问道："昨天晚上，到底什么情况？任仁光怎么就能跟丢了呢？"

老赵烦躁地梳理了一下他地方支援中央的发型，然后转身从车上拿出来一张地图，打开指给他们道："就在这段路不见了。当时，我们是有人跟着他的，就在长风大街等了一个红灯，一共也就三十秒。本来以为能追上他，结果接连追了十几分钟，都没发现他车子的踪影。我们的人赶紧联系了监控中心，查了一下才发现，我们等红灯的那个路口，车还在影像里，出了那个路口后，整条路上的监控都没发现他的车子。"

颜素听完，也颇觉得不可思议。滨河东路是一条市区快速路，双向六车道，不管他从哪个路口离开，都要上高架桥，怎么可能不被监控拍到呢？而且，到下个路口他至少要开车走七八分钟，路中间一侧有绿化带，另外一侧是汾河，有隔离带。他还真长翅膀飞了不成？人如果丢了，她能理解。但是，车是怎么凭空消失的？于是，她看了一眼一旁的张昭，问道："你就不想发表一下意见？平时你不是挺能说的吗？"

张昭看了一眼颜素和老赵，淡淡地说道："车是一件商品，而我们区别商品通常是通过它的颜色、外观和形状。但是，当这些都一致的时候，我们就只能通过人为添加的标记来区别它们。比如，说车的牌照。如果你追踪的车，突然换了一个牌照，也换了司机，你会怎么做？"

两个人听完，面面相觑。老赵拍了一下额头，骂骂咧咧地上车走了。颜素也是一阵苦笑。如此简单的障眼法，竟把老赵这干了多年的老警察给涮了。估计昨天跟车的那组人，等了个红灯后，看到跟着的车丢了，十有八九也是慌了神。可能他们明明已经追上了那辆车，结果一看牌照，再一看司机，想也没想直接就走了。真是百密一疏。不过，这么看来，任仁光是有同伙的。换句话说，他的失踪是经过策划的。想到这里，再想想他的两个女儿，颜素的心稍微放宽了一些。

回到了任家，技侦的同事们已经把监听设备安装完成。老邢他们站在门外抽烟，一个个都沉默不语。颜素看了一眼手表，已经是下午四点半，绑匪还没有送来第二封信或是打来勒索电话。而女孩们失踪已经十九个小时，这让在场的每个人心里都沉甸甸的。梁化凤还坐在客厅里，脸上悲伤焦急的神色略减，但是依旧在低声啜泣。

从现在看，任仁光的失踪以及车祸恐怕都大有文章，只是还没有证据。但她看张昭那么笃定，于是小声问道："你有证据？"

张昭点点头。今天他在车祸现场勘验的时候，重组了一下死者的尸体。之前，他也调查过任仁光的背景，对他的身高有一个基本的判断。任仁光的身高有 1.78 米左右。虽然车里的尸体已经被烧焦了，甚至部分骨头都被烧裂，但是人的骨头可以告诉他这种资深法医很多信息，比如身高、年龄和性别。

首先是身高。一般认为，一个人最大身高在 18 岁到 20 岁，30 岁后每年身高降低 0.06 厘米，即每 20 年身高降低 1.2 厘米。而四肢长骨比其他类型的骨骼推断身高准确性更高，下肢长骨比上肢长骨更有参考价值，依据多根长骨比单一长骨推断更加准确。其中，以股骨推断误差最小。而今天车内的死者被大火焚烧后，一侧下肢长骨基本暴露出来，也创造了测量和计算的条件。

张昭知道，任仁光就是土生土长的本地人。为了保险起见，他分别利用肱骨、尺骨及股骨进行了计算。但是，得出的结论是，死者的身高仅 1.65 米左右，这和任仁光的身高差距甚大。他本想将尸体带回去进一步测量，想通过没有被烧得灰化的骨骼进行年龄推算。结果，时间没来得及。所以，他现在可以基本断定，车内的死者不是任仁光。

结合老赵他们昨天晚上的经历和今天这里的情况，更进一步印证了他的推断。既然死的很可能不是任仁光，那么他设计这一切，并且准备出逃，也就有了合理性。另外，还有一个最重要的线索，就是那封绑架信。他之前研究过前两起绑架案。那封信上字虽然少，但是每句话都是以你开头。比如，"你的女儿被绑架了""你的好日子到头了""你必须为此付出代价"之类。这是一个很有意思的现象。这说明，写信的人想跟绑架这件事划清界限。另外，信内也没说不准报警。这说明，这伙人甚至期待和警察周旋。但是，今天的这封绑架信里，不止一次地提到了"我"，而且言明不许报警。这个绑架犯虽然乍一看确实和上两个案子的相似，实际上却是一个拙劣的模仿者。

颜素看张昭没有丝毫迟疑，便点了点头。出于对他一贯的信任，她轻声说道："我去问，你注意配合。"随后，她不动声色地端了一杯水，坐到了梁化凤的身边，试探性地问道："我看你们家布置得这么用心，想必你们夫妻的感情应该不错吧？"

梁化凤只是微微地点头，但是眼睛却看着脚面。颜素一看，就知道是言不由衷。交谈时，眼睛向下看，说明里面有隐情。于是，颜素接着问道："昨天，你和任仁光因为什么发生了争吵呢？"

梁化凤端起水杯慢慢地喝了一口，然后轻叹道："也不是什么大事。我就唠叨了他几句，结果他就生气了。我最近也心情不好，两个人吵了几句，我就生气地回娘家了。警察同志，你们找到了我丈夫了吗？那个车里的人，到底是不是他？我给他打了一天的电话，结果那边一直说关机。"说着，她又哭了起来，只是呜咽，却没有眼泪。

颜素看到这里，决定稍微冒一下险，便说道："你丈夫的事情比较麻烦，家里接连出了这样的事情，你也要坚强点。毕竟，女儿们还需要你。现在的情况是，车里的尸体被焚烧得很严重，DNA 比对恐怕很困难。目前，还不能判断遇难的就是你的丈夫。但是，我们根据现场推断，是你丈夫的可能性很大。"

梁化凤怔了一下，当即趴在沙发上哭了起来。颜素看她刚才趴下的瞬间，似乎眉毛上挑了一下，这说明她紧绷的神经瞬间放松了一些。虽然那个表情转瞬即逝，但还是被颜素抓到了。一个人要掩盖自己的情绪，其真实的想法还是会不经意地显露出来。颜素赶忙去安慰她，并且看向了张昭。

张昭一直在一侧观察着梁化凤的一举一动。比起颜素来，他对人的表情和心理研究得更加系统。他判断，梁化凤确实是一个拙劣的表演者。于是，他给颜素打了一个手势，低声说道："我是今天事故调查现场的法医。经过我们勘验，现场尸体被焚烧破坏严重。但是，通过对骨头以及随身物品判断，是你丈夫的可能性比较大。"

他一边说，一边观察着梁化凤。他说话的声音虽然小，但在他说的时候，梁化凤的哭声明显降低，显然十分在意他说的每一个字。而一旁的颜素则略微诧异。

张昭看到梁化凤的反应后，淡淡地说道："为了保险起见，我们对尸体的牙髓进行了检测。虽然整具尸体都严重碳化，但牙髓还是可以进行 DNA 检测的。就在颜队问话时，我刚刚接到检测结果，让我们比较意外。"

"难道死的不是老任？"梁化凤略有些颤抖地问道。

"我们也希望不是任仁光，但是结果让我们很失望。车内的人就是任仁光。"张昭淡淡地回道。

颜素望向张昭，两人很有默契地对视了一眼。她没想到，看上去一脸木讷的冷面人，如今脑子竟学会拐弯了。

梁化凤似乎还有些没反应过来，不可置信地问道："这是真的？是不是你们搞错了？"

颜素赶忙顺水推舟，安慰道："梁女士，节哀顺变。"

梁化凤还有些发蒙，直勾勾地看着张昭。而他却一脸笃定地说道："我们也希望搞错了。其实，从昨天晚上任仁光离开小区，我们就知道他要干什么。我相信，你也知道他会干什么。现在，我只能说万幸没在车上发现你们女儿的尸体。但是，她们两个人依然下落不明。"

梁化凤一脸茫然。她看了看颜素，又看看张昭，反问道："什么意思？"

颜素此时也有些紧张，张昭却淡淡地说道："就是说，任仁光的逃亡计划很成功，确实骗过了我们。但是，他的运气不好，真的死了，死因还在调查中。而你的两个女儿，此时却没有人知道她们在哪里。"

梁化凤听到这里，整个人眼睛瞪得硕大，身体如同泄了气的皮球一般靠在了沙发靠背上，眼泪直接顺着她的脸颊滑落了下来。而张昭把自己的手机递给了她，说道："这是现场发现的尸体情况。"

梁化凤一把就抢过了手机，结果只看到一具被烧得一团漆黑的遗体，当即就崩溃了。她歇斯底里地喊道："不可能！这绝对不可能！他怎么会死了呢？不是都计划好了吗？哎呀，这是怎么一回事啊？我的闺女们呢？她们现在在哪里？"

颜素和张昭一听，基本得到了想要的结果。颜素看着她从惊慌失措到歇斯底里，最后到手足无措，估计是一时半会无法接受这个残酷的现实。刚才的对话，也证实了颜素的猜想。比起任仁光，其实她心里更加挂念自己的两个女儿。于是，颜素开门见山地说道："任仁光的事情，我们可以暂缓。但是，两个半大的孩子孤身在外，得多危险？谁知道她们如今的下落如何呢？我的意思是，你知道吗？"

梁化凤愣了一下，"唰"的一下起身说道："都是这个杀千刀的，告诉我万无一失，结果却害了自己……"

颜素赶忙趁热打铁地说道："你慢慢说。如果你知道你女儿的下落，可以告诉我们。我马上派我们的机动小组去找她们。毕竟，孩子是无辜的。假设任仁光真的被人害了，那她们的境遇恐怕也十分危险。"

梁化凤的情绪有些崩溃，在客厅里一边哭一边绕来绕去。然后，她语无伦次地开始诉说整个事情的经过。

第五章　绑架信

自从去年国庆之后，任仁光就整天魂不守舍、神经兮兮的，说自己要完了。然后，他就一直跟梁化凤商量出逃的事情。梁化凤这些年其实并不知道任仁光在做什么买卖，因为两个人感情并不好，要不是为了孩子，早就离婚了。

不过，毕竟是多年夫妻，对彼此还是有一些了解的。她知道，这次任仁光估计是犯下大事了，要不然也不会如此。任仁光如果真的出逃，对她而言，也是一种解脱。但是，任仁光非要带走自己的两个女儿，并要求她一起走。对此，她有些不理解。但她看得出，任仁光不像是心血来潮，便不敢多问。再一想，送女儿出国留学也是个不错的出路，她也就同意了。

两个人把女儿们的出国手续都已经办得差不多了。眼看到了今年国庆，两个女儿都能送走，结果三天前任仁光突然回来说出事了，必须马上走，让梁化凤听他的安排——他带着两个女儿先偷渡去泰国，蛇头已经联系好了，她留在家帮他们逃走，然后处理好国内的资产，再去泰国找他们。

本来，她以为这一切都天衣无缝。从昨天晚上到现在，虽然她没联系过任仁光，但是警察告知她的事情基本都和任仁光的计划相吻合。她和任仁光有过约定，一旦任仁光安全了，会在中午给她发个暗号。现在已经快下午五点了，她的邮箱迟迟没有动静，心里不免有些发毛。如今听警察一说，再加上任仁光没和她联系，她悬着的心直接摔倒地上成了齑粉，情绪瞬间崩溃了。

而任仁光的出逃计划中，最关键的一环就是他公司的安保经理栗枉毅。这个人是他的心腹，大多数时候扮演着他的秘书和司机。说白了，就是他的头号马仔。栗枉毅昨天晚上负责在长风街和滨河东路交汇处开车换走任仁光。另外一个帮手是任仁光的堂弟任仁河，是他负责昨天晚上接走他们的女儿。此时，梁化凤正在拨打他们两个人的手机。结果，无一例外，都关机了。

一旁的老邢听着梁化凤的讲述，十分恼怒，敢情这夫妻俩把他们玩得团团转。他们接到警情后，除了值班的人，几乎全队都扑到了这个案子上。这倒不是他们多想破案立功，而是事关两个孩子，人命关天。平心而论，他们这些人哪个身上没有压着案子？刑警队除了命案，盗窃、重伤、侵占、诈骗、涉黑涉恶等案子也是多如牛毛，而这些案子也需要他们去侦破。平时本就是连轴转，这白白地浪费了一天的时间。换谁来，不恼怒？

颜素十分理解老邢，看他的眼睛瞪得硕大，鼻孔都张开了。她赶忙拖住他，到一旁的逃生通道，对他劝慰了一番。等他冷静下来后，颜素说道："该查还得查。这只是梁化凤的一面之词，而且她的两个女儿现在下落不明。经手的人现在联络不到，任仁光生死不知。这案子不简单！"

老邢也意识到了眼下的情况十分棘手。如果任仁光的计划一切都按部就班地实施了，至少能说明他的两个女儿还安全着。而且，他们省在中部地区，一天的时间也跑不出国去，逮住他还有机会。但是，现在任仁光没有和梁化凤联系，而且这个计划的经手人也联系不到，这让他有一种十分不祥的预感。于是，他默默地点了一根烟，狠狠地抽了两口，说道："现在的重点是看看接走他们女儿的车具体到了哪里。我们接着去找任仁河和栗杠毅。"

就在这个时候，小刘匆匆地跑进了楼道，说道："邢队、颜队，刚才在楼下有一个快递小哥送过来一封邮件。"

老邢抽了一口烟，笑道："看来，这夫妻俩的戏还没演完呢。我猜，这可能是第二封勒索信，来要钱的。"

但是，他看到小刘的脸色不太好，于是赶忙戴上手套接过来看了起来。这封信和上一封一样，都是用报纸剪的，但内容略微不同。也在一旁看信的颜素有些不解，这封信上一个字也没提钱的事情。她意识到有问题，当即对着小刘说道："去把张昭叫过来。快！"

张昭匆匆进入了通道，老邢把手上的信递给了他。张昭没有伸手去接，而是先戴上了手套，然后才仔细看了一眼。一向面无表情的他，此时脸颊上的肌肉突然抽动了一下。颜素知道出事了，赶忙问道："怎么了？"

张昭先闻了闻信纸上左下角的一片殷红的污渍，接着无比严肃地说道："信上的这团污渍，如果我猜测得没错，应该是血迹。先送去化验，看看是否和她们姐妹相符。"然后，他把信装到了信封里，递给了小刘。这时，他才对着颜素说道："这回可能是真的出事了。这封信，每一句都是以'你'开头，口气强硬，没有任何商量的余地，并且没有注明不许报警，几乎和前两个绑架案的模式如出一辙。"

等他说完，颜素和老邢不由得对视了一眼，两人都没说话。刚刚放松一些的心情瞬间又紧张了起来。众人都知道，这次恐怕不是狼来了那么简单。但是，颜素又觉得，仅凭一纸绑架信就断定这对姐妹落到了绑匪之手，似乎有些太武断了。于是，她问张昭："你现在有什么想法？"

张昭找了一级台阶坐下，然后说道：

"'5·12'案和'11·6'案分别发生在2009年和2010年，之后再无类似的作案手法。我在省厅培训的时候，陆广让我翻过这两个案子的档案，想让我做一份侧写，确定这两个案子之后再无作案的痕迹。一般来说，绑架案都是一个人无法单独完成的。另外，大多数绑匪都是懦夫，因为他们只会找弱小的群体下手。可当我见到当年这两个案子的尸检报告的时候，着实感到震惊。首先，从两起大案来看，这些人都不是新手。因为死了的女孩饱受折磨，其损伤严重的部位都不是致命部位，且不是一个人所为，这不是新手能办到的。我一直觉得其中某些人应该有案底才对，尤其是偏执型性侵犯。

"而从那些尸体上看，除了偏执型性侵犯之外，还有虐待狂和虐待狂杀手的影子。先说虐待狂，他们大多会通过责骂、侮辱、恐吓等方式造成对方精神上的痛苦、恐惧、屈辱，以此来获得满足与快感，不一定是造成受害者的肉体痛苦。他们所使用的暴力可以是造成被害者轻微疼痛或无损伤的调戏动作，也可以是极为残暴的，甚至是导致被害者死亡的伤害行为，例如鞭抽、牙咬、手拧、脚踢、针扎、火烙、刀割，等等。习惯于以残暴手段来满足性快感的虐待狂往往不易控制自己的冲动情绪，因而极易给对方造成严重的受伤。在某些情况下，严重的虐待狂冲动会导致强奸、凶杀等暴力犯罪。一般来说，这种人作案，很快就会落网。但是，事实上并没有。

"因为这个案子里面还有一个虐待狂杀手，也就是施虐杀手。他有偏执的反社会人格。一般来说，这种人有自恋和偏执型人格障碍。他们会疯狂工作，而且自我防护意识很强。他们完全以自我为中心，没有同情心，也不会认错。大多数时候，他们会把自己的缺点都怪到别人身上。另外，他们喜欢具有高风险的工作。这种人往往很聪明，一般情况下都是独狼，很少和其他人一起参与捕猎行动。因为他们追求的是自我满足，并且打击对手。但是，这两个案子却一反常态，这个团伙至少有三个人。"

老邢听得有些蒙，反问道："你能从尸体上看出来这么多门道？那性侵犯和虐待狂就算了，虐待狂杀手你是怎么看出来的？他和虐待狂不是一回事吗？"

张昭的思路似乎被打断了，颜素赶忙说道："你让他先说完。"

张昭沉默了一会儿，继续说道："这伙人自从上两起案子之后，再没有作案。大概率是意识到，这种作案方式和自杀式作案没有区别。本来，我觉得他们应该都会在别的案子上落网，也有可能已经落网，只是没有审出来他们身上之前的案子。这些都是有可能的。但是不管怎样，他们重新聚集起来作案的可能性非常低。毕竟，过了这么多年，物是人非，沧海桑田。所以，当我看到上一封信的时候，推断信是模仿的，而这封信和前两个案子的信几乎一模一样。你们没觉得这里面有问题？"

老邢一脸茫然，而颜素则若有所思道："也就是说，这次绑架可能是真的？"

张昭摇头道："当年的案子因为并没有被侦破，所以卷宗都是保密的，外人肯定无法接触到。即便模仿，也不会模仿得这么像。就比如任仁光和梁化凤，他们的模仿就很拙劣。能模仿得这么像的，要么是当年案件的侦破人，要么是案件的被害人，要么就是当年案子的嫌疑人。而让我感到不安的是，时隔这么多年，为什么他们的目标是任仁光的女儿？而任仁光又怎么会模仿这两个案子的手法来吸引我们的注意力？"

颜素和老邢都愣了一下，两人似乎明白了其中的要点——任仁光隐隐地和那两起绑架案有什么联系，不然这些事情都太巧了。

张昭继续说道："这次参与绑架的嫌疑人有可能还是当年那批人，也有可能是其中的核心成员重新又招募了一个团队，所以才有了这封信。如果我推测得没错，他们的女儿可能真的被绑架了，而不是计划失败导致失联那么简单。这次出逃虽然据梁化凤所说是仓促决定的，但是任仁光做事很有条理，按照他的性格，这应该是他的备选方案。他一定是经过反复琢磨的，所以才会那么顺利地摆脱了秦支的监控，并且成功地转移了他们的女儿。但是，这中间一定是出了什么差错。所以，任仁光和他的两个女儿如今处境都十分危险。"

颜素此时不由得秀眉紧锁。现在最麻烦的还是梁化凤，该如何跟她解释现在的情况呢？任仁光可能没死，但是她的两个宝贝女儿倒是有可能被绑架了。费了那么大的劲，这案子似乎又回到了原点。而现在时间紧迫，她简单和秦儒沟通了一下现场的情况。秦儒让老赵一队去追任仁光那边，而颜素和老邢则留在这里，继续追查他们女儿的下落。

第六章　任仁河

在颜素的职业生涯中，绑架案是她遇到得最少的。也可能是她从业之后，随着科技的进步，绑匪们也觉得被逮住的几率太大了，高风险换回来的低回报并不划算。大多数的作案者，可能就是一时头脑发热，可以说是毫无作案经验。她回忆起刚上班不久，有三个小伙子绑架了一个富商的老婆，跟富商索要三千万现金。富商一听就崩溃了，虽然他买卖做得挺大，但是一时间去哪里筹措这三千万现金呢？当时，颜素还在实习阶段，带队的是刑侦大队的老张。他是个老刑侦，现在已经退休在家。老张就让富商问绑匪："这三千万现金，你们有什么要求没有？"

对方说，没要求。

老张就又让富商问他们："这钱你们是自己来取，还是我们给你送去？"

对方说，自己来取。

老张当时就判定，这绑匪可能是群初出茅庐，没有什么社会经验的年轻人。于是，就让富商只准备了一百万现金，剩下的都用冥币代替，装了十几个大麻袋。最后，警方在他们交易的地方布下了天罗地网。等了几个小时，三个绑匪开着一辆奥拓就来了。当时，老张差点笑岔了气，因为那三千万现金他们是绝对带不走的。果不其然。那三个蠢贼估计也没见过这么多钱。刚塞了两麻袋，车里就塞满了。然后，老张大手一挥，把三个蠢贼就给逮住了。这案子在他们刑侦系统，被当作段子讲了好久。

案子了结后，老张在喝酒的时候告诉颜素，当时他之所以判断绑匪是三个涉世未深的年轻人，依据就是他提出的两个问题。

第一个就是现金的要求。如果是有经验的绑匪，他们首先不会要这么多钱，因为带着这么多现金亡命天涯十分困难。一张一百元的人民币重量是 1066.9 毫克，即一克多一点。一百万人民币重约十一公斤。用体积去描述，一提特仑苏那么大的纸盒差不多是一百万，还得是新钱。没有人会背着三十提奶满大街逃命去。而且，有经验的绑匪会要求不准连号、不准有标记、不准有新钞，钱箱内还不准有任何追踪装置和定时喷涂装置，因为这样能够防止警察通过这些赃款找到他们。

第二，有经验的劫匪会让他们把钱送到指定地点，这样方便劫匪拿钱后脱身。而这帮劫匪说，自己要开车来取，这么多钱怎么也得开个面包车，弄不好是个货车。他们怎么跑呢？所以，老张当时就断定，这群绑匪没什么社会经验，根本就不知道三千万有多少。于是，他索性让富商弄了点真钱来稳住他们，其余大部分都用的冥币。当绑匪看到那堆钱的时候，都傻眼了，然后才发现自己的小奥拓是不可能装下的。

可是，眼前的这个案子却没这么简单。至今为止，对方还没提出任何交易要求。老邢他们还守在梁化凤家里，而颜素他们组则在去往小店区的路上。任仁河的妻子已经去了刑警队，正在核实情况。有了梁化凤的佐证后，他们很快在监控里找到了任仁河。昨天晚上，在园南路确实出现了他的车。随后，根据监控的一路追踪，车子最后消失在了小店区刘家堡乡附近。

颜素已经通知了当地派出所。下车后，天已经擦黑。到了当地派出所，副所长老周接待了他们。老周直接说道："情况我大概了解了一下。我们这里和208国道相通。那辆车消失的那段路是货车的休息点。如果不出意外，对方应该是藏在那片地方。耿所已经带人去排查了，现在还没消息。"

随后，老周带着他们到了那段路。下车后，颜素一看，道路两侧都是跟货车相关的买卖，饭店、旅店、修理大车门面一家挨着一家。路旁停着一组一挂的货车，一辆挨着一辆，路面尘土飞扬，环境恶劣，人口流动大，情况复杂。这种时候，他们得依靠当地派出所才能开展工作。毕竟，派出所扎根在这里，有个什么风吹草动的，能够第一时间了解。

等了十几分钟，所长老耿就匆匆到了这里。见面简单寒暄一下后，老耿把他们带到了一家修理铺，调出它的监控看了一眼。这个监控在门面外，正好能够拍到路面上的情况。监控显示，任仁河开着的那辆黑色的大众轿车在晚上十一点二十六分路过了修理铺门口。颜素抬头看了一眼，前方一百五十多米的地方就有一个治安探头。但是，那辆车却没有出现在那里，说明它就是消失在了这段距离中。

老耿看了一下周围的情况，略皱眉道："前面不远处的那家旅店，我们过去，有一条小路能够直通不远的栗家岭。我看，十有八九是去那里了。"

众人到了那里一看，那是一条光秃秃的土路，刚能过去一辆车。若不是对这里十分熟悉，恐怕还真是找不到。于是，老耿让众人上车，直奔栗家岭方向。在马上要进村的时候，他们在村外一栋新修的民房外看到了那辆车。众人见了，不由得一喜。颜素他们下车后，检查了配枪，然后迅速靠近。

车的型号和牌照都对，从外面看，一切都正常。而车旁的那栋民房大门紧闭，听上去也十分安静。老耿靠过去刚要敲门，颜素就拉住了他，然后后退了两步，直接俯冲上墙。她在墙头观察了一下，然后跳到了院子里。一旁的老耿看得眼睛都直了。随后，就听到大门开启的声音。江之永他们鱼贯而入，开始搜查院子。

这是北方农村很普遍的独院，不过看上去像是建成没几年的样子。颜素带人进入了客厅，可里面空空如也。因为长时间没有人居住，地板上的积灰很厚。但是，那些积灰上明显有拖拽的痕迹，而且脚印杂乱，不像是只有三个人活动过的样子。另外，在客厅一侧的地面和墙上都有血迹，一直延伸到大门外才消失。

"靠墙走。"颜素回头说了一声。

他们当即绕开了中央的脚印，开始搜查。江之永和张昭则在观察那些痕迹。该房的面积并不大，里面根本没有人。几分钟后，众人都下来了。老耿他们先退了出去，颜素随即给痕迹勘验组打了电话，请求他们过来支援。这里虽然没有找到人，但是情况并不乐观。

一个坏消息来自张昭。他仔细观察了血痕后，说道："这些血痕呈现暗红色，说明形成的时间不太久。"说完，他站在原地比画了几下，又根据地上的脚印说道："现场的血迹有三种，分别是喷溅、挥洒和滴落形态。这里应该发生过激烈的打斗，不过时间很短。其中有一个人受伤，形成喷溅血迹。挥洒和滴落是嫌疑人拿凶器对受害人打击造成的，动作力度很大。从这里向外的血迹呈现滴落状，看血迹的形态，应该是距离地面一米左右直角滴落。而地上的脚印前后覆盖，明显有两个人，应该是有人受伤被抬出去了。"

而另外一个坏消息是江之永带来的。他在那些纷乱的脚印中观察了一会儿后，快速地在笔记本上绘制了一张路线图。他一边画一边说道："现场有脚印七种，说明至少有七个人在这里活动过。有些已经被破坏，不好推断。不过，看方向上大致跟我推断的差不多。先从二楼说起。二楼左侧卧室发现三种脚印，其中一种为 37 码，另外两种分别是 42 码和 40 码。其中，37 码和 40 码应该是发生了冲突，下楼的时候只有 40 码。另外，楼梯和左侧卧室都发现了拖拽的痕迹。这说明，是一个人把另外一个人从上面拖了下来，痕迹一直持续到了门外。另外一组在二楼主卧，是 36 码和 41 码。情况大致相同。从脚印上看，冲突都十分短暂，一个人迅速地制伏了另外一个人，然后分别从二楼将其拖了下来。从鞋码上推测，36 码和 37 码的应该都是女人，而另外两个是男人。至于楼下，正如张昭说的那样，确实有短暂的冲突，两个人攻击一个人。从他们进入这里的步态上看，这两个人都应该是壮年期，行走稳健，规律性强。"

一旁的老耿都听愣住了，片刻后才对着老周苦笑道："看看人家，再看看咱们。真是该退休了。"

颜素赶忙说道："术业有专攻，他们本来就是这方面的能手。这不算什么。"但是，她说完，心里越发焦急。如果他们两个人的推测没错，那至少说明两个女孩都被人掳走了。而关于掳走她们的人，他们则一点线索也没有。

此时，老耿的手机响起。他跑出去接了个电话后，匆忙回来说道："颜队，刚才110接警中心打过来电话，说是在栗家岭发现了一具男尸。我们先过去控制现场，刑警队的人估计一会儿就到了。"

颜素一听，就要跟出去看看。案发现场在一片荒地内，杂草丛生，连个下脚的地方都没有。下车后，他们步行了大概二十分钟才来到这里。下面的案发地，直线距离估计也就两三千米。但是，因为黄土高原特有的望山跑死马，不得不绕路过来。

颜素下车后，先看了一下地形。四周都是农田，人迹罕至。案发的地点边上是一条水泥铺设的乡间小路。此时，有五六辆电动自行车停在那里，车旁站着八个中年妇女，其中一个被吓得脸色苍白，其余人也都面如菜色。毕竟，天已经黑了，又发现了尸体，搁谁都得吓一跳。

老耿在一旁了解情况，而颜素直接打着手电去找荒地里的尸体。一进去，她就看到尸体在距离路面不到两米左右的地方，但是有高大密集的野草掩护着。要不是那些妇女一个劲地指这边，从路旁根本看不到尸体。尸体是一名男性，脸朝下卧倒在地，衣服上都是血迹，而且在他背部能够看到衣服上的血洞。颜素马上戴上手套，翻过来尸体，看了一眼他的样子。她当即愣住了，地里的尸体就是他们要找的任仁河。

第七章　枪杀

小店分局刑侦的同事们在快晚上八点的时候赶到了现场。出勤的法医吴志力以及痕迹勘验的同事和张昭大多都认识，于是张昭和江之永跟着他们一起勘验现场。经过简单的勘验发现，任仁河尸斑形成显著，指压不褪色。尸僵达到了高峰，而且角膜浑浊加重，瞳孔可见。最后结合肛温，大致判断死亡时间是今天零点到一点之间。死亡原因还要等到尸体解剖后方能确定。体表伤情勘验显示，虽然他的头颅、手臂有多处挫伤和棍棒伤，不过都不严重，应该不是致命伤。这些伤口说明他生前和人发生过激烈搏斗，尤其是手臂上的挫伤和棍棒伤，能够看出来他抵抗的意图十分明显。

他的致命伤在后背，看伤口的形状，很好判断应该是枪伤。吴志力这些年遇到的枪击案很少，一时间有些发蒙，他小声地问道："张法医，看出来什么没？"

张昭仔细地观察了一下伤口，说道："枪弹的主要杀伤力来源于侵彻力和停止力。弹孔位置在第四、第五节胸椎附近，呈现椭圆形。翻过来看到子弹贯通了胸腔，在胸前留下较大撕裂创面。而后背又没有烟晕和药粒文身，说明射击距离较远，排除自杀。而伤口的擦拭轮还十分明显，间接说明子弹打入人体后，能量还很大。在类似于四十五度的夹角进入人体后，子弹受到了人体内脏以及骨骼的阻挡，但依旧在射创管的出口形成撕裂伤。子弹进入人体后的瞬时，空腔和压力波把肺和气管以及血管撕裂。我要是推测得没错，对方手里很有可能是一把制式武器，步枪和突击步枪都有可能。弹头还在体内，应该能认定射击枪械。"

颜素问道："射击角度呢？"

张昭站到路旁，利用正弦推算法简单地算了一下，然后伸手给她指了一个方向。当下，她打着手电，带着人朝着那个方向去找弹壳，好确定开枪位置。结果，他们在三十米外一块拐弯处的玉米地里找到了弹壳。看到弹壳，她的脸色陡然一变。这是一枚 7.62 毫米口径子弹的弹壳。她之所以这么肯定，是因为它的产量太大了，而主要使用枪械就是鼎鼎大名的 AK47 突击步枪。难怪任仁河身上的伤口会那么触目惊心。她在部队的时候，就听指导员说过，7.62 毫米口径的步枪子弹以 850 米 / 秒的速度射穿人体之后，射入点皮肤上会留下一个直径不到 1 厘米的小口，而弹头在经过身体时形成的巨大力量会震伤脏器，然后以 570 米/秒的速度穿出人体，震波形成的出弹伤口直径有可能达到 12 厘米以上。

而让她觉得不可思议的是，从死亡时间看，射击发生在昨天晚上到今天凌晨之间，射击距离在三十米开外，而且路况复杂，黑灯瞎火的，在没有光源的情况下，凶手是如何做到一枪毙命的？即便是她，也没有这个把握。看来，这次是真的遇到硬茬子了。当下，她为任仁光的两个女儿无比担心。因为那可不是一些普通绑匪，而是训练有素、有过实战经验的悍匪。她心里不由得为任仁光捏了一把冷汗。

因为是晚上，现场勘验的条件不好，大家都在汽车灯光的照明下开展工作，进度缓慢。颜素跟老耿打听了一下，这条路直通前方的 208 国道，是出入栗家岭的两条路之一。此时的她主要是不确定对方是绑匪，还是真的如同张昭推测的围猎者。如果是后者，对方就不是冲着钱来的，一晚上的时间顺着国道能跑两三个省，这弄得他们现在十分被动。而且，到目前为止，对方还没有提出赎金等要求。这些都让她感到十分不安。

正在她发愁的时候，突然有一辆车闪着警灯停在了远处。只见老赵拖着蹒跚的步子，从车上下来，看上去疲惫至极。两人一见面，她就问道："你怎么来这里了？任仁光和栗杜毅有下落了吗？"

老赵一屁股坐在路牙上，然后点了一根烟，狠狠地抽了两口，说道："别提了。在老秦给我打电话之前，我根据张昭的提示找到了那辆车的轨迹。他们确实是用了一点小伎俩，就把我们给晃点了。那辆路虎在市里一直兜圈子，十一点左右到了小店区后，就又没影子了。查了好久才知道，这小子又是故技重施，换了一套牌照，就直奔刘家堡了，然后我们又跟丢了。刚才给老耿打电话，才知道你们也在这里。"

颜素一想也正常，梁化凤说任仁光打算带着孩子们离开，这里隐蔽而且偏僻，路况复杂，交通便利，确实是个碰头的好地方。不出意外，任仁光应该在这里接上女儿们，然后想办法离开。只不过，任仁光的车十一点左右到了小店，到这里少说得一个半小时。等他来了，从任仁河的死亡时间来看，那帮人早跑没影了。只是刚想到这里，她突然激灵了一下。那些绑匪会不会把第二封勒索信放到了出事的民房里？任仁光是不是已经看到信了？又或者他们在民房里埋伏，等候任仁光到来，然后来个一网打尽？

此时，张昭和江之永走了过来，现场勘验基本完成。颜素分析，既然这些绑匪已经无从查找，那眼下只能从任仁河的死看看有线索没有。张昭看到老赵也在这里，大概猜到了怎么回事。和老赵交流了几句，弄清楚情况后，一时间众人都陷入了沉默。虽然刚过"五一"，但是晚上还是有些凉意。颜素看到张昭又进入了那种入定一般的状态，知道他一定有什么发现。等他的眼睛开始活动的时候，她立马问道："有什么发现吗？"

"肆虐形杀手大部分都喜欢看到被害人死亡前痛苦的表情，所以他们大多采用近距离击杀。而这个案子和前两个绑架案的被害人，致命伤都是被人远距离枪杀造成的。"张昭望着天空，若有所思地说道。

"那就是说，你之前的推测是错误的？"颜素问道。

他摇摇头道："并不是。前两个绑架案的卷宗我看过。女孩们在被枪杀前，因为都被不同程度地虐待过，身上伤痕累累。从现场看，她们都跑了一段距离。其中一个女孩跌跌撞撞跑了足足五百多米，所以一路上都留下了她们的血迹。刚才勘验任仁河的现场也是一样的。从你捡到弹壳那里再向前一百多米，还能看到地上零星的血迹。这说明在这段路上，任仁河处于一个逃命的状态。这和另外两个案子的作案手法上如出一辙，枪法精准，远距离击杀，并且有意看他们逃亡时候的样子。"

颜素此时才明白张昭嘴里所说的他们是围猎者的含义。

张昭继续说道："这种杀手在国外有个名称，叫作 L.D.S.K，就是远距离射击连环杀手。他们比较特殊，通常不会和受害者建立某种联系。一般来说，他们大部分都是受过系统的军事训练的人员。可这种人性格偏执，往往不合群。

而且，这么长时间都没有出来作案，现在突然出现，我觉得，这背后一定有温道全的影子。这也是他常用的伎俩。这帮人就是冲着任仁光来的。绑架他的女儿都是其次，为的就是控制任仁光。而且我觉得，这些绑匪了解他的一举一动，甚至比我们都提前知道了任仁光的逃亡计划。这个人，应该就是任仁光身边的人。"

老赵一拍大腿道："说得没错。我们三班倒布控这小子，而且有两队人马，基本上是三百六十度无死角了。我们都没察觉任仁光突然有逃跑的意图，对方怎么会知道呢？这确实太巧了。"

第八章　僵局

第二天上午十点，颜素匆匆抵达任仁光的投资公司。这天一早，法医中心加班加点后，终于把检验结果送到了。车祸现场的尸体并不是任仁光的，这和张昭推测的一样。而昨天在栗家岭发现的血迹中，除了有任仁河的血液之外，还有另外一个人的。这倒是一个意外发现。同时，在昨晚出事的那间民房内，发现了任仁光两个女儿的指纹，那辆大众轿车内也发现了她们的毛发。绑架信上的血迹和大女儿一致。至于绑匪的下落，他们调看了栗家岭附近所有的监控。因为那里有大量的盲区，至今还没找到可疑的迹象。张昭此时还在事故科对那辆事故车进行技术鉴定，想知道那辆车突然翻落沟里发生爆炸的原因。老邢则对梁化凤进行了讯问，毕竟任仁光两个女儿被人截胡，大概率是身边的人干的——即便不是，十有八九也给绑匪通风报信了。不然，那帮人不可能知道任仁光行动的准确时间。

对于任仁光公司的事情，梁化凤是一问三不知。反正，他给她的钱够花，她也懒得去问。两个人分床睡都有十几年了。要不是因为有两个女儿，她估计任仁光都不会回家看她一眼。不过，任仁光和两个女儿的感情极好，将她们当作掌上明珠一般。这帮绑匪也是打蛇打七寸，难怪任仁光跑路都只带上自己的女儿，反而把老婆留下来打掩护。

从目前已有的资料看，这个任仁光早些年并没有什么理财投资的履历，初中学历，公司于2014年才成立。在这之前，他是一个从事灰色产业，也就是俗称玩洗唱牌，或者催债放贷之类的有涉黑背景的江湖人，和周彪的情况极为类似。他有过案底，1996年因为故意伤人被判处三年有期徒刑。而如今短短几年，他已经坐拥数十亿的资产。其中，国内的投资并不多，但是选中的都是一些高科技产业，比如手机应用研发、半导体电子产业以及新型互联网公司等。其主要的投资都在海外，比如瑞士、新加坡，甚至是卢旺达等。这些地方都有一个洗钱的天堂，叫做自由港，比如日内瓦自由港和新加坡自由港等。颜素猜测，秦儒之所以没有马上控制任仁光，就是因为他手里的钱在这些自由港内洗白，而跨境洗钱活动，采集证据是一个很难的事情。

颜素进入公司后，发现这里已经乱成了一锅粥，而经侦的人也在这里。跟同事们了解情况才知道，任仁光早在半年前就一直抽调公司的资金。一直到任仁光失踪之前的那几天，公司账面上已经不剩什么钱了。员工的工资也有两个月没有发了，如今伴随着任仁光和一众高管的失踪，公司的运转基本处于停滞状态。

除了任仁光之外，公司有三个高管也不在公司。其中之一是总经理樊灿星。另外两个分别是财务总监杨婷和分管行政的副总经理宋雷军。通过对公司员工的走访得知，这三个人基本是任仁光的心腹。当然还有栗枉毅，几乎和任仁光形影不离。樊灿星比较神秘，但是听员工说，公司的实际运营基本都是樊灿星在操控。宋雷军是任仁光的发小，公司都说他们两个人一直关系不错。栗枉毅则比较简单，是任仁光的马仔。而杨婷则是樊灿星的情妇，虽然没有证据，但是公司里都这么传。

颜素随后在人事部门找到这三个人的履历看了一下。樊灿星和杨婷的履历比较耀眼。樊灿星今年46岁，国外名牌大学财经系毕业，在国外的证券公司一路做到了部门主管。任仁光创立这家公司的时候，他作为股东加入。这点就十分可疑。按理说，以他的履历，在国外干得那么好，即便回国也能去更好的公司，为何会跟一个名不见经传的任仁光一起联手开这家公司呢？至于杨婷，她也是国外名牌大学财经系的高才生。先在巴黎的财务公司从业五年，一路从实习生干到了部门主管，然后又跳槽到了另外一家证券公司当了两年高管。任仁光的公司成立一年后，她才进入，在财务总监的位置上一直干到了现在。宋雷军的履历十分简单，只有进入公司之后的任命，之前的履历一概没有。

颜素推测，他们公司的高管基本都处在被警方监控的状态。毕竟，任仁光就算是有三头六臂，粉冰案那么大的资金流量，凭借他一个外行，是无论如何也没办法操控的。她向老赵求证了一下，情况果然和她所猜想的一样。杨婷在一个月前就去了新加坡，至今未归。樊灿星在4月27日摆脱了警方的监控，目前警方还在找这个人。宋雷军和任仁光在同一个晚上摆脱了他们的监控，目前下落不明。

挂断电话后，颜素一下子明白秦儒为何紧急把他们调回来了。只是，可惜老赵那边也没什么动静，因为昨天晚上他在老耿的陪同下反复地寻找那辆路虎的下落。那辆车在进入刘家堡的一段监控盲区后，就再没出现过。他手里的这条线索基本断了。此时，他正在等张昭，看看从发生车祸的那辆车的勘验上，能不能再找点线索出来。

让颜素此时真正焦虑的是，绑匪至今都没有向任仁光提出任何要求。而她判断，任仁光现在应该是安全的。因为如果前天晚上绑匪劫走了任仁光的女儿后，在栗家岭等他并且拿住了他，或者把绑架信放在栗家岭的民房的话，那么昨天下午的时候，他们应该不会收到绑匪的绑架信才对。这样做，完全是多此一举。绑匪的目标是任仁光，根本没必要去通知梁化凤。那封信其实是给任仁光看的。同时也说明，前天晚上他们并没有见到任仁光。他们这是在向警方赤裸裸地挑衅，符合张昭对他们的侧写。

根据老赵提供的信息，樊灿星的个人信息都是假的。宋雷军的家就在 A 市，妻儿都在警方的控制中。如今，无论是任仁光还是绑匪，警方手里都全无线索。目前可以肯定，任仁光的出逃是有计划的，从他身边的核心人员就能看出来。只不过，当时没引起老赵他们的重视。最主要的是，他们此时手里还没有任仁光参与粉冰案的直接证据。所以，当杨婷离开的时候，他们也毫无办法。至此，整个案子数条线都陷入了僵局。

此时的张昭正在事故科的停车场内，在一个封闭的工棚里，那辆基本被烧得只剩下车架的路虎正在一点点地被拆解。车架上的燃烧残留物已经被拿去分析了，目前结果还没出来。不过，张昭觉得，爆炸十之八九不是车祸导致的油箱泄漏所引发的。首先，汽车油箱泄漏引发爆炸的条件十分苛刻。虽然汽油的闪点很低，但是爆炸的先决条件是气体或蒸汽的剧烈膨胀。汽油挥发到了一定浓度且在相对封闭的环境中才会爆炸，在野外只会引发剧烈的燃烧。这就好比火药在没有做成炮仗前点燃，也只会燃烧一样。其次，结合现场报警人的描述，车辆侧翻后起火，马上发生了爆炸，这点基本也否决了汽油爆炸的可能。侧翻后起火确实有可能引发爆炸，但是一般都会在几分钟之后，那是轮胎的橡胶承受不了高温所发生的爆炸。翻车后的爆炸场面基本只有影视作品里才会有。

昨天现场勘验的同事们把车爆炸后辐射范围内的可疑物都摆放在地面上，车内被拆解的零件越来越多，张昭蹲在一侧一件一件地分辨。毕竟，一辆车内的材质众多，要人工慢慢地区分。但是没多久，他就在一堆物品中找到了一些可疑物。老赵过来看了一眼，发现是一些电池外皮、填充料、导线的残段等。这些东西看上去都有被冲击、软化、撕裂和灼烧的痕迹。随后，张昭拿起一截黑乎乎的残片，其断口呈现毛绒状。张昭说道："这是爆炸物的捆绑物。送去化验吧，应该能知道是什么爆炸物。"随后，他又继续埋头开始寻找。

伴随着整车拆解完成，车内的各种零件和其他物品摆了满满一地。张昭蹲在车的轮毂边上，看了又看。地上摆着五个轮毂，其中一个是备胎轮毂。他看着其中一个轮毂，轮辋和胎座圈都有缺失的痕迹，断口有崩裂的迹象。他问后得知，这个轮毂是从右侧前轮拆卸下来的。其余四个轮毂虽然略微变形，但是相对完整。

按照事故科勘验现场的判定依据，该车是右前轮爆胎引发的车辆失控，撞到了一侧的隔离带，然后翻下了山崖。按照常理，既然已经爆胎，那么轮胎内已经没有气压，也不应该发生爆炸才对，怎么可能把轮毂炸成这样？于是，张昭起身在这个轮毂遗留物那里寻找了起来。片刻后，他在轮胎的燃烧物里找到了一截没有被完全融化的电子板残片和一些导线，很小的钢制盖帽之类的东西。

有了这些东西，基本可以确定车辆爆胎不是意外事故，而是通过轮胎内的爆炸物人为导致的车轮爆裂。那片没有完全熔化的电路板在外面轮胎橡胶的包裹下，保存得相对完整。那个只有指甲盖大小的钢制盖帽则是雷管的盖帽。他推测，这电路板应该是一种遥控装置的器件。从现场轮胎燃烧残留物以及电路板和其他爆炸装置推断，这种遥控爆炸物的操纵距离应该不会太远。于是，他还原了一下车祸的经过。

车辆应该是在行驶的路上被人遥控爆胎，然后失控，冲下山崖。当嫌疑人看到车子冲下去之后，再次通过遥控引发藏在车内的炸药爆炸。爆炸物在助燃剂的帮助下，迅速引发了车辆大火。很显然，嫌疑人企图对车内的人进行毁尸灭迹，以此来达到他瞒天过海的目的。想到这里，张昭回头对老赵说道："我想，我知道怎么去找他们了。"

第九章　沉案

张昭回忆了一下当时的案发现场。那里位于 208 国道上，因为四周山势陡峭，所以比较荒凉。他们选择这里，一定提前去踩过点。估计当时任仁光就在另外一辆车里，亲手按下了遥控装置，让车爆炸。虽然他们一定用电子狗提前探查过这里的监控，不过还是百密一疏。

电子狗虽然能避开大部分的交通监控，但是像这样的路段，因为地势的原因不会有岔口，所以公安系统会在这种路段设立治安卡口。有治安卡口的话，大概率会有安防监控。张昭转身问道："赵队，你打听下距离案发现场最近的治安卡口有多远。"

老赵马上去打电话联系。几分钟后，他挂断了电话，说道："距离案发现场一公里左右有一个治安卡口。"

张昭把他的思路跟老赵一讲，当下两个人直奔监控中心。经过了一番查询，果然有了发现。治安卡口设在案发现场之前的一公里左右。因为那段路没有其他岔路，他们作案后一定会经过那个卡口。在上午十点二十五分的监控画面中，一辆厢式货车引起了他们的注意。那辆车的司机是栗杠毅，通过监控还原高清图像后，本以为副驾上的人应该是任仁光，结果却出乎了张昭的意料，那个人竟然是失踪了好几天的樊灿星。

张昭因为和老赵联络得较多，所以对任仁光的公司内部情况比较了解。他知道，任仁光本身是没有才能运营这样的投资公司的。所以，樊灿星和杨婷才是公司真正的核心成员。至于任仁光在其中扮演一个什么角色，就不得而知了。但是，老谋深算的温道全既然会选中任仁光，想必他也不是个草包才对。如果樊灿星参与其中，这无疑让整个案子变得复杂起来。

老赵马上联系人，通过监控去盘查那辆厢式货车，最后确定他是在良镇附近的监控中失踪的。不过，那么大一个目标，应该能够被找到。当下，他让人联系附近的派出所协查，他和张昭也准备动身前往。结果，刚走半个小时，附近派出所就告诉他们，车已经找到了，就停在良镇前方的国道旁，车内没人。辛辛苦苦找到的这条线，一下又断了。

此时，颜素打来了电话，秦儒让他们回市局一趟开一个碰头会。张昭让老赵把车祸现场尸体的 DNA 信息和宋雷军的比对 下。如今，警方已确定死者不是任仁光。而杨婷是个女的，樊灿星出现在案发现场之后，就剩下宋雷军还没动静。根据尸体骨头推断的身高，和宋雷军高度接近。

颜素匆匆回到市局，她本来想再去宋雷军家看看，挖掘一些被遗漏掉的线索。因为宋雷军有家有业，比起樊灿星和杨婷，他搞这种有预谋的失踪，怎么也会有些蛛丝马迹。进入会议室后，她看到魏长河、陆广和秦儒都在。同时，还有两位上了年纪的老警察。其中一个她认识，是小店分局刑侦大队的教导员叶建新。另外一个人，她看着很面生。片刻的工夫，老赵和张昭以及老邢等人也进入了会议室。秦儒看人都到齐了，就简单地介绍了一下。那位面生的老警察原来是 Y 城刑侦支队的副队长卫聚贤。

颜素一看这个阵容，大概明白了是怎么一回事。

魏长河说道："鉴于我们手里的这个案子跟'5·12'案和'11·6'案这两个案子高度相似，省厅和我们市局都高度重视，决不能让当年的惨案再度上演。这个案子目前已经由省厅挂牌督办，派来了督导陆队长。另外，我们把当年办过这两个案子的主要负责人也请到了现场，为的是查遗补漏，重新梳理案情，争取尽快把这个案子破获了。现在，大家可以畅所欲言，群策群力。颜素和老赵，你们先说说进展。"

众人听完汇报后，都陷入了沉默。

此时，叶建新说道：

"当年我们接到'5·12'案的时候，被害人的父母并没有第一时间报警。五天后，是村民在野地里发现了他们女儿的尸体后才报的警。我们在追查尸源的时候，才查到了这个绑架案。而张斌当时还天真地以为交付了赎金后，他的女儿们能够回来呢。后来，经过我们了解，张斌是 5 月 12 日下午在家门口收到了勒索信。而绑匪则是 12 日早上，在他女儿上学的路上将她们劫走的。他的两个女儿虽然相差一岁，但是姐姐因为生病晚读了一年，所以她们都是初三学生。早自习是 7 点钟，她们两个骑着自行车，在路上双双被劫走。

"第二封勒索信是 13 日上午邮局送到的，里面索要赎金三百万。对方的要求是：第一，必须是旧钞票，钱上不准有标记；第二，这笔钱必须分装成三个拎包，包内不准有任何电子产品。从这些来看，对方是有些经验的，并不是新手。至于交易的过程，那就更加让人觉得不可思议了。张斌这个人，在小店工作过的同志们大多都知道他。他早年间是个小痞子，后来渐渐地在江湖上有了一些地位。当时，他没有报警，主要也是因江湖事江湖了。出来混的，报警会让别人看不起。按照他的推测，是有人在搞他。所谓图财不害命，无非是想恶心他而已。所以，知道交易地点后，他马上纠集了一众兄弟，气势汹汹地就去了。结果，他们连绑匪的面都没见到，还把钱给弄丢了。"

这个案子因为没有告破，所以颜素只是听过，却没有看过卷宗，并不知道具体细节。张昭之所以知道，是因为抛尸案后，省厅集中梳理了一批沉案。陆广趁着张昭培训的时候，找他给这个案子的嫌疑人做过侧写。

叶建新喝了一口水，继续说道：

"张斌在社会上混了那么多年，也不是个愣头青。交易地点定在古县的孙林镇葛村戏台旁，时间是 14 日下午三点。为了保险起见，张斌暗中带了一百多人，悄悄地包围了那里。明面上，他一个人带着钱到了戏台旁。只要绑匪敢露脸，他就有把握抓住对方。结果，从三点一直等到了四点多，始终没见到对方。不过，随后他就在戏台的墙上见到了用透明胶粘着的一封信，角落里还扔了一件女儿的校服，绑匪让他们在下午六点赶到三十公里外的秦楠村外的一个垃圾点。

"张斌当下就带着他的兄弟们浩浩荡荡地去了秦楠村，结果去了那里又发现了一封信和女儿的课本，让他们晚上八点赶到王村镇外的一个废弃水泥厂。此时的张斌已经是怒火中烧，但是这还没结束。如此反复折腾他们到了次日凌晨一点多，最后的交易地点在环城高架桥上，让他们必须在凌晨三点之前抵达，否则撕票。

"这帮人被当作猴子一样耍了十几个小时，好不容易在凌晨三点以前准时赶到高架上。结果到了指定地点，那里同样也有一封信，让他们在凌晨三点零五分的时候站在地上画定的红圈内，把钱扔到桥下。他们收到钱，张斌的女儿会在三天后回家。那里是环城高架，下面的路是出 A 市的，高架是进入 A 市的。虽然上下隔着十几米，但是一进一出实际距离隔着十多公里。张斌赶到，看完信，只剩下了不到三分钟。最后，为了女儿的安危，他站在固定地点，准时把钱扔到了高架下面。当时，下面正好经过了一辆货车，钱就掉在了货车车厢内。而因为路面没光源，他们甚至连车牌号都没有看清楚。当我们找到张斌时，他才知道自己被骗了。

"这案子在当时，社会反响特别恶劣，秦支应该还记得。我们几乎动用了当时一切能动用的手段，只是可惜张斌一来没及时报警，白白错过黄金侦破期。不得不说，这帮绑匪也确实很聪明。我们几乎查了他们每一个交易的地点，没有任何目击证人，也没有暴露在监控下。虽然我们在尸体上找到了精斑，但是至今没比对上。这案子最后因为线索全断，一直到现在也没结果。"

众人听完，都觉得后背发凉。他们虽然都是经验丰富的警察，但是心里都知道，真遇到了这样的绑匪，未必会比老叶做得更好。整套作案手法心思缜密，步步为营。加上当时的技术条件和现在差距较大，侦破难度太大了。

坐在老叶身边的卫聚贤也轻叹一声，他用半生不熟的普通话说道：

"说来惭愧，'11·6'案是我亲自接手的。我给大家先来介绍一下管长梅，她是我们当地有名的女企业家，以餐饮起家，后来转入了煤炭行业。她先后开办了煤矿、洗煤厂、焦炭厂和化工厂，是我们市的人大代表。她的长梅集团也是我们市的龙头企业之一。她女儿被绑架后，一度引发了社会的高度关注。她有一儿一女。儿子当时在国外上大学，女儿张若兰在读高一。因为家庭条件比较好，她上下学都有司机专人接送。那天中午，司机在校门外等她放学。结果，等人走光了，也没看到她出来。于是，司机就拨打她的电话，发现关机了。去学校找老师，才知道她后两节课没有上。

"这个张若兰因为生活条件比较好，家里又宠爱，所以性格乖张。因为她母亲的纵容，学校的老师也不敢管她。用现在的话说，她是一个问题少女，经常和一帮不上进的学生厮混在一起。所以，旷课逃学是家常便饭。大部分逃学旷课的时间，她要么去打台球，要么去黑网吧上网。所以，司机没接上她，也没太当回事。跟管长梅汇报了一声，司机就回去了。"

第十章　英雄

"绑架信是当天下午收到的，是由一家同城快递送的。但是，管长梅是第二天下午，也就是 11 月 7 日才看到。因为她太忙了，很多信件都是她的秘书帮忙处理。经常有些莫名其妙的信件出现，她的秘书一般都当垃圾给扔了。这封勒索信也是一样，我们找到的时候，它在秘书的垃圾桶里。张若兰虽然性格乖张，但是也惧怕她母亲的威严，从来不敢夜不归宿。6 日晚上，管长梅回到家等了一晚上，发现女儿彻夜未归，十分恼怒。当时，管长梅并没有觉得女儿被绑架了，只是觉得她贪玩，可能去了同学家。第二天上午，女儿手机打不通，也没去学校，她略微有些坐不住，于是就报了警。当时，辖区派出所的民警先到了现场，了解了一下情况。因为民警们当时也没有看到绑架信，所以只是将其当作人口失踪处理。随后，他们就去学校和张若兰经常出入的其他场所走访找人。

"结果找了一下午，得到的情况却不太乐观。张若兰确实在 6 日上午九点四十五分和几个同班同学从操场翻墙出去上网。但是，到了十二点的时候，那些同学都离开了网吧回家了。根据她的那些同学描述，当时张若兰是说要去找司机，然后回家吃饭的。那家黑网吧在学校背后的老旧棚户区，情况复杂。在排查了张若兰其他能去的地方后，派出所的民警觉得这里面可能有问题，就马上上报了刑警队。当时，因为管长梅身份特殊，所以就让我来接手这个案子。

"我们到了管长梅家里，详细地询问了情况。这时候，她的秘书才说昨天下午收到了一封绑架信，她以为是恶作剧，就给扔到了垃圾桶里。等我们看到信后，才确定这是一起绑架案。于是，我们马上开始着手调查。一方面，我们动用技侦寻找张若兰的手机，然后在管长梅家布控监听。另一方面，寻找快递的投放点和投放人。我们去还原现场，打算先从现场找到那些绑匪的蛛丝马迹，做好主动出击的准备。快递那边很快就有了线索，是在本地接收的。但因为是冬天，对方穿得很厚，很有反侦查意识，遮挡了其面部。快递员只能告诉我们他大概的身高体重，其他的信息全无。索要赎金的绑架信也是这个时候收到的。

"对方的要求和'5·12'案基本一致，略微有些不同。对方要求我们8日上午十一点到解州镇交易。于是，我们和张斌一样提前布控。对方说，要赎金五百万，这些钱差不多有一百一十多斤。对方肯定不是一个人。所以，我们抽调了40人左右的精英和一部分武警。结果，到了交易地点，管长梅和张斌一样，在那里看到了另外一封信和女儿的钻石耳钉。这个情况当时出乎了我们的预料。和张斌的情况不一样的是，对方要求我们把钱分成两半，一部分让管长梅带着去临猗县，另外一半让管长梅的父亲带着去夏县。临猗县和夏县完全是两个方向，打得我们有些措手不及。一方面，我们请求支援；另一方面，就请求夏县和临猗县的同志们协助侦查。

"说起来，我们当时比'5·12'案有优势，绑匪面对的不是张斌一个人，而是整个Y市的公安系统。夏县和临猗县的同志们也都十分尽力，得知情况后，第一时间就去布控现场。我们也兵分两路。因为怕打草惊蛇，所以先到了现场的同志们都按着没动。等当事人去了现场后，到了交易时间，发现人都没来。于是，就在现场搜寻了一下，并没有找到绑匪。但是，依旧找到了两封信。当时，我们就都意识到了对方可能是利用我们的长途奔袭来干扰我们办案，他们应该不会主动现身。于是，我们索性让当地距离最近的派出所协助办案，我们则停下等待最后的消息。

"不出所料，最后两封信，一封在潼关县外的一座隧道外，另外一封在平陆县平陆大桥上。这两个地方，一个隶属于陕西省的渭南市，一个隶属于河南省的三门峡市。这涉及跨省办案，不过因为我们提前解读了绑匪的意图，所以给我们争取了大量的时间。对方要求我们的交易时间都在凌晨四点以后，如果按照他们的思路一路追踪下去，估计凌晨四点左右只能是刚刚赶到现场。但是，我们没跑那些冤枉路，在晚上十点左右就到了现场。经过讨论，潼关县和平陆县的情况大致相同。潼关县的交易地点是一座省道高架桥，下面是国道。而平陆县这边，平陆大桥下就是一条乡道，而对方也是让我们把钱扔到下面的乡道上，以此来躲避我们的追捕。市局提前和当地警方取得了联系，而且分别派了增援。当地警方十分配合我们，最后我们在交易地点布控，并且在附近主要所干道都设立了卡口，确保对方插翅难飞。

"到了交易时间，我们先按照他们的约定把钱扔了下去。果不其然，钱都掉到了此时正好经过的货车上。我们为了不打草惊蛇，解救人质，外松内紧，暗中盯着那两辆货车。想抓到人，找到他们藏人的地方。两辆货车先后都进入了两个县城，然后各自在停车场内停车。我当时在潼关县，车停下的时候，我们观察了一下，对方司机十分谨慎，一直没有下车。大概等了半个小时，见到那个司机下车去后马槽拿钱，我就下令去抓捕。结果，没想到对方身上有炸药。我们刚把他按倒，炸药就引爆了。当时，我因为年龄大了，没他们跑得快，晚了一步上车。爆炸后，气浪把马槽掀飞，我被砸中，当场负伤，肋骨断了三根，有一根扎破了肺，在医院捡了一条命回来。当时牺牲的三个同志，最小的叫吴栋，才24岁，家也没成。张海涛才刚刚结婚两个月。王宇的妻子刚给他生了一个闺女。而他们的尸体最后都没找全……"

说到这里，卫聚贤忍不住捂住了脸，摆摆手，示意说不下去了。

在座的人不约而同地低下了头。虽然大家都知道穿上这身警服的时候意味着什么，但是每每听到这种消息还是心里一阵绞痛。

老叶点了一根烟，递给了卫聚贤。他用手抹了一把脸上的泪痕，抽了两口烟，才缓和一下情绪，继续说道："引爆炸药的绑匪叫巫鹏程，是内蒙古乌兰察布人。他有过爆炸罪的前科，被判了三年。出狱后，他曾经在包头、上海、重庆和杭州打工。这人脾气暴躁，在这几个地方的派出所都有过打架斗殴的记录。不过，2007年之后，他就销声匿迹了，一直到案发前才出现。而平陆县那组同样也不顺利。车内的人很有反侦查意识，带着他们在平陆县不停地兜圈。发现被跟踪后，他开车逃命，在卡口被堵住，和我们发生了短暂的交火。在混战中，他被击毙。后来，经过调查得知，这人名叫苗青，就是Y城本地人。他有过入室抢劫的前科，被判了十年。后来，他在管长梅的煤矿工作过，因为在井下抽烟被开除。案发前，他曾经在西安市的饭店打工，不过没干多久就辞职了。后来，下落不明，直到案发时才现身。

"来收钱的两个人都死了，而Y城那边也没有新的线索。后来，我们试图从车上下手去寻找他们。查到最后两辆车，都是黑车套牌，几经转手。去查巫鹏程、苗青的手机号，发现他们在自己身份证下登记的号码有的很早就停用了，有的只和家里有联系。而张若兰的尸体是一个月后在侯家山的荒山上被一个放羊老汉发现的。至此，所有的线索全部中断。这个案子一直是我心里的一块石头，压得我喘不过气来。后来才知道，这个案子并不是孤案，他们曾经在小店也遇到过一次。只是在这之后，他们再无作案。

"我和老叶也重新梳理过这个案子，也耗费了大量的力气，想从巫鹏程和苗青身上寻找线索。他们一个是内蒙古人，一个是四川人。服刑的地点又不相同，人海茫茫的他们是怎么相遇的？至今也没找到把他们两个人连接在一起的线索。对方精心策划，而且踩过点。我们于是又掉转思路，想从受害人的家庭方面去查。毕竟，张斌和管长梅一个是大混混，一个是企业家，难免会得罪一些人，让他们成为受害的目标。可惜的是，这两个人的背景都太复杂了，他们又不是很配合。所以，查了一阵，没什么线索，这案子就沉了。"

听他们描述完案情后，众人都觉得心头有些压抑。首先，在付出了如此巨大牺牲的情况下，案件至今没有破获，而且这帮绑匪如今再次作案，每个人内心都感到压力倍增。其次，到目前为止，对方依旧没有交易赎金的要求，使得他们都没有机会正面接触这些绑匪。这种坐以待毙的感觉让人更加感到无所适从。

陆广此时环视了一周，咳嗽了一声，问道："张昭，你有什么想说的没有？"

这个时候，颜素侧头去看张昭。他似乎又陷入了一种神游一般的状态中。熟悉他的人都已经习以为常。颜素觉得他有时候大脑是单核的，于是用胳膊轻轻地推了他一下。张昭似乎回过神来，见众人都在看他，于是说道："我们好像遗漏了什么线索。"

众人听完，纷纷一愣。

第十一章　方向

张昭继续说道：

"我们通过梁化凤那里了解到，在案发之前，任仁光就一直有出逃的想法，而且是从去年开始的。时间节点，和粉冰案高度重合。而且，他给两个女儿办了出国留学的手续。我让杜馨笙去查了，情况属实。任仁光的紧急出逃是在周彪死后，他是十分了解周彪的，和周彪是同一类人。也就是说，他出逃的直接原因是周彪的死，而并非我们对他的侦查。

"顺着这个思路，我就想通了那封假的绑架信，因为那封绑架信完全是画蛇添足。如果想偷偷地溜走，他既然有心躲避我们的侦查，又何必弄一封绑架信来引发我们的关注呢？从他脱身的手段来看，他有很多办法让他的女儿们悄悄地离开，何必多此一举呢？现在，我才想明白，周彪死后，任仁光偶然得知自己的女儿可能要出事，所以他不得不将他的出逃计划提前。而制造这起假绑架案，主要是演给真正潜在的绑匪看的，同时利用我们敲山震虎。另外，那起车祸也是演给绑匪看的，当然也是为了迷惑我们。如果一切顺利，我们和绑匪都以为他死了，而我们大概率会认为绑匪绑架了他的女儿，然后费尽力气去找那帮绑匪。最后，我们和绑匪鹬蚌相争，他来个渔翁得利。但是，没想到搞砸了。绑匪识破了他的意图，还是绑走了他的女儿。

"而绑匪绑架了他的女儿，至今没有提出任何要求，这一点在前两起绑架案中是没有过的。绑匪的目的极有可能是任仁光，而不是他的钱。不出意外，任仁光已经知道他女儿真的被绑架了。他此时也在寻找绑匪。他也清楚地知道，如果他落到这帮绑匪手里，他的女儿未必能活命。而活着才是对这帮绑匪以及绑匪背后的人最大的威胁。综上所述，他暂时应该是安全的。而周彪可能是一个我们忽略了的线索。"

等张昭说完，在场的人都互相看了看。现如今，他们确实是没有一个明确的侦破方向。找任仁光，现在没影踪，绑匪那边也全无线索，以至于案子频频陷入僵局。而从绑匪一贯的作案手段来看，如果找不到他们，这两个无辜的女孩大概率会香消玉殒。这是警方最不愿意看到的结果。

秦儒和魏长河交换了一下意见后，说道："张昭的意见很宝贵。如果绑匪是冲着任仁光来的，那么找到他必能找到绑匪。但是，找到绑匪，却能找到任仁光。因为案情复杂，线索又很少，刚才魏局的意思是对此案成立一个专案组，专人专办。这个组就由我牵头作组长，协助统筹各位侦破此案。下面，我宣布一下各组的任务。老赵，你继续去盯着任仁光这条线，让老邢和老叶配合你。他们在这里人都比你熟，或许能帮助你。颜素，你们原组人马直接参与对周彪这条线的侦查。而我和老卫两个，负责去栗家岭对绑匪进行二次追踪。咱们这次算是八仙过海，各显神通，要不惜一切代价，将这群绑匪抓捕归案，将两个女孩成功营救出来。"

散会后，大家马上各忙各的。因为大家心里清楚，摆在他们面前的这三条线索，有可能会全部一无所获，而留给他们的时间确实不多了。

此时，张昭拉住刚要上车的颜素说道："从任仁光做事的风格看，第一，他绝对不会放弃他的女儿不管。第二，明知道计划泄露后，他依旧利用车祸企图假死脱身，不排除他计划的这个部分没有被泄露出去。而要把他已经死了的消息送出去，除了我们以外，他还需要梁化凤的配合。我想，绑匪会通过梁化凤来确认这件事的真假。我们得安插一个得力的人去看着梁化凤。"

颜素明白他的意思，小声说道："我把杜馨笙留在了那边。"

张昭当即竖起了大拇指，并且说道："去跟秦支申请一套技侦手续。"

凌晨四点多，街道上已经万籁寂静。但是，颜素他们此时都守在车内，等待着最后的命令。他们通过技侦手段在傍晚发现了栗枉毅手机信号曾经在这里短暂出现过。和附近派出所沟通后，在那条路上，除了一个治超点以外，就只有一家木料厂。于是，他们查询了一下这个木料厂的背景，很快就查到这家木料厂登记在周彪名下。那里位于万柏林的远郊，十分偏僻。附近都是农田，距离人烟较远，是一个绝佳的藏身地点。所以，专案组马上对木料厂进行了布控。

因为是晚上，视野极其不好，无法观察到木料厂里面的情况。秦儒看布控已经完成，于是一声令下。当即，特警们和专案组成员下车出发，步行悄悄地靠近了木料厂，发现木料厂的后门大开着。同时，夜视无人机也升空，在厂房上空盘旋。

木料厂的规模并不大，他们进入了院子，确认安全后，开始对里面的厂房进行逐一搜查，结果却大失所望。偌大的厂房内空荡荡的，根本没有人。不过，在仓库门口却发现了一具尸体。张昭当即进入了现场。秦儒随后通知了痕迹采集组的人过来勘验现场。张昭蹲在尸体旁，简单地检查了一下尸体。尸体的尸僵并没有缓解，手指和足趾强硬，角膜轻度浑浊。马上测量肛温，29 摄氏度左右，结合环境温度判断，死亡时间不超过十二个小时。经过辨认，死者是任仁光的手下栗枉毅。经过体表检验，死者身上能够看到明显的弹孔。看样子，应该是远距射击，一枪命中胸腔，子弹穿过胸膛后，从后背射出。伤及心脏以及肺部组织和主要血管，当场死亡。

仓库内堆放着两米多高的木料，让整个仓库看上去就如同一座迷宫。他们围绕血迹的原始位置搜寻了一会儿，用手电强光照射，很快就发现了几个弹孔。颜素命人在附近搜寻弹孔和弹壳。片刻工夫，现场就发现了数十枚弹壳和弹头。从弹壳上看，子弹至少有四种，其中，7.62毫米的突击步枪子弹的弹壳十分显眼。除此之外，还有霰弹枪和手枪，以及猎枪的弹壳。显然，这里曾经爆发过一场混乱的枪战。

枪战的结果如何并不知道，但是栗柱毅死在了这里。这很容易让人推测，任仁光找到了这里，并且和绑匪发生了交火。而现场除了栗柱毅死亡，并未发现其他血迹，说明也没有人负伤。他们进入木料厂的时候，后门是大开着的。后门附近的路边上到处都是凌乱的车辙印，两侧墙上也有弹孔。估计在交火后，双方都撤离了现场。

江之永打着手电，在这里搜寻了一圈。地上的脚印众多且凌乱，加上刚才他们进入现场后，考虑可能有恶战，所以顾不上保护现场。不过，现场并未发现任仁光女儿的任何脚印。这恐怕也是冥冥之中最大的幸运了。秦儒站在院子里抽烟。如果栗柱毅死了没十二个小时，也就是说，在今天下午四点左右，他们在这里发生了交火。从现场看，这里至少出现了两辆车，而且还可能在撤离时发生了恶性追逐。他先让交警部门协查附近的车辆，然后让人去附近的治超点调取监控，因为那里是经过这里的必经之路，应该能找到他们乘坐的车辆。

半个小时后，他们在附近治超点的监控里找到了两辆可疑的轿车，它们于下午三点左右经过治超点。两辆车一前一后跟得很紧，其中一辆车被扔在了木料厂里，另外一辆车不知所踪。这里位于柴西公路上，交警很快根据车牌找到了那辆车。在四点二十分左右，这辆车出现在康西公路上，随后在凌井沟和西陵乡之间失踪了。

秦儒一面联络当地派出所协查，一面组织人手追捕。颜素和江之永他们当即上车，沿着柴西公路一路向北追捕。西凌乡距离这里不过二十多公里，现在枪战已经过去了十几个小时，情况恐怕不容乐观。等颜素他们抵达的时候，附近派出所的民警也在周围搜寻。大概一个半小时后，在凌井沟附近的一条山路上发现了这辆车，只是车内的人已经不见了。整辆车被子弹打得千疮百孔，车子的玻璃尽数碎裂。但是，在车内并未发现血迹。而在五十米外，还有一辆车侧翻在山沟里，车上同样一片狼藉。但是，车内并没有任何人。

此时，天已经灰蒙蒙亮。颜素抬头看了一眼这里的地形，眼前是起伏无尽的山峦，满山松林覆盖、奇峰叠翠。蔼蔼的雾气在半山腰沉浮袅绕，在晨曦的映衬下，夹杂着泥土芬芳的湿漉漉的山风从山间迎面扑来，让人精神一振。但是，她也知道，这地方估计够他们喝一壶了。一个小时后，附近派出所以及武警部队和大批的警察陆续抵达。从监控上看，侧翻的那辆雅阁上面应该有两个人，而任仁光的那辆奔驰上面有四个人。通过监控辨认，除了任仁光以外，剩下的三个人目前还不知道身份。对方手里持有枪械，高度危险。

在栗家岭劫走任仁光的女儿，枪杀任仁河的那个案子，至少有四个人参与。而任仁光的女儿并不在这辆车上，这才是最棘手的。秦儒到了现场后，看到搜山的人马已经陆续组织上山。他把已经上了半山腰的颜素给喊了下来，说道："这边的事情交给我们，你带着你的人接着去查那两个孩子的下落。我们不能把鸡蛋都放在一个篮子里。万一对方已经知道任仁光来报复，那两个孩子恐怕会更加危险。"

颜素知道任仁光他们已经在山里跑了一夜，这里地形复杂，植被茂密，要想找到他们，恐怕也要费一番力气。即便找到了他们，万一已经死亡，线索就又断了。她马上给江之永打电话，带着张昭上车，回到了监控中心，开始重新查询那辆雅阁之前走过的路径，想从中找到对方的踪迹。毕竟从之前的两个绑架案来看，绑匪都经过了缜密的布局和认真的踩点。从现在的情况来看，任仁光似乎是知道谁绑架了他的女儿，所以他才找到木料厂。那里并没有发现任仁光的女儿的痕迹。现在无非两种可能：第一，就是绑匪另有容身之地；第二，任仁光的女儿已经遇害。任仁光显然没有找到自己的女儿，所以追了出去。当然也有可能并不是任仁光找到了绑匪，而是绑匪找到了任仁光。

眼看追踪监控还需要一段时间，那辆雅阁去过的地方都得一一去排查，这不是短时间内能完成的。而任仁光已经暴露，他的女儿随时都有生命危险。颜素有些焦急，但也只能硬着头皮去找。倒是张昭坐在那里，如同老僧入定一般。秦支那里的搜寻明显还没有结果，听说已经派了直升飞机协助。那么大一片山林，而且还是自然风景保护区，找几个人实在如同大海捞针。

等了大概半个小时，监控那边还在排查中。张昭的手机响了一声。他看了一眼，把手机递给了颜素。这是杜馨笙采用技术手段监控了梁化凤的手机，现在发来一张手机截图，上面是一条短信，内容出乎他们的预料。发信人让梁化凤把密码盘和两把密保钥匙交给他们，时间地点等候通知。颜素看完后，对着张昭说道："看来，你猜对了。你怎么笃定他们不是要任仁光的命？"

张昭淡淡地说道："如果他们要杀任仁光，在栗家岭劫走他女儿的那天晚上，他们有足够的时间和机会埋伏下手。但是，他们没有那样做，只是杀了任仁河。这动机已经十分明显了。他们当然要任仁光的命，但是比起这个，他们更关心任仁光手里的秘密。而任仁光费尽心机地跟他们周旋，心里应该也在赌，到底是他的命重要，还是他手里的秘密更加重要。显然，他赌赢了。不然，任仁光昨天就会死在木料厂。绑匪只是想确认任仁光是不是还活着，绑匪赌赢了。既然他还活着，那他就不重要了，他手里的秘密才重要。绑匪们是在调虎离山，把我们和任仁光都引开。"

江之永听得有些迷糊。

颜素吩咐道："你继续盯在这里查。我让秦支再给你派人过来帮忙。我和张昭去攻破梁化凤，争取她的配合。为了万无一失，你这里但愿能找到绑匪的可能位置。"

第十二章　追踪

两个人随后直奔梁化凤的家里。这些天，绑匪一直没有提出任何要求，所以刑技的人一直在这边等候消息。两人正要进屋，杜馨笙在门外拉住了他们，小声道："梁化凤有两部手机，她做得很隐蔽。我是在鉴别手机信号的时候，才发现这部手机。她一直用这部手机和任仁光悄悄联系，而绑匪应该是通过她的女儿联系上她的。"

颜素早就猜到会是这样，任仁光既然要做局，而且又发生了意外，梁化凤不可能没有和任仁光联系的渠道。于是，她问道："这个手机号找到了没有？"

杜馨笙点头道："正在找。不过，目前没有信号。需要他们再次联系，这样就能确定大概方向。"

颜素听完，和张昭进入了客厅。梁化凤看上去无比憔悴，和刚开始见到她的时候判若两人。她见到颜素进来，就赶忙起身问道："情况怎么样了？"

颜素拉着她的手，安慰道："其实，事情到了这一步，我们也没有隐瞒你的必要了。想必你应该知道了任仁光现在的处境。他昨天下午和绑匪的其中两个人发生了枪战。目前，他的司机栗枉毅已经确认身亡。而你丈夫和绑匪都进入了凌井沟的自然保护区内。我们已经发动了人搜山，目前还没消息。我想你丈夫应该告诉你了，你的两个女儿都真的被绑架了吧？"

梁化凤默默地点点头，显然是早就接受了这个现实。

颜素沉吟了一阵说道："嗯，是这样，你丈夫和你说起过这群绑匪吗？"

梁化凤有些紧张地摇摇头。张昭便把他的工作笔记递给了她。颜素小声说道："你先看看之前这两个案子的经过。"

梁化凤翻看着工作笔记，越看脸色越是苍白，当看完"11·6"案的经过后，她的手都忍不住颤抖，手足无措地问道："我该怎么办，怎么办啊？！"

颜素坦然地说道："这些绑匪不是普通的绑匪。按照我们现在的推断，即便你把他们想要的东西交给他们，他们也未必会归还你的女儿。所以，现在跟他们妥协是没用的。唯一的希望就是将他们绳之于法，或许她们才有机会活下来。我知道你未必相信我们，但是我们现在需要你的配合。"

梁化凤显得有些犹豫不决，估计此时她内心仍抱有幻想。一直坐在一侧沉默的张昭说道："你的女儿见过绑匪，绑匪也想活命。"

梁化凤听到这里，似乎下了一个决断。她转身去了主卧，片刻后折返回来，手里拿着一部手机，递给了颜素说道："一个小时前，有一个陌生号码给我发了一条短信。他们跟我要密码盘和两把钥匙。可问题在于，我根本不知道什么是密码盘，也不知道什么两把钥匙。我想联系任仁光，可是他也不回我，邮件都已经发了几十封了。"

颜素接过手机看了一眼，邮件确实都是询问密码盘和钥匙的信息。看她焦急的样子，似乎是真的不知道这些东西在哪里。任仁光现在下落不明，又去哪里问他这些事情？不过，颜素看张昭却似乎并不着急，于是安慰了梁化凤几句，便拉着张昭出了门，问道："你有办法？"

张昭若有所思地说道："任仁光之前一直从事对外投资，从事境外洗钱的办法主要是通过古董艺术品投资。而这种投资，在国外有两个圣地。一个是瑞士的日内瓦自由港，另外一个是新加坡自由港。这两个地方出名，主要是因为已经成为古董艺术品免税进出的港口，成为国外富豪避税、洗钱的天堂。任仁光苦心经营这几年，经他手出去的钱恐怕是个天文数字。而他最稳妥的办法，就是把钱换成古董艺术品，将来可以在市场上合法变现。根据这条线推断，所谓的密码盘很可能就是这两个港口的保险箱号码，钥匙就是保险箱钥匙。"

颜素将信将疑地问道："那你知道密码盘和钥匙长什么样子吗？"

张昭直勾勾地看着颜素，冷冷地说道："你看我长得像个有钱人吗？再说，你还真的打算把钥匙给他们吗？"

颜素一拍额头，这几天确实忙得脑袋都成一锅粥了。密码盘和钥匙根本也不是重点，重点得找到绑匪。于是，她折返回去，和梁化凤进行沟通。正在此时，梁化凤的手机有短信发来，对方要求他们把密码盘和钥匙用国际快递发到泰国清迈的一个地方。等他们收到了快递后，会在三天之内释放她的女儿。

　　颜素和张昭的心顿时一沉，就算是现在发快递，最少也要三四天才能到泰国，而他们收到泰国的消息又要三天才放人。一个星期的时间，按照他们以往的作案风格，绑匪们要准备撕票了。张昭当即说道："回复短信，不给。"

　　梁化凤愣了一下，张昭说道："你有什么东西给他们？没有，但是也不能让他们知道。在这个时候，不能被他们的思路带走。争取时间，让我们找到他们。"

　　梁化凤显然有些慌，哆哆嗦嗦地拿着手机回复了一句：不给。

　　几秒钟后，对方拨打过来电话。张昭一把夺过手机拿在手里，迟迟不接。一旁的杜馨笙赶忙跟技侦联系，锁定信号来源。电话响了七八声后，张昭才接了起来。当即就听到任仁光的一个女儿撕心裂肺地惨叫道："救命啊，救我……"

　　梁化凤已经崩溃，抱住电话求饶道："把我女儿放了，她们是无辜的。你想要什么，我都给你们。"

　　此时，电话挂断了。

　　张昭知道他们吸取了上次的教训，绝对不会再露面去接货了。如果用国际快递的办法，确实暂时奈何不了他们。即便现在通知了泰国警方布控，等抓到他们的时候，恐怕女孩的性命都没了。而这群绑匪一定知道警察此时就在梁化凤家里。于是，他跟颜素说道："让她冷静下来，我们只有这一次机会。杜馨笙，你那边如何了？"

　　杜馨笙摇头道："技侦那边还没有回复。"

　　颜素在一旁安慰梁化凤，孩子们都是父母的心头肉，如今突然遇到这种情况，试问哪个父母能够冷静下来？

张昭喃喃自语道："对方对钥匙和密码盘势在必得。所以，他们一定要确定你把真的密码盘和钥匙邮递出去了。如果我是绑匪，我现在该如何确定这一点？"

正在这个时候，张昭的手机响了一声。这是法医中心发来的报告，车祸现场的尸体经过 DNA 分析，和宋雷军的 DNA 吻合。看到这个结果，他马上明白，宋雷军应该就是出卖任仁光计划的叛徒，所以任仁光将他杀了泄愤。

杜馨笙此时过来说道："技侦那边有消息了。只不过，发短信的号码和这次打电话的号码不是同一个。目前，这两个信号基站一个在小店区，一个在万柏林区，具体位置无法确认。"

听到这里，颜素只感觉有人往她头上倾倒了一盆凉水。对方的狡猾程度确实出乎了他们的预料。这一南一北，横跨了整个 A 市，而且他们反侦查能力很强，要在短时间内找到他们，确实太过困难了。可如今已经到了火烧眉毛的时候。她回头看张昭的时候，却看到他正在房间里四处张望。于是，她问道："你在找什么呢？"

"我让老邢对这个小区摸排过，任仁光的家位于顶层大复式，附近楼盘没这么高，并没有观察我们的地方。而绑匪对密码盘和钥匙势在必得，他们一定有监视我们的手段。不然，怎么确定我们把密码盘和钥匙送了出去？"张昭皱眉回道。

颜素突然愣了一下，马上招手把杜馨笙喊了过来，简单地跟她说了一下情况，杜馨笙颇为诧异。因为他们在监听前，会例行对房间进行反监听侦查。当时，他们并没有发现有任何监听设备。绑匪并没有在任仁光那里拿到密码盘，而是不惜以暴露自己为代价来找梁化凤。现在分析，要么绑匪根本不知道密码盘在哪里，要么就是他们确定密码盘就在梁化凤手里。颜素判断，现在只能冒险等一下，再试探对方一次。

她让梁化凤再次拨打那两个号码，但是均提示关机。杜馨笙没追踪到信号，说明已经机卡分离了。颜素又和梁化凤沟通了一下，梁化凤这里确实没有拿过任仁光给她的任何东西。从她的反应来看，她压根不知道所谓的密码盘和钥匙是什么东西。

张昭此时说道："宋雷军如果是内鬼，他应该向对方透露了不少消息。绑匪没有拿到密码盘，一定会再跟我们联系。"

果然，煎熬了半个小时之后，绑匪再次打来了电话，而这次竟然是一个卫星电话号码。梁化凤颤巍巍地接起来后，对方说道："我们要的东西，你什么时候发货？"

梁化凤已经崩溃了，当即嚷嚷道："你把我的孩子给放了，东西我给你找……"

没等她说完，颜素就捂住了电话，并让人把梁化凤拉开。短暂地犹豫了一下后，她对着电话说道："东西在任仁光手里。"

对方在电话里沉默了片刻，说道："梁化凤知道东西在哪里，而你们也要帮忙，你们还有一个小时的时间。"说完，电话就挂断了。

此时，秦儒发过来信息，他们在山里发现了任仁光的尸体。

第十三章　绝地反击

颜素把消息告诉了张昭，一时间两个人都陷入了沉默。从警这么多年来，第一次办这么被动的案子。秦儒随后打来电话，询问这边的进度，并把现场的情况简单地叙述了一下。从现场看，任仁光和他当时带着的人进入凌井沟之后，就遇到了对方的伏击。经过短暂的交火后，任仁光的三个手下均被打死，而任仁光在死前还受到过一定程度的虐待。到了这一步，这已经不是一宗简单的绑架案，而是黑恶团伙赤裸裸地对公安机关进行挑衅。光天化日、朗朗乾坤之下乱枪杀人，多年来在整个 S 省都闻所未闻。此时不止是颜素，恐怕整个 A 市的警察都感觉有人在他们脸上狠狠地抽了两个耳光。

颜素整理了一下思绪，起身回到梁化凤身边，问道："任仁光在谋划整个计划的过程中，有没有交给过你什么东西？"

梁化凤情绪一直在崩溃的边缘，她哭着摇摇头："都这个时候了，我要是有，一定会给他们。我是真的不知道那些是什么东西。"

颜素判断对方笃定东西就在她手里，于是又问道："任仁光平时会把贵重的东西存在什么地方？"

梁化凤愣了一下，然后起身说道："这个我倒是知道。他在银行有个保险柜。但是，我从来没见过，也没有钥匙。连在哪个银行，我都不知道。"

颜素听完，瞬间明白了对方说的那句"你们也要帮忙"的意思。这帮人简直猖獗到了无法无天的地步。银行这种保险箱业务大部分都只提供给自己的 VIP 客户，有的排队也未必能用上。要开启保险箱，必须有本人的证件，然后有钥匙或密码。有这种业务的银行太多了，即便一家家地查询，侥幸查到了，没有密码或者钥匙，银行也未必会把保险箱内的东西交出来。即便是现在去办正规勘验手续，来回估计时间也就到了。一向沉稳的颜素此时只感觉胸口堵着一口气，憋闷无比，不知道该如何下手。

张昭沉默了片刻后，说道："我觉得，绑匪也不确定密码盘和钥匙到底在谁手里。按照现在我们手里掌握的线索看，宋雷军应该并不知道密码盘和钥匙的下落，不然绑匪不会又给任仁光设局，在凌井沟附近把他杀了，并且在死前虐待逼问他。显然，他们还没拿到想要的东西。所以，等任仁光死后，绑匪才冒着暴露的危险联系梁化凤。这说明，他们现在和我们一样，无计可施。我觉得，我们可以赌一把。"

颜素马上明白了张昭的意思，但是她也清楚地知道，这是个极有风险的办法。如果他们判断错误，会满盘皆输。短暂的抉择后，颜素问道："你的想法是先救一个？"

张昭默默地点头。

颜素马上去跟梁化凤协商，然后同时跟秦儒汇报。这对于梁化凤来说，是一个很难的选择。颜素站在一旁，不知道该如何去劝慰她。按照张昭的思路，如果对方要拿到密码盘，就让他们先放一个人。可是，手心手背都是肉，先救一个，就可能意味着另外一个会被绑匪杀掉。此时，梁化凤已经崩溃，完全不知所措。这种两难的抉择让在场的每一个人都感到莫名的愤怒。

张昭看了一眼手机，时间在一分分地流逝。他径直走过去，对着梁化凤说道："我们没时间了，任仁光已经死了。"

梁化凤听到这个消息后，刹那间愣住了，好像所有的幻想在这一瞬间彻底破灭了。她挣扎着起身，说道："我能为你们做点什么？"

颜素下意识地明白，任仁光就是梁化凤的最后一根救命稻草。当即，颜素跟她详细地叙述了一番他们的计划。在梁化凤表态愿意配合后，颜素和秦儒商量了一下计划，便马上开始行动。

二十分钟后，在大批警察护卫下，梁化凤从家里出发，目的地是新民路的一家银行。路上警笛长鸣，警灯闪烁，弄得声势浩大。而在另外一边的指挥中心内，市局领导亲自到现场督战。颜素内心忐忑不安，但是又觉得必须竭尽所能地试一试。毕竟，有整个 A 市公安系统给他们做后盾，这场看不见硝烟的战役，已经悄悄地拉开了帷幕。

梁化凤在颜素的陪同下走进了银行。和银行提前沟通后，里面已经清空。内部除了工作人员外，再无其他人，以防止意外发生。而在银行外，紧锣密鼓的搜排工作已经展开。一路上都有无人机和监控在查找跟踪他们的人。张昭的思路很简单，对方千方百计地想要拿到密码盘和钥匙，那一定会尾随他们。所以，为了引起对方重视，才搞了这么大的阵仗。

颜素他们在银行一边拖延时间，一边焦急地等待外面能够有个好消息。如果绑匪此时不露面，他们的计划无疑意味着失败。眼看时间一分一秒地过去，距离最后的交易时间不到五分钟，在场的人心里越发沉重。颜素知道，即便张昭的判断是正确的，也未必能从复杂的情况下将盯梢的人抓住。就算是抓住，像他们这么狡猾的绑匪，万一采用壁虎断尾的办法保全上家，那两个女孩的后果将不堪设想。此时，不仅是她，就连一向冷静的张昭，脸上都显出了焦虑，双手盖在嘴上，鼻头都渗出了细微的汗珠。所有人都知道，这个计划成功与否，取决于绑匪对密码盘和钥匙的渴求到底有多大。

银行大厅内，死气沉沉，寂静得让人心里发慌。突然，对讲机里传来老邢的声音："没有看到小鸡，只看到三只老鼠。"

这是他们的暗语，说明老邢他们并没有确认嫌疑人和嫌疑车辆，但是发现了三辆比较可疑的车辆。她知道对方狡猾，所以现在只能搏一把，试一试。于是，她说道："老鹰想去抓捕老鼠。"

对讲机再次陷入了死一样的沉寂，几秒钟后，魏长河说道："老鹰出动。"

此时，在银行外的街道上，瞬间十几辆警车从四面八方涌了出来，大批的特勤和特警纷纷出动。与此同时，信号屏蔽器启动，将附近的手机信号和网络信号瞬间中断。停在银行不同位置的三辆车被直接包围。抓捕的过程异常短暂，车内的人都没来得及反抗，就全被按倒在地。在其中一辆车内，发现了望远镜和一台电台监听器。

嫌疑人被迅速带到了银行内，张昭一看，这家伙分明就是昨天下午从木料厂逃走的绑匪之一。那个汉子看上去四十开外，身上没有任何能证明其身份的东西。车是一辆套牌车，警方正在查询这辆车的归属。

颜素刚要突击审讯他，却被张昭拦住了。然后，他走到梁化凤身旁，小声说道："机会可能只有一次。"

梁化凤愤怒地起身，直接一脚踹在了那个绑匪身上，然后怒不可遏、歇斯底里地喊道："把我女儿放了，不然我现在就砸掉这个东西！"

说完，她就把手里的一个抽屉式保险箱打开，里面确实有两把钥匙和一个 U 盘。同时，她手里还有个棕色的玻璃瓶，上面标签上写着"硫酸"两个字。警察马上去拦她，但是她反应很快，直接躲到了一个角落，把瓶子举高，作势随时要把里面的硫酸倒入保险箱内。

　　对方显得有些不知所措，从他在团队里从事的工作来看，地位应该不会很高。不然，团伙也不会派他来干这种自杀性的工作。张昭当即说道："我知道你做不了主，马上联系你老板。我知道你有办法。如果孩子死了，这两样东西你们是拿不到的。"说完，就把自己的手机递给了他。

　　这突如其来的状况让绑匪措手不及，他看上去很犹豫。张昭催促道："时间紧迫，如果因为你把这件事搞砸了，你当然是死罪难逃，相信他们也给了你卖命钱。但是，他们要是去报复你家人怎么办？"

　　绑匪听完后，愣了一下，然后说道："把我的手机拿过来。"

　　在一旁的杜馨笙趁着这段时间正在克隆他的手机，此时正好进度完成。于是，她把手机递给了他。绑匪熟练地拨打了一个号码，杜馨笙那边显示是一个卫星电话。响了几声后，电话接了起来。绑匪说道："我被点了。现在那个女人拿着钥匙和密码盘，让你先放了他们女儿，不然就把东西给毁了。"

　　此时，梁化凤歇斯底里地喊道："把我女儿放了，不然我就是拼得家破人亡，也不会把东西给你。"

　　此时，张昭直接把手机挂断了。在场的人纷纷一愣，完全不懂他这是要做什么。

　　正当大家目瞪口呆的时候，绑匪手里的电话突然响起。但是，张昭再次挂掉。

第十四章　博弈

　　对方继续拨打，张昭继续挂掉。

120

到了第五次的时候，张昭接起来后，就说道："释放人质，我们接着再谈。"说完，再次挂掉了电话。

此时，电话突然不再打来了。众人都对张昭怒目而视。毕竟，这是他们唯一的机会，这不是存心捣乱吗？万一真的激怒了绑匪，他们撕票了，这个后果他们无法承担。

等了一分钟左右，电话再次响起。

张昭等他响了五六声后，接了起来。电话里，对方明显带着几分怒意喊道："你们有什么资格跟我谈判？你们要再见到那两个女孩，马上把东西按照我的方式给我。"

张昭却淡淡地说道："不行。先释放人质，我们不相信你们。"说着，就给颜素打眼色。

颜素当即会意，马上对着梁化凤喊道："别冲动，那可是硫酸。一旦这东西毁了，你女儿也没了。"

对方沉默了一会儿，说道："我会先放一个。不过，在我放人之前，我必须收到密码盘内的内容。地址我会发给你。等我拿到钥匙后，会放第二个女孩。"说完，挂断了电话。

颜素听到这里，和杜馨笙面面相觑，因为他们根本就没有密码盘，也没有保密钥匙。保险箱里的东西都是假的。U盘是杜馨笙随身携带的普通U盘，钥匙是随便找的两把。这个时候去哪里给他找密码盘呢？

此时，绑匪的手机响了一声，收到了一个网站链接。杜馨笙一看，就知道是个暗网地址。对方要求他们把密码盘里的内容上传到这个网站。

张昭的目光紧盯着杜馨笙，意思是询问她追踪的结果。

杜馨笙面色苍白地摇摇头，碍于绑匪在这里，一个字也没有说。但是，张昭知道，对方既然敢给他们打电话，一定想过怎么应对。想要通过一般的方法追踪到他们，恐怕没那么容易。

颜素知道，他们的计划随时会穿帮，对方即便先放一个人，一旦确定密码盘内容有假，大概率会直接杀掉手里的人质潜逃。她也知道，张昭的这个计划就是能救一个是一个，但是第二个人必死无疑。对于营救一个人，他们还是有把握的。现在，整个 A 市的公安系统都处在最高备战状态，所有路口都设立了卡口，附近派出所的民警已经沉入各个村镇和岗点，形成了一张密不透风的大网。绑匪只要说出女孩的位置，他们就能确保第一时间赶到展开营救。

颜素当即让人把绑匪带了下去，马上展开突击审讯，看看能否从他嘴里再挖出点什么信息来。而老邢他们再次回去盘查监控，继续搜寻可疑车辆。因为在他们来的路上，对方肯定换过车跟踪。不然，这一路下来，早就发现了对方，也不至于最后还不能确定嫌疑车辆是哪些。

杜馨笙说道："这个网站我看了，我手里有一个蠕虫病毒，可以上传到他们的网站暂时劫持并控制网站，同时和省厅的信息部门配合，找到对方位置。但是，如果对方的下载位置在国外，意义就不大，最多只能拖延一点时间而已。"

张昭知道，这种密码盘一般是打开自由港仓库的第一把钥匙，弄不好他们幕后的东家就在自由港等着密码盘验证。而且，一旦黑入对方网站，也就意味着对方识破了他们的计划。现在，只能指望颜素那边能从绑匪嘴里问出来点有用的信息。可是，这种亡命之徒，现在连他的身份都没时间去核查，预审的难度可想而知。但是，张昭似乎并不在意。

在一侧的经理室内，绑匪被按在了一把椅子上，异常平静。颜素在外面的时候就观察过，这个人手掌发黄，布满了老茧，手指很粗，上半身和下半身严重不成比例，应该是长期从事重体力劳动所致。他皮肤黑红，有些西北口音，手掌的指甲缝里有黑泥，后脖颈和耳后根都有浓重的污垢，可见他的生活环境并不好。脸上皱纹颇深，岁月在他身上刻满了痕迹。但是，这个人眼神坚毅，即便是这种时候，依然镇定自若。

通常来说，犯罪分子分为两种。其中，大部分都是一时冲动而犯罪的；而另外一种，警察把他们称为惯犯。大部分的惯犯也是好对付的，他们犯的事都不太严重。他们只是有些狡猾，喜欢用些小聪明和警察周旋。但是，有一种惯犯，他们冷血、残暴，视生命如草芥，把犯罪当作乐趣，比如悍匪白宝山、魏振海、杀人狂魔雷国民、头号悍匪湘鄂渝系列持枪抢劫杀人案首犯张君。这些人都有一个共同的特点，就是对生命的漠视。在他们眼里，人和动物没有区别。即便杀了人，他们依然能镇定自若，该吃饭吃饭，该上班上班。眼前这个其貌不扬，看上去被生活折磨了半辈子的绑匪，就是这种人。这种人往往十分配合审讯，因为他们压根不觉得这是什么罪过，甚至还会把犯罪当作炫耀的资本。

颜素让江之永给他点了一根烟，然后又喂他喝了几口水。等他把烟抽了一半的时候，她才说道："我知道，你已经不在乎了，也知道你身上的命案不止一桩。所以，我也不想浪费口水跟你说那些坦白从宽的政策。你也知道，我们从来不会向犯罪分子妥协。但是，今天我可以例外一次。把你知道的告诉我，我可以保证在被审判之前，每天都有烟抽。"

"也得有酒。"绑匪说道。

颜素犹豫了一下，说道："每天不可能，一周一次，每次配一只烧鸡。"

绑匪将烟抽完，江之永又给他递了一根。他接过去，抽了一口，说道："我们一共六个人，老黑是我们主刀，他也是个炮头。在这之前，我不认识他。挂柱（入伙）的事是我老乡王脏蛋给牵的线，说是有一个绑红票的活儿。钱给得不少，一锤子买卖。出手后，才知道这活比较麻烦，除了绑票外，还要杀人。不过，老黑也痛快，直接给我加了钱。今天早上六点多，我们从山里出来，把那两个红票分别装了车，老黑和大胡荏带走了一个，王脏蛋和一个缅甸人带走了一个。我和东北人负责在这娘们家盯梢。然后，就被你们给逮了。"

颜素问道："你们今天早上的集合地点是哪里？他们开的什么车？"

绑匪漫不经心地说道："集合地点嘛，是一个修车铺。在公路边上，前不着村后不着店，挺荒凉的。反正路过一个叫北沙河的地方。至于车，有一辆是个本田轿车，另外一辆是个大众越野。我是个外头人，他们让做什么，我就做什么。至于他们想干什么，我也不多打听。"

"你是什么地方人？王脏蛋大名叫什么？你们怎么认识的？"

"王满仓，好像是这个名。他跟我都是合水县的，年轻的时候就认识了。至于他跟这帮人怎么认识的，我也不知道。"

颜素让江之永详细询问，自己出门先给秦儒打电话。知道他们的出发地点后，可以通过监控网络找到他们的行踪。张昭看到颜素的神情带着一抹兴奋，知道她那里有了突破。

两人短暂地沟通了一下后，颜素说道："通过对方口供和前期的电话监控来看，两个女孩大概率不在一起。绑匪将她们分开，这样能降低失败的风险。"

张昭知道，这两个女孩能不能活命，眼下只能看秦儒是否能够找到对方的下落。现在比较麻烦的是，两个女孩不在一起，这无形中给他们增加了很多阻碍。

此时，秦儒打来了电话。根据绑匪交代的内容，他们确实在307国道杏沟附近的监控里发现目标车辆。其中一辆车朝北而去，在晋庄村附近消失了。他已经让附近卡口和派出所去巡查了。另外一辆车朝南，最后出现的位置是乌金山的监控里，搜寻还需要时间。

颜素一听，心里压着的一颗巨石似乎落地。只要能找到他们的大概方位，然后布下天罗地网，不愁找不到他们。但是，她看张昭依旧眉头紧锁，于是问道："你在想什么呢？"

"似乎有些太顺利了。对方明明知道他的人被我们抓了，也猜到我们可能会通过监控来寻找他们的位置。他们之前作案都会认真踩点，做万全准备，才能两次逃脱法网。如果我是绑匪，我一定会在预备地点准备脱身车辆。他们只要换了车，再追踪他们就会十分费力。所以，我现在并不乐观。"张昭说道。

颜素知道不能排除这种可能，于是问道："那你的思路呢？"

"对方的目标是密码盘和钥匙，我建议冒险交易。当然，能够让他们先释放人质最好。如果不能，可以让杜馨笙通过上传病毒来拖延他们的时间。释放人质的地方一定会是其中一伙人的附近位置。我们可以先抓一帮人。"张昭回道。

颜素犹豫了一下，问道："如果另外一帮人杀害人质呢？"

"应该不会。从现在的态势看，他们对密码盘和钥匙势在必得。比起人质，我现在更担心他们还准备有后手。现在，我们只能见招拆招。"张昭分析道。

颜素随即去和秦儒汇报。张昭和杜馨笙商议了一会儿后，开始行动。杜馨笙一边写代码一边说道："我手里有一个现成的加密程序，我修改一下。将内容打包做了三层密码，每一层都做了不同的算法。即便是黑客高手，用上最先进的计算机，至少也需要两个多小时才能破解，除非他们能接触到量子计算机。"

张昭对此完全是门外汉，而密码盘内实际的内容不过是一串串根本没用的代码和程序。大约过了半小时，杜馨笙将程序改完，然后用对方提供的网址上传了密码盘的内容，同时也将蠕虫病毒一并打包上传。等上传完毕之后，大家的心顿时都悬了起来。现场一片寂静，甚至连落一根针都能听到。大概过了两分钟，绑匪的手机响起。

第十五章　落网

张昭接了起来，就听到对方冷笑道："想用这点小聪明戏弄我吗？"

张昭直接打断了他的话，说道："把女孩放了，我给你密码。"

对方不屑地说道："我为什么要听你的？让你们的头来跟我谈。"

"你还有五秒的时间。"张昭说完，倒数了五个数。对方下载内容的时候，也一并将病毒下载到了电脑上。杜馨笙开始操控蠕虫病毒，然后对着张昭点点头。

张昭说道："破解这个密码，最少需要两个小时。而现在里面的病毒可以在一秒钟之内将密码盘的内容粉碎。现在放人，我给你五分钟时间考虑。"

现场一片寂静，对方也是一阵沉默。足足过了三分钟左右，对方才说道："112.65，37.69。如果你们接到人后不交出密码，我会马上杀了剩下的人质。"

颜素听到坐标后，就在地图上找了一下，那里位于晋中市，距离他们所在的位置有三十多公里。颜素当即上车，马上给秦儒汇报情况。秦儒一面开通绿色通道，一面联系就近的派出所和卡口的民警先去增援。然后，联系晋中市局对那里四周进行临时交通管制和筛查，争取最大可能在解救人质的同时，将绑匪也给抓获。

幸运的是，附近北六堡村附近就有一个治安卡口，距离案发地直线距离不足三公里。当颜素他们还在路上狂奔的时候，秦儒就打来了电话，说道："小女儿已经接上了，不过情况不太好，人正在往医院送。卡口的民警发现了绑匪开的车，目前晋中警方正在调集力量追捕，目前的消息是绑匪进入了西荣村。我让小店分局的同志们去增援了。你务必将两个绑匪缉拿归案，最好抓活的。"

颜素问道："另外一辆车呢？"

秦儒说道："就晋中警方回过来的消息，现场发现的车和今天早上开的车不是同一辆。估计他们在中途换过车。另外一辆车恐怕也被换了。不过，老赵他们正在那边跟进，看看能不能发现什么线索。"

因为一路闪着警灯，案发地点又是郊区，只用了二十分钟，颜素他们就抵达了西荣村外。此时，大批的警察也和颜素一样陆续抵达，晋中警方甚至出动了直升飞机。颜素下车后，问了几个人，马上找到了这里的指挥——晋中公安局副局长孙大军。孙大军简单地跟他们介绍了一下这里的情况。当时，北六堡村卡口的三个民警接到任务后，马上赶往案发地点去解救人质。

因为距离近，他们去的时候正好看到有一辆黑色商务车刚离开。他们留下一个人照看女孩，剩下的两个人立即追捕。附近派出所接到消息后，也马上出警支援。绑匪在逃窜过程中，进入了西荣村躲避。现在比较麻烦的是，他们当时慌不择路，冲进了路边的一家小卖铺里。刚才村支书跟警方说，里面有一个中年妇女和两个孩子。男人正好出门打麻将了，所以没被堵在里面。民警们正在跟绑匪交涉。

片刻后，孙大军带着他们到了绑匪劫持人质的地方。这是一栋二层自建房，在村里的路边。下面是个综合门市，上面用于自家居住，而且有后院。此时，警方已经将这里戒严。颜素回头看了一眼，狙击手和应急小分队也已经到位。

孙大军说道："他们躲在掩体后，没有合适的击毙角度。"

颜素问道："武器呢？"

"根据追捕他们的民警汇报，他们有两把长枪，一把自动步枪，一把猎枪。其中一名绑匪身上还有手枪。"孙大军回道。

此时，他们正在用扩音器向里面喊话。但是，绑匪并没有给出任何回应。颜素知道，绑匪已经穷途末路，强攻的风险太大。而且，里面是个小卖铺，或许生活物资较为充沛，他们能在里面抵抗一阵子。张昭这个时候拍了她一下，把绑匪的手机递给了她。她一看绑匪已经开始索要密码，顿时有些头皮发麻。一个绑架案还没解决，现在又遇到了一宗挟持人质案。

张昭小声说道："当时追击他们的只有两个民警，对方手里有长枪，而且子弹充足。如果想跑的话，是有机会逃走的。可是，他们偏偏选择了这里。你不觉得有些不合情理吗？"

颜素也觉得奇怪。这里位于 A 市和晋中的交界处，四周交通发达，而且人烟稀少。即便是他们撞见了警察，凭借他们手里的武器逃走是不成问题的。但是，他们偏偏来了这里，并且劫持了人质和警察对峙，怎么看也不是明智之举。被张昭一提醒，她当即明白上当了。本以为救了任仁光的一个女儿，或许会找到突破点，显然他们的这个心理动机被对方利用了。如今，他们虽然释放了一个人质，但是手里反而又多了三个人质。她此时才明白张昭的分析，这帮人根本不是绑匪，而是围猎者。

张昭继续说道："这两个人应该是对方抛出来的诱饵，用来吸引我们的注意力。而这个绑架团伙的核心成员此时还没影踪。我担心他们有更大的阴谋。这帮人为了这个密码盘和钥匙，已经疯了。我觉得，他们什么都能干出来。"

刚说完，绑匪的手机响起。颜素接了起来后，就听到对方阴恻恻地笑道："我知道你们公安不会这么轻易地把密码交给我。来而不往，非礼也。我也给你们送了一个大礼。现在，我也给你十分钟时间，不交出密码，我就让他们枪杀人质。"

话音一落，当即就有一名绑匪突然从对面探出头来，冲着大街直接开枪扫射。

一时间子弹横飞，街面上的警察纷纷向后退，都躲到了掩体后面。颜素明白，这是一次警告。

此时，手机里的人笑道："还有九分钟。"

张昭夺过手机直接挂断了，对着颜素说道："当断不断，反受其乱。"

颜素知道，他们手里根本没有密码盘，拖下去只会穿帮，后果不堪设想。于是，她回头找到了小店分局的特警队的成员，然后让秦儒和孙大军协商强攻方案。孙大军对这个案子不熟悉，但也知道情况紧急，只是风险太大了。颜素看了一眼手表，还剩下八分钟，当即说道："让狙击手报告里面位置。快！"

孙大军沉吟了一声，用对讲机询问情况。楼上的狙击手都没有在窗户里看到绑匪。颜素一边跟特警队的人商议计划，一边穿上了防弹衣。简单沟通后，她径直带枪出去了。特警队的队员马上从右侧全员出动，从隔壁邻居家直接上了小卖铺的楼顶，固定好绳索后，距离绑匪给出的时间只剩下三分钟。

此时，颜素和三名特警已经从阁楼的老虎窗翻了进去，同时外围启动了信号屏蔽器，隔断了附近的手机信号。一楼的窗户有防盗窗，大门的卷闸已经拉了下来，从外面完全看不清里面的情况。就在此时，二楼骤然响起枪声。特警队员当即顺着滑索下降到了二楼位置，直接破窗而入。在一楼位置，两辆特战车的挂钩已经拖住了正面的防盗窗，伴随着"轰隆"一声巨响，栅栏被撕裂。埋伏在一楼的特警将催泪瓦斯和闪光弹砸到了房间内。紧接着，两队特警冲了进去。

短短一分钟后，对讲机里传来声音："人质一人负伤，其余安全。绑匪一死一伤。"

孙大军赶忙组织救人，张昭、江之永他们和医护人员也跟了进去。负伤的人质是孩子的母亲，从楼梯上滚下摔伤了。医生简单地检查后，将她抬上了担架。两名绑匪都躲在一楼通向二楼的楼梯上。其中一人被一枪爆头，歪歪扭扭地倒在楼梯上。而另外一名绑匪手臂中了一枪，此时半边身体都被鲜血染红，被两名特警按在地上。而两个孩子瑟瑟发抖地躲在警察的身后，颜素正蹲在地上安慰他们。

医生给那个绑匪简单包扎后，把他抬上了担架。等上了救护车的时候，颜素追了上来，一把抓住了他，问道："另外两个人呢？"

绑匪嘴角露出了一抹不屑，然后悠然地闭上了眼睛。

颜素知道暂时还不能审问，只能作罢，便回去找张昭。一见面，张昭就说道："刚才绑匪再次打来电话，让我挂了，估计他们应该猜到这里的人质被解救了。"

刚说到这里，秦儒打来电话："老赵和老叶他们在晋庄村找到了目标车辆，不过是空的。万幸的是，老赵发现了他们更换的车辆，最后消失在了霍村工业区附近。"

张昭早就猜到会是这样，回头问杜馨笙："下载地址找到了没？对方的信号源在哪里？"

杜馨笙说道："病毒回馈过来的信息显示对方的下载地址在瑞士，没有什么价值。而对方使用的是卫星电话，而且还是铱星系统。它是一种调频通信，本身每九分钟就发生一次不同卫星波束之间的转换。而且卫星下行信号众多，干扰也多，外源介入定位就很困难。秦支已经让省厅帮忙，正在和运营商沟通，看看能不能从他们那里找到突破。"

张昭看了一眼手机，距离对方破解他密码的时间已经不多了。他现在并不担心绑匪会识破他的计谋。因为就算是识破了，他还有转圜的余地。毕竟，绑匪手里就剩下了最后一个人质，已经陷入穷巷。而真正让他担忧的是，绑匪对密码盘和钥匙势在必得的姿态。这帮人如今看来，并不会交易失败就杀了人质离开，相反的，他们一定还留有后手。

颜素看他又陷入了沉思状态，于是索性找了个地方坐下来休息。江之永找医生要来紫药水和纱布，给颜素的手掌做包扎。此时，孙大军过来竖起大拇指对着颜素说道："颜队，你可真是名不虚传啊，真是巾帼不让须眉。单枪匹马地击毙一个，制伏一个。真是让我们大开眼界了。"

颜素都没注意到自己的手是怎么破的，现在回想起来，可能是和其中一个绑匪搏斗的时候，夺他手里的匕首不小心划伤的。刚准备和孙大军寒暄几句的时候，站在太阳下的张昭突然如同中邪了一般朝着他们的警车跑去，路上险些被别人撞倒。颜素知道，他一定是有了什么线索，当即喊道："走，干活了。"

第十六章　亡命徒

颜素看到张昭跑到车里拼命地寻找什么，赶忙问道："你找什么呢？"

"手机，我的手机。"张昭在车上翻了一会儿，在后排找到了他的手机，打开了地图，沿着晋庄村附近一边看一边跟颜素说道，"让秦支问问霍村附近所有化工、制药等厂区，看看有没有存储危险管制物品的地方。"

颜素马上给秦儒打电话，但对方在通话中。于是，她接着又给尖草坪分局的人打了电话，跟附近派出所了解情况。一般能储存危险管制物品的地方都会有备案，所以很快就能查到。他们开车向晋庄村狂奔。半路上，秦儒回过来电话，说霍村里面有三家工厂，它们都有化学管制物质的制备和储存。

张昭听完后，心里不由得一沉。

颜素通过尖草坪分局的同事了解到，其中一家化工厂储备有氯气，另外两家化工厂分别有八氟异丁烯和癸硼烷。不过，三家工厂距离较远，建厂选址的时候就考虑过安全因素，一家出事后，并不会影响另外两家的安全性。

张昭问道："氯气的储备有多少？"

颜素马上打电话去询问，片刻后得到了对方的回复。氯气是高危化学品，工厂内的储备量不允许超过当天的使用量。因为已经是下午，仓库内还有不到三吨左右。张昭听完，不由得紧张起来，对着颜素说道："让附近的派出所先去实地了解下情况，确认氯气的储备量。如果这帮人真的打这里的主意，恐怕会引发空前的灾难。"

颜素小声说道："应该不会吧。这种高危化学品的制备一向管理都比较严格，通常会用双五模式管理。如果对方打这里的主意，厂子里早就报案了，怎么会现在也没动静？"

张昭说道："没动静最好，我也希望我的推测是错误的。"

颜素的心莫名地突突地跳动，她也安慰道："你别忘记了，他们还带着一个人质，行动起来会不方便的。"

张昭却淡淡地说道："那个女孩是他们最后的挡箭牌。"

颜素平常都十分相信张昭的判断，但是这次她觉得有些天方夜谭。于是，她问道："总得有证据吧？你可要知道，氯气泄漏或者爆炸，会造成多么可怕的后果吗？那可是剧毒化学物，是公共安全事件。如果绑匪真的有这样的想法，那我们除了要抓住他们之外，还要跟上级汇报，要疏散人群，要启动紧急预案的。这可不是儿戏。"

张昭看了一眼颜素，说道："如果氯气爆炸不幸引发了三座化工厂的连锁灾难，整个 A 市都会笼罩在死亡的阴影下。你觉得，我是在儿戏吗？"

颜素听完，额头的冷汗都冒了出来。她马上向秦儒汇报，同时让江之永把车速提到最快。秦儒在得知了这个消息后，手里的烟都差点掉到地上。他一边找魏长河汇报，一边抽调警力向工业区集结。不怕一万，就怕万一。对方手里有枪，很容易就能闯进工厂。如果他们丧心病狂到了这个地步，后果真的是不堪设想。

此时，绑匪再次打来电话。张昭看了一眼时间，不出意外，对方应该破解了密码。于是，他坦然地接了起来，马上就听到对方气急败坏地怒道："你们竟然耍我？我要让你们付出代价。"

张昭没等他说完，就说道："大家彼此彼此。不如，我们再谈谈？你先放了人质，我们就上传密码盘如何？"

此时，张昭听到话筒里的一阵撞击声，估计是对方把手机砸了。

张昭挂掉了电话，说道："我的猜想成立不成立，很快就会有结果。因为绑匪跟我们一样，都没什么退路了。"

果然，短短的七八分钟后，秦儒先打来了电话，说道："天恒化工厂内有人持枪闯入，目前已经有一人受伤。"

颜素听完，露出了一抹苦笑，喃喃说道："如果我们真的有密码盘就好了。"

张昭却不屑道："如果他们要原子弹，也给他们？"

半个小时后，颜素他们抵达天恒化工厂外。尖草坪分局的不少同志正在陆续赶来的路上，门外停满了警车。工厂的工人都惊惶失措地朝着大门外逃命，现场看上去一片混乱。颜素直接开车进入了工厂内部，逆着人流不断前进，在路上找人问了几句，他们其实也不知道发生了什么。不过，颜素抓住了一个工人，询问了他氯气仓库的位置，然后赶了过去。

仓库位于工厂的西北角，地势较低，而且四周配备有碱水池和喷淋塔以及阻隔墙。此时，仓库四周已经有几十个警察在距离仓库十几米的地方严阵以待。颜素赶到后，出示了警官证，然后问道："现在里面什么情况？"

有一个头发花白的老警察说道："我是向阳镇派出所的张春雷。我们赶到的时候，工厂还一切正常。我们和厂里的负责人正在了解情况，就突然听到外面有人喊放枪了。当时，现场十分混乱。仓库值班的人告诉我们，有一个满脸胡茬的汉子穿着工厂的制服用枪把他们赶出来了，而仓库里还被扣了三个人。"

颜素突然问道："一个匪徒？"

张春雷点头道："是的，一个人，我跟当时仓库的管理员确认过。"

这时，张昭问道："工厂的负责人呢？"

张春雷马上去把王副厂长叫了过来，简单地介绍了一下情况。张昭看他脸上写满了惊恐和焦虑，于是问道："这仓库里到底有多少氯气？"

"三吨左右。"王副厂长小声地说道。

颜素一看情况不对头，当即怒喝道："这关系到 A 市几百万人的死活，到底有多少？"

王副厂长哭丧着脸说道："这不是刚'五一'长假过去没多久，工厂在'五一'长假时不得已减产，而我们的一笔出售协议因为假期的原因也没有卖出去，所以积压了一部分氯气并没有用完。五个五吨左右的储藏罐里的氯气，估计还剩下一半。"

颜素听完，只觉得眼前有些发黑。十几吨的氯气，真要是出事了，后果不堪设想。

张昭此时说道："对我们来说，十几吨和三吨没什么区别。这还不是最麻烦的，他们的头目，那个号称黑哥的人和任仁光的女儿并不在这里。也就是说，这里并不是他们最后的杀招。储备癸硼烷和八氟异丁烯的工厂有多少储备？"

张春雷说道："储备八氟那个玩意的工厂是个制作防腐材料的工厂，规模并不大，是阳曲县一个化工厂的配套工厂。这几年效益不太好，所以储备量很少。但是，储备癸硼烷的那个工厂大概有一吨的储备。"

张昭拍了一下颜素，说道："八氟异丁烯是不燃的剧毒气体，而癸硼烷是一种能够作为固体燃料使用的化学品，易燃高毒，且具有强刺激性。我高度怀疑，那个黑哥就在那里。一旦这里的液氯交易失败后，他就会马上利用那里的癸硼烷打我们一个措手不及。我们没时间了。"

颜素从警这么多年，第一次遇到这么棘手的情况。而秦儒还在赶来的路上，现场乱作一团。不管是哪边出事，对他们而言，都是一场灾难。

张昭拖着她上车，边走边道："擒贼先擒王，让秦支来处理这边的事情。"

颜素一边上车，一边给秦儒打电话，汇报完情况后，直接让张春雷带路，朝着瑞泰化工厂直奔而去。

到了那里，工厂一切都显得十分正常。出示了警官证后，他们直接找到了厂子里的负责人。简单说明情况后，对方马上告诉了他们仓库的位置。颜素他们火速抵达仓库附近。因为是储备危险物品的仓库，所以四周十分空旷。远远地就看到在仓库那里停着一辆越野车，而仓库的门紧闭着。

厂子的负责人当即皱眉道："怎么回事？这仓库外面是不允许停放普通车辆的。这车是怎么进来的？"

颜素的心一沉，张昭说道："一会儿我先进去，你和江之永想办法从别的地方进去，让秦支派增援过来。"

到了第一道门禁那里，颜素看到两个保安都瘫坐在椅子上不动弹。厂长下车直接推开了保安室的门刚要询问，就看到两个保安脸色惨白，其中一个人胸口有血迹，鲜血已经染红了半边衣衫。厂长惊叫地跑了出来。颜素一把揪住了他，说道："先去疏散厂子里的人。快去！"

厂长这才如梦初醒，转身就跑。

颜素把身上的防弹衣脱下来套到了张昭身上，嘱咐道："注意安全。"

杜馨笙下车说道："我跟你一起去。"

颜素早就看出来杜馨笙那点小心思，只不过现在不是儿女情长的时候。她当即拍了一下江之永，说道："后面应该有检修梯，我们绕过去。那辆车停的位置很诡异，我猜它可能是绑匪留下监视我们用的。老张，你去接应秦支，他在来的路上了，不熟悉这里的情况，那边更需要你。"

张春雷还没来得及说话，就看到他们一左一右朝着仓库飞奔而去。张昭把身上的防弹衣脱下来套在了杜馨笙身上，一向面无表情的脸上难得露出了关心，随即两人起身朝着仓库而去。

第十七章　击毙

仓库的大门紧闭，而且四周没有窗户。所以，张昭根本不担心对方现在开枪。眼看着颜素和江之永消失在视野里，他对着杜馨笙说道："一会儿，你不能进去，要躲在门外的死角里。不管我发生什么，你都不能露面，因为密码盘和钥匙都在你身上。"

杜馨笙愣了一下，她明白张昭的意思。当快到仓库大门口的时候，她深吸了一口气，说道："师哥，我有件事想对你说。"

张昭看了她一眼道："我知道。"说完，他就轻轻地推了推仓库的大门。

仓库大门并没有反锁，当下张昭用力一推，大门当即露出了一条缝隙。与此同时，一声枪响，子弹在黑暗中拖曳着一道光线径直打在了大门上。

张昭冲着大门内喊道："我是来给你送密码盘和钥匙的，就我一个人，不信你自己看。"

等他喊完，仓库内没有动静，不过也没有继续开枪。于是，张昭侧身进入了仓库内。仓库因为没有窗户，里面也没有开灯，大门外的光线只能照射几米远的位置，里面一片漆黑。存放化学品的地方都是用水泥铸造类似于窑洞仓口，一排排整齐地并列着，犹如一座巨大的坟场。

张昭根本看不到对方的位置，不过从刚才子弹射击的方位，他初步判断对方应该在西侧。张昭把大门关上后，仓库里面再次一片漆黑。他猜测对方不会回话，因为回话就会暴露位置。这是一个狙击手最起码的素养。于是，他继续说道："放心，只有我们两个人。钥匙和密码盘都在外面的人身上。你放了任仁光的女儿，我把密码盘和钥匙给你。然后，你就能离开了。当然，你也不必担心什么。毕竟，你的人控制着十几吨的液氯，一旦出事，整个 A 市都会被波

135

及，我们冒不起这个风险。我们对你的要求只有一个，等你安全地去了国外后，把你的人撤了。我觉得这个条件你应该能接受。"

对方依旧没有回应。张昭对以往和现在这个案子综合判断下来，这个叫黑哥的人，自大且目空一切，唯我独尊，而且极度自负、傲慢和粗鲁。于是，他又说道："管长梅的女儿和张斌的女儿的死，我知道都是你们干的。我本来以为你们应该不会重出江湖了，毕竟过了这么多年，你们一直沉寂着，想必是打算金盆洗手了。说实话，我是能理解你的。我知道，你不得不这样做，也知道别人都低估了你们，特别是你。军伍出生，想必曾经也想轰轰烈烈地干一番事业，对吧？只是没想到，你不被人理解和接受。我专门研究过你，也知道你一直想当一个英雄。现在，你有这个机会了。只要你愿意，你等于挽救了整个 A 市的人。不仅如此，事成之后，你全身而退，将我们耍得团团转。这份名誉放眼全国，甚至是全世界，都是绝无仅有的。说真的，我十分佩服你。"

此时，对方冷哼一声道："还不是被你找到了！"

张昭刚才开门的时候，已经看到颜素趁着他开门有光线掩护，加上开门让对方分神，成功地从检修口进入了仓库。她一直没有出手，是因为无法确定对方的位置。对方一说话，就基本暴露了大概位置。

张昭知道决战的时候来了，他深吸一口气说道："我当然能找到你。那是因为你们太想得到密码盘和钥匙了。如果你们杀了人质离开的话，你现在已经逍遥法外了。可惜的是，其实我们也没有密码盘和钥匙。你这个蠢货，被我们耍了。"

他话音刚落，只听到一声枪响，他的右边身体一麻，当即倒在了地上。此时，潜伏在黑暗中的颜素和江之永朝着对方开枪的位置不停地交替开火。颜素在江之永的掩护下，飞身扑向了对方，紧接着就听到对方一声惨叫，江之永也扑了过去。短短的几十秒过后，世界瞬间安静了下来。张昭只觉得肩膀开始疼痛起来，身上湿漉漉的，鼻腔里充斥着一股血腥味。

之后，他就听到颜素大声地呼喊江之永过来，眼前似乎划过了手电的光亮，他疲惫地闭上了眼睛。而颜素看到张昭倒在了血泊里，赶忙冲着门外喊道："快去叫救护车！"

杜馨笙推开门，看到张昭倒在了血泊里，疯狂地跑了过来。颜素知道，这里已经启动了紧急预案，救护车应该就在附近。她蹲下仔细看张昭的伤势，发现子弹打中了肩膀，并没有打到要害。她下意识地明白了，对方是把张昭当成了猎物，他要泄愤，要折磨他，所以没有一枪结果他。这真是不幸中的万幸。

几分钟后，救护车呼啸而至。颜素他们把张昭抬上了救护车，杜馨笙跟车离开。此时，大批增援抵达，随后就把那个黑哥的尸体抬了出来，并且在西南角找到了任仁光那个昏昏沉沉的大女儿。等确认这里安全后，颜素他们马不停蹄地回到了天恒化工厂。

此时，魏长河和秦儒以及一些领导已经抵达这里，现场已经恢复了秩序。工厂内的工人已经全部撤离，现在正在疏散附近的群众。消防车和救援车辆排成了数条长龙，浩浩荡荡，看不到尽头。颜素有些内疚，如果早点抓住这些绑匪，或许就不会出现今天这种危急的场面。

里面的绑匪至今没有提出任何要求，而警察也不敢贸然强攻。癸硼烷虽然危险，但因为是固体，加上仓库内都做了隔绝措施，相对来说，在存放上比较安全。可面前的这个仓库里储藏了十多吨的液氯，存放的容器是一个金属罐，任何不小心的擦枪走火都会引发灾难性的后果。更麻烦的是，对方手里还有人质，而且不能排除对方身上可能有爆炸物品来引爆液氯。

颜素在一侧已经看到特警队的精英们正蓄势待发，显然是已经做了最坏的打算。此时，指挥车内，应急指挥部的专家正在商讨液氯爆炸后的应对措施。她判断，现在无外乎两种情况：第一种，就是和绑匪谈判；第二种，就是强攻。

过了十多分钟，秦儒从指挥车上下来了。见到颜素，他先问了问张昭的伤势，显得格外紧张。然后，对她说道："化工厂的负责人已经被控制了。根据工厂的工程师介绍，在这个仓库下还有一套备用管线，就是用来应对像今天这样的紧急情况的。槽罐车已经到了，现在正在悄悄地抽空仓库内的罐体。这边完成后，马上发动强攻。"

颜素听完，知道绑匪大势已去。他们的头目黑哥已经被击毙，没有黑哥的命令，估计里面的绑匪不会擅自行动。短短的半个小时，分外煎熬。当槽罐车转移到了安全地带后，特警队发动了进攻。仓库里只有一个绑匪，整个行动持续了不到十分钟，绑匪就被逮捕了，人质也成功解救。一场灾难就此悄然瓦解。

三天后，颜素拎着两袋子水果到了医院。张昭的手术十分顺利，但是他孱弱的身体需要一段时间的休养才能彻底康复。

至今为止，六个绑匪，四人被逮捕，两人被击毙。经过三天的昼夜审讯，这六个绑匪的身份基本弄清楚了。带头的黑哥，身份证上的名字叫王友斌，四十六岁。曾经在某部队当过侦察兵，后因为在部队犯了错误被开除。最近这五六年，他一直在缅甸讨生活，是个职业雇佣兵。在银行外被抓住的叫周福顺，因为故意伤人被判过刑，三年前才释放出狱。他供出的王脏蛋，也就是王满仓，在西荣村被逮捕，经过审讯和 DNA 比对，可以确定张斌的女儿和管长梅的女儿身体里的精斑和他的吻合。在西荣村被击毙的绑匪是个缅甸人，名叫聂多，是王友斌从缅甸招募来的枪手。满脸胡茬儿的汉子名叫郑光业，是一家家具厂的老板。最后被逮捕的是已经逃出了 S 省的东北人王晓继，他曾经和周福顺一起盯梢。

随后，他们以王满仓作为突破口，大致弄清楚了这三个案子的来龙去脉。2007 年，无所事事的王友斌来到 A 市谋生。因为打架好勇斗狠，很快被张斌赏识，成为他手下的一个马仔。但是，王友斌这个人孤傲自大，自以为是，经常出去惹是生非，和同伙的关系也剑拔弩张。2008 年 7 月，张斌就把他赶了出去。从此，王友斌就记恨在心。后经人介绍，他去了广西，在朱广盛手下讨生活。在那里，他认识了郑光业和王脏蛋。他们一伙人制造了 "9·27" 金店抢劫案。案发后，作为主犯的朱广盛在潜逃的时候被击毙。他们三个人侥幸逃脱，返回 A 市躲避风头。

王友斌到了 A 市后，曾经去找过张斌，想谋个差事，但是被张斌拒绝了。

于是，他复仇的想法越发强烈，便伙同其余两人制造了"5·12"惨案。得手后，三人逃往陕西躲避风声。在那里，通过王满仓结识了闫继明。此人因故意杀人，在2011年已经被正法。闫继明是西安当地一个大混混，当时他们三人通过闫继明结识了苗青和巫鹏程。混熟后，苗青建议他们去Y城干一票。于是，五个人到了Y城踩点，在2010年制造了"11·6"大案。只不过最后关头，被Y城警方识破他们的计划，巫鹏程爆炸身亡，苗青被击毙，三人狼狈逃窜，然后就地散伙。

此后，王友斌到了缅甸，王满仓回到老家开了一家饭店，经营至今。郑光业回到老家，用绑金开了一家家具厂。三个月前，王友斌从缅甸回到了国内，突然找到了王满仓和郑光业，要求他们和自己合作。此时，两人都已经结婚生子，并不想参与这件事。后来，王友斌以告发他们为威胁，让他们入伙。两人也想过干掉王友斌，但是没有成功，而且家人还受到了王友斌的威胁。无奈之下，他们只好重出江湖。至于王友斌为何要重新作案，两人均不知情。至于他们如何洞悉了任仁光的计划，因为王友斌已死，其中内幕就成了谜。

颜素知道，这个绑架案的侦破，他们有些运气的成分在里面。如果绑匪不是对密码盘和钥匙志在必得，也像当年的绑架案那样杀了人质逃亡，那么侦破依旧十分困难。

"颜队，你怎么站在门外呢？"

此时，颜素的思绪被杜馨笙打断。她回头看到杜馨笙手里拎着一个暖瓶，就打趣道："你这算是病人家属吗？"

杜馨笙脸上浮现了一抹红霞，赶忙说道："颜队，你再说，我就生气了。"

两人说笑着，推开了张昭的病房门。他正躺在病床上输液，看上去枪伤问题不大。但是，他苍白的脸上越发没有血色。还没等颜素说话，他就问道："樊灿星有消息没有？"

颜素摇摇头道："人间蒸发了一样，现在没一点线索。"

张昭轻叹一声道："密码盘和钥匙背后到底藏着什么，恐怕也只有他才能揭晓谜底了。"

此时的樊灿星正站在日内瓦自由港内，看着工作人员用他的钥匙缓缓打开了一个外表和普通集装箱一样的货柜，看着里面一幅幅被真空封装的世界名画沉默不语。站在他身后的是任仁光公司的财务总监杨婷。她回头看了一眼脸色阴沉的樊灿星，问道："你真的已经决定了？"

樊灿星神色坚定地点了点头。

杨婷皱眉道："你想一个人撼动这个邪恶的组织，成功的概率很低的。"

"我如果失败了，还请你务必完成我的遗志。拜托了。"樊灿星表情复杂地对杨婷说道，随即伸手一指，让工作人员将其中一幅画拿出来，"找最大的拍卖行帮我卖掉这幅，剩下的全部装船。"

杨婷知道他心意已决，便转身离开。樊灿星看着杨婷的背影，然后戴上了墨镜，看着那些名画，喃喃自语道："妞妞啊，我终于能替你报仇了。"说完，两道热滚滚的眼泪瞬间沿着他的脸颊滑落了下来。

03
缉毒大佬

第一章　老赵

国庆刚过，气温骤降。天空下着霖霖细雨，让萧瑟的秋意平添了几分凄婉和落寞。

颜素开着车，到了案发现场，伞都顾不上打，便匆匆地跑上楼。一楼狭窄晦暗的楼道里，墙面遍布一团团的污渍和牛皮癣一般的小广告，再往上的过道里站满了警察。他们每个人脸上都写满了愤怒和悲伤，有的甚至失声痛哭。大家对她的到来似乎并不太友好，有的人甚至怒目而视。而她心里同样不好受，一股无名的怒火夹杂着莫大的悲愤在胸腔里翻腾。一进门，就看到地上躺着一具尸体。此时，已经用床单蒙住了脸。痕迹勘验组的同事们在房间里忙碌着，而现场法医则是老法医郑新生。他席地坐在尸体旁边，耷拉着头，情绪低落。

颜素戴上了手套，慢慢地掀起床单看了一眼，忍不住回头把尸体盖上。死者是缉毒大队的赵煜深，毒贩都骂他赵阎王。虽然在来的路上就知道了消息，但是她的心里还存有那么一丝侥幸。如今，看到他就平静地躺在这里，她顿时感觉胸口如同被重锤一般，压抑得有些喘不上气来。老赵这个人彪悍跋扈，专横护短，但那都是在工作上的事情。试问一个每天跟毒贩打交道的老缉毒警，若不是有这样的性格和脾气，怎么能镇得住那些毒贩？

通过一段时间的接触，颜素对他有了更深的了解。他脸黑，说话难听，但是他只要把你当成了自己人，心窝子都能当面给你掏出来。每次办案，一大把年纪了，他还冲锋在前，舍生忘死。对属下无比严厉，呵斥训骂，那都是家常便饭。但是，严师出高徒，整个 A 市多少缉毒警察都是从他手下成长起来的，如今在各缉毒口都成了独当一面的领头人。不夸张地说，他也算是桃李满天下，在整个系统内颇有威望。颜素刚从外地抓人回来，刚把人送到看守所，还没来得及预审就接到秦儒的电话。她整理了一下思绪后，问道："老郑，老赵是怎么死的？"

郑新生轻叹道："应该是中毒死的。尸斑呈现鲜红色，一般情况下，考虑冻死、氰化物中毒、一氧化碳中毒等。体表检验没有外伤，房间内没看出来打斗或者反抗的痕迹，门窗完好无损，而且没有其他人的痕迹，比如指纹、脚印。这点对他相当不利。"

颜素有些没明白"不利"这两个字的含义，正一脸疑惑的时候，老郑把一侧的痕迹勘验员大刘叫了过来。大刘从证物袋里拿出来一张已经封装的 A4 纸张，递给了她。颜素快速地看了一眼，感觉头都要炸了。因为她手里拿着的是一封遗书！遗书的内容大致说，自己对不起组织，也对不起家人，因为收受毒贩的贿赂，贪赃枉法，自觉无颜面对众人，畏罪自杀。

颜素看完，觉得不可思议，老赵奋斗在缉毒第一线，从平常的作风来看，对毒品和毒贩都是恨之入骨。他毕竟见了太多人因为毒品家破人亡，妻离子散，怎么可能会收取毒贩的贿赂呢？这听上去令人难以置信。此时，老郑看到颜素一脸错愕，便伸手一指道："钱在衣柜里，有一百多万，还有金条和一些美元。"

颜素当即起身冲向了卧室，果然看到在地上摆放着整整齐齐的人民币和五根金条，以及装在整条烟盒内的美元。粗略估计，一共有三百多万。她看到这些，还是有些难以置信。虽然说警察都是怀疑一切的，但是她无法从心底接受这个往昔并肩作战的战友竟然会被毒贩腐化掉。而且，如果事实真的与现场看到的情况一致，那么老赵一辈子的荣誉和尊严就全都没了。

此时，颜素听到门外传来一阵窸窣声，回头就看到市局党组成员、市纪委监委派驻市公安局纪检监察组组长毕国斌走了进来。秦儒跟在他身后，脸色阴沉。他虽然是刑侦支队的队长，不过 A 市支队上刑侦和缉毒一直没有分家，刑侦支队还加挂"A 市禁毒委员会办公室""A 市打黑除恶专项斗争领导组办公室""A 市公安局刑事检验鉴定中心"的牌子。老赵可以说是秦儒手下的兵。出了这么大的事情，他必然要亲自来看看。

秦儒在房间转了一圈，看到那些现金和金条，黑沉沉的老脸上神情越发凝重。听完老郑初步的意见，看完证物后，他一言不发地走出了房间。颜素的心里有许多疑惑，于是急匆匆地跟了下去。在老赵家下面的院子里，秦儒自顾自地点了一根烟，默默地抽着，一言不发。颜素看毕国斌也在，有些无法开口。不过，老毕倒是先说道："老赵的事情还在调查中，现在还没有下结论。不过，就目前我们拿到的证据来看，恐怕对他多有不利。当然，从情感上，我和你们都一样，也无法接受这样的事实。可我们是党领导的公安队伍，既要严守国法，也要恪守党纪。所以，你们不要有抵触情绪。我们都要给党、给人民群众一个交代，也给我们自己一个交代。"

颜素听完，明显听出来点别的味道。如果仅凭现场的这些证据来看，确实是对老赵十分不利。但是，这么快老毕就亲临现场，这背后一定还有别的事情。于是，她坦言道："作为老赵的战友，我内心是有些情绪的。如果他真的贪赃枉法，被毒贩腐化掉了，那是他咎由自取，也是他罪有应得。可是，您看看老赵住的这房子，再看看他平时的吃穿用度，不如您跟我交个底，这背后到底还有什么事情？我们向来都是不冤枉一个好人，也不放过一个坏人，您说是吧？"

老毕看了一眼秦儒，秦儒说道："我们是人民公安，既要接受人民的监督，也要接受组织的监察。这是我们应尽的义务。不过，这也关系到一个老缉毒警察的荣誉和尊严。老赵有没有问题，有多大的问题，都按照调查的结果为准。这是魏局的意思，也是我的意思。程序该怎么走，就怎么走，我们全力配合。可是，老赵手里还有案子，不能因为他可能有问题，就把他手里的案子给停掉了。你也知道，这粉冰案，老赵一直都是骨干。作为接替老赵的办案人员，颜素有权知道真相。而且，老赵现在已经死了，他是畏罪自杀，还是被人栽赃陷害，这个一定是要查个水落石出。如果出现任何问题，我负责到底。"

老毕点头道："细节我就不能透露太多了。10 日那天，缉毒大队抓到了一个毒贩。在今天上午的审讯过程中，他直接向我们举报，老赵放了他的大哥。而其大哥以现金和金条以及美元作为回报，送给老赵以及她的前妻共计五百万左右。于是，我们展开调查，按照他提供的线索，先和老赵的前妻进行谈话。他的前妻虽然不知情，但是我们在她家里找到了落网毒贩所供述的他们团伙贿赂老赵的一百多万现金。根据毒贩的说法，这笔钱是用来给老赵孩子看病用的。我们另外一组人来找老赵谈话，这不是知道他请假了么，到了他家敲门不开，我们强行进去，就看到他出事了。然后，在家里又搜出了共计三百多万的现金及金条、遗书等。这和举报材料基本吻合。"

"老赵是个工作狂，昨天他没去上班吗？"颜素问道。

秦儒又点了一根烟，眼眶发红道："这几天，你在外地抓人，估计不知道这些事。老赵已经请了十天的假，今天是第五天。一是他痛风发作，路都不能走。二是他女儿得了重病，需要他筹钱看病。市局都参与了募捐，上上下下筹到了二十多万。这钱还没来得及给他，人就出事了。"

颜素听到这里，一下就想到平日里威名赫赫的缉毒英雄，却拖着老病孤愁身躯四处求人，突然鼻子一酸。一瞬间，内心郁结的酸楚、悲愤以及同情一起涌上心头。她赶忙转身，眼泪瞬间滑落了下来。正在擦眼泪的时候，她突然看到张昭一只胳膊打着绷带，穿着病号服风一样地往楼上跑。颜素生怕他惹出什么乱子，赶忙追了上去。

秦儒看到张昭上楼，也将烟头踩灭，紧跟了上去。毕国斌有些摸不着头脑，也不知道这个穿着病号服的是什么来历。出于好奇，他也追了上去。

张昭迎着楼道里的人群往上走，人们自觉地给他让开了一条路。他一口气跑上了三楼，站在门口就看到了躺在餐厅的尸体。只是，他没有看一眼尸体，而是在房间里四处乱转。老郑虽然是老法医，但是对这个年轻人是服气的。搞技术的人没那么多弯弯绕，刚要上来跟他介绍情况，张昭就说道："我都知道。您是老前辈，判断不会有错。老赵现在无非两种情况。一种是自杀，一种是他杀。自杀先不说，因为现在所有的证据都指向了他自杀。可万一是他杀，把现场做得滴水不漏，而且还没有被别人发现。这种类似于密室杀人的把戏，往往都经不起推敲。从尸体现象看，他的死亡时间大概在昨天晚上，先行动起来，看看有没有什么线索。"

第二章　疑点

颜素通过与张昭这一年多的接触，对他的判断有一种无条件的信任。她当即说道："我去查查这栋楼的住户情况。"说完，就匆匆下楼去了。她进来的时候，出于职业习惯，看了一下小区的门禁，那里有监控，或许能有一些发现。

颜素这么一行动，大家似乎渐渐从悲愤的情绪中挣扎出来。如果真如张昭说的那样，他们有太多的工作能去开展。比如，走访一下这栋楼的居民，排查一下附近的租户，追查一下老赵的仇家之类。总之，只要有嫌疑人，他总不是神仙，不能凭空消失。

待门外的众人散去，张昭跟老郑要了一副手套，然后掀开盖在老赵身上的床单看了一眼。初步检查显示：尸僵较强，尤其是手指脚趾僵硬；尸斑紫红色，位于腰背部未受压处，且有融合迹象，强压褪色；双眼角膜轻度浑浊，瞳孔0.5厘米左右，双眼睑结膜较多点状出血；口唇鲜红色，黏膜未见破损；在老赵的四肢关节处，能够看到七八粒痛风石，右脚第一跖骨关节处有明显水肿的迹象。这是痛风引起的关节病变。除此之外，体表均无任何损伤。结合肛温，初步判断死亡时间在十二小时之内。

在老赵的尸体边上，张昭发现了一粒胶囊样的药品，此时已被拍照封装。遗书是在餐桌上发现的。他跟老郑要了放大镜，仔细看了一下遗书之后，对着老郑说道："尸斑是紫红色，但是口唇仍呈现鲜红色，多半是氰化物中毒，而且迅速死亡造成的。"

老郑也点头道："我也是这么想的，毕竟氰化物容易挥发。而尸体腐败也能产生少量的氢氰酸，会干扰我们的判断。只是……"说着，他看了一眼老毕和秦儒，没有说下去。

张昭说道："老赵不管有什么问题，在没有法院的审判之前，他还是中华人民共和国的公民。他现在死了，必须查清楚死因。这是对法律和科学最起码的尊重。摆在这里，难道你们指望他坐起来跟你们聊点什么吗？"

当即就有监察组的人说道："你这个小同志，这是什么态度？"

张昭上下打量了一眼他们，脸上的肌肉抽动了一下，回道："《中华人民共和国刑事诉讼法》第一百二十九条规定：任何单位或个人，都有义务保护犯罪现场，并且立即通知公安机关派员勘验。请问，你们进入现场到现在，做过任何防护措施吗？其他的不说，老赵这人不爱干净，离异单身，并且有严重的痛风，发病时行动困难，从他脚上关节的肿胀来看，他这几天连生活自理都有问题。而你们看看整个现场，家具地板收拾得一尘不染，你们难道都没觉得这不正常？而现在他尸体附近的地板被你们踩得乱七八糟，到处都是脚印。我这态度算是好的，态度不好，早就把你们轰出去了。"

说完，他跟老郑要来尸袋，将尸体封装好后，招呼老郑把尸体往下抬。老毕看着他们远去，好奇地问道："这个年轻人是谁？"

"刑技大队副队长张昭，法医出身。"秦儒小声地说道。

老毕这才恍然大悟，点头说道："听过这个小子的事迹，不过，他的枪伤不是好了吗？怎么还挂着绷带，穿着病号服呢？"

秦儒面色凝重，眉头微皱，似乎陷入了一段波诡云谲的案情回忆中。老毕饶有兴趣地等了几秒，却没有想到秦儒轻叹一声："他自己骑电瓶车摔的。"

颜素从楼上下来后，直奔小区的门卫室。这个小区建于20世纪90年代，属于工厂的职工家属院。用现在的话说，这已经属于老破旧的行列。小区内并没有物业公司，门卫是住户集资雇用的。年纪看上去，也不小。颜素提出想看看监控的时候，门卫告诉她，这全院的监控都是个摆设，坏了都快一年了。因为没有物业管理，装的时候是集资安装的，维修就没人管了。

颜素一脸无奈。门房大爷都70多了，老眼昏花，哪记得有什么可疑的人进出。不过，大爷的老伴比他强点，说了说老赵那栋楼的情况。那栋楼一共五层十户，其中有七户还是原来的老住户，另外三户都已经搬离了这里。一楼和四楼的两户人家把房卖了，新来的也住进来两年多了。只有老赵家下面的二楼右侧的202一直没人住，也没看见过开灯，应该是空着的。

细心的颜素折返了回去，然后在电表箱上看了一会儿，发现电表还在走字。说明这里面还有家用电器，不像是完全没有人居住的样子。她想办法联系业主。好在人多力量大，没多一会儿，就从别的邻居那里打听到了202住户的电话。通过和户主沟通了解到，房子已经在上个月通过某中介平台租了出去。为了有备无患，她和禁毒大队的人找到中介，并且调出了该人租房时用的个人信息。禁毒大队的人一看都傻了，这个人竟然就是监察组嘴里说的那个贿赂老赵的毒贩——姜军。

回到市局后，颜素经秦儒同意，在监察组的监督下，翻看了关于姜军的卷宗。姜军是9月16日因群众举报，在一个名为辉煌夜总会的KTV被抓的。当时和他一起被抓的还有六个"KTV公主"。经过尿检后，其中的一个"公主"尿检呈阳性。而且，在现场还找到了1.6克左右的冰毒。看到冰毒照片的时候，颜素突然愣住了。这是粉冰无疑。自从去年粉冰案之后，因为一部分流通在市场上的库存没有被消化干净，市场上的粉冰一直持续到今年三月份才彻底绝迹。如今，时隔半年，又突然看到粉冰出现，颜素心里那根弦又紧绷了起来。估计当时老赵和她此时的心情是一样的。虽然不排除这是粉冰案遗留的库存，但也有可能是粉冰死灰复燃的信号。

顺着卷宗继续往下看，对这个涉案"公主"的预审之后，警方得到了一个重要的线索——这些粉冰来自一个社会青年丁奇，外号狗哥。至于这个姜军，他的尿检没问题，而且从笔录上看，他既没有容留其他人吸毒，也没有提供毒品和毒资，所以训诫后就释放了。人也不是老赵审的，而是禁毒大队另外两名同事审讯的。释放姜军合情合理，没看出来有什么违规操作。随后，颜素又通过执法记录仪的录像查看他们尿检的过程，同样也没有看出来老赵有包庇姜军的嫌疑。如果非要挑刺的话，只能是老赵没有给姜军做毛发检验。这个姜军有过吸毒的前科，血液以及尿液检验只能追溯几天，而毛发检验可以追溯六个月内的吸毒情况。

当然，仅凭这些是不足以引起监察组的重视的。毕竟，警察冲在一线办案，什么情况都有可能遇到，被人栽赃陷害，也不是什么新闻。真正让老赵惹上麻烦的是这个丁奇的落网。丁奇是 10 月 10 日下午在火车站购票时被抓获的。这个人有过吸毒的前科，被强戒过一次。除此之外，还有寻衅滋事的前科，可以说是案底累累，老油条一个。10 日晚上，他一直对抗审讯，什么都没交代。

之后发生的事情，卷宗已经被纪委同志们封存，她现在看不到。不过，她向缉毒大队的同事们了解了一下，大致是今天上午 7 点左右，在看守所的丁奇突然对看守狱警说，他有重要情况要举报。鉴于他可能牵扯大案，大家也不敢掉以轻心。于是，马上开始了审讯。结果，丁奇十分不配合，并且要求纪检委同志在场，才肯说明举报内容。于是，毕国斌亲自参与了审讯。至于他交代了什么，老毕上午也说了一些。从证据链上看，目前确实对老赵多有不利。现在，证人、动机、物证均已落实。虽然还有疑点，但是必须找到给他送钱的姜军恐怕才能证实。现在，只希望张昭能够再打一次漂亮的助攻，在尸检报告上有些新的发现。

正在颜素等待消息的时候，秦儒走进了她的办公室。老头子一如既往地黑沉着脸，坐下后就开始抽烟。颜素给他沏了一杯茶，大概也猜到了他的来意。虽然缉毒大队的人此时都莽着劲在找姜军，但是这一时半会儿哪就那么容易把找到呢。老秦抽了几口烟，说道："你猜到我想说什么了吧？"

颜素点点头，老秦继续道："案发后，局党委研究了一下。这案子还是你们专案组负责。禁毒那边，我一会儿去做他们的思想工作。老赵再怎么说也是他们的队长，在事实没有弄清楚之前，按照我们的法规，他们应该回避。你的那组人和老赵没利害关系，也不是他的亲属，也没有影响公正的其他关系，不用回避。这算是正式命令。为了确保公正性，我也要回避。所以，你们现在直接受魏局的指挥，同时也要接受老毕的监督。"

"我们会想尽办法找到姜军的。"颜素说道。

秦儒此时却摇摇头，说道："姜军是要找的，但是你们也别抱太大的希望。作为一个老公安，无数的教训告诉我，最终要相信证据。但是，作为个人，尤其是老赵的上级，我是不相信老赵会糊涂到这个地步的。你要说，他在别的地方徇私枉法、贪污受贿，我不敢打包票。但是，跟毒贩同流合污，这太扯淡了。关键是，老赵现在死得不明不白，如果这真是对方做的局，这姜军呀，现在指不定在哪片土里埋着呢。你们的目光，要锁定在那些粉冰上。找到那些粉冰，才是这个案子的关键。"

颜素点了点头。

第三章　又见粉冰

第二天清晨，当颜素走进会议室的时候，魏长河和毕国斌已经在场。她赶忙找了个位置坐下。老魏把手里的保温杯放下后，说道："我简单说两句。人民群众是痛恨腐败的，而我们公安内部的腐败更是让人民群众痛恨。我们一直对此都是零容忍。这首先是我们市局的态度。老赵的问题，就移交给组织调查。但是，粉冰案是公安部和省公安厅都高度重视的案子。在时隔半年后，突然再次冒头，这是一个极其危险的信号。经过我们局党委开会决定，现在由颜素之前的专案组从禁毒大队那里接手这个粉冰案专办，务必把这些粉冰的源头给找到。"

颜素当即起身说道："保证完成任务！"

老毕此时问道："听说尸检报告出来了，赵煜深是怎么死的？"

老郑说道："我是主检法医。经过解剖，尸体血液不凝，肌肉、血液呈鲜红色；颅骨无骨折，颅内未见损伤及出血；食管黏膜完整；心外膜大量点状出血，冠状动脉左前降支及右旋支均Ⅲ° 狭窄；双肾内均见小囊肿；胃内容为 100mL 褐色液体，胃黏膜充血；多器官淤血；血液及胃内容中检出氰化物成分，血液中氰化物质量浓度为 27.2μg/mL。在解剖过程中，打开胸腹腔后，我和在场的同事们除了闻到杏仁味的刺鼻气息，还闻到了刺鼻的有机溶液味道。心脏里还有许多鲜红色流动性血液，心表面有一些溢血点，肺、肝、肾等内脏均有淤血，呈鲜红色。肺有轻度水肿，气管内贮有白色细微的泡沫液体。随后，在他的血、尿以及脂肪组织和各脏器中均检出了乙醚成分。我和张昭以及其他法医讨论后，基本判断赵煜深是氰化物中毒死亡。剩下的请张昭同志补充。"

张昭说道：

"氰化物是一种剧毒物质，成人致死量只需要 0.05 ~ 0.25g，当血液中含量到达 1μg/mL 时，为致死量。氰化物对中枢神经系统有很高的亲和力，也会对呼吸系统和循环系统产生刺激和麻痹的作用。剂量高时，可导致瞬间死亡。赵煜深的脏器和血尿中都含有乙醚的成分。结合老赵体内的氰化物含量推断，乙醚只可能在他中毒之前吸入。众所周知，乙醚在相当长的一段时间内被作为麻醉剂使用。它可以刺激呼吸系统黏膜，引发呼吸障碍。老赵肺部的水肿和器官内细微泡沫液体可以说明这一点。同时，乙醚在体内大部分不会代谢，而是由肺部排出，少量可代谢为二氧化碳。同时，乙醚的挥发性很强，作案后，空气中的乙醚会很快散去。

"为了确证这一点，我们连同法医鉴定中心连夜做了乙醚吸入试验。按照老赵血、尿以及脏器的乙醚浓度，用小白鼠试验。参与试验的十只老鼠都没有死亡，却不同程度地出现了麻醉迹象。但是，乙醚麻醉的诱导期很长，整个麻醉的过程持续了五到二十五分钟才完成。所以，我们推断，赵煜深有可能是先被乙醚麻醉，在失去了抵抗能力后，再被人灌入氰化钾导致死亡。也就是说，并不能排除他杀的可能。"

老毕听完，立即问道："据我所知，乙醚的味道很难闻，而且诱导期又很长。赵煜深虽然有痛风，但他也是一名悍将。如果发现有人企图加害他，为何他没有抵抗？在现场尸检的时候，我是没有看到他有任何外伤的。自杀和他杀完全是两个性质的案子，你们还有其他佐证吗？"

张昭拿出老赵遗书的复印件说道："我上午看到这封遗书，当时就觉得有问题。作为法医，刑事科学技术是必修课，其中涉及笔迹鉴定。我和他一起办过粉冰案，看过他写的卷宗。这封遗书的字迹和老赵确实很像，但是同时也破绽百出。一般来说，笔迹特征有八个。这封遗书的概貌特征、局部安排特征、搭配比例特征和写法特征，以及笔痕特征都没什么问题，说明伪造遗书的人一定研究过老赵的笔记。但是，在错别字特征、笔顺特征、运笔特征上有明显的破绽。

"先说错别字特征，老赵在写'自己'的时候，总是习惯性地错误写成'自已'。虽然仿写者也有意模仿，但大部分也都是将'自己'写成'自已'，可是其中有一处书写是正确的。这是他写作惯性使然。笔顺和运笔明显不符合老赵的书写习惯。老赵很多字笔顺一塌糊涂，运笔上十分随意，而这封信大部分的字迹笔顺和运笔都比较规范。更重要的是，老赵文化程度不高，而且是个粗人，对标点符号的使用一塌糊涂，他写的卷宗经常是一逗到底。而在这封信中，标点符号虽然大部分如此，但是奇怪的是有两个句号。这和老赵的书写习惯不相符。我已经将遗书送到了省厅鉴定中心，结果很快就会出来。"

老毕听完后，默默地点点头。不过，他觉得张昭可能还有所保留，于是说道："笔记鉴定是很主观的鉴定。除此之外，你还有其他证据吗？"

张昭似乎还想说什么，但是最终也没说，摇摇头坐下了。

颜素补充道："刚才现场勘验的同志们告诉我，赵煜深的家里被打扫得很干净，几乎一尘不染。可是奇怪的是，我们没有在现场找到他的手机。我已经让电信部门调取了他的通话记录，目前还在排查可疑线索。"

魏长河此时说道："从尸检上看，确实疑点重重。但是，该查的是一定要查下去的，绝对不能让粉冰有重新抬头的机会。老毕，我的意思是咱们最好联合办案。虽然从表面上看，是两个性质的案子，但从现在的线索上看，是同一伙人干的。而且，上面也有文件精神，发现重大敏感线索，纪检监察组可提前介入、联合调查，形成联动融合的工作格局，以便更好地开展工作。这样一来，我们可以提高侦办这个案子的效率。"

老毕说道："我回头跟领导汇报一下。"

从会议室出来后，颜素跟在张昭身后。等身旁没外人的时候，颜素一把拉住他问道："老赵对你很信任，他这段时间和你说过什么没有？"

张昭摇摇头。颜素不信任地追问道："可我看你的架势，你好像从一开始就笃定老赵不是自杀。为什么？"

张昭有些不耐烦道："畏罪自杀，在逻辑上，首先是畏罪，也就是说，他知道自己的罪行被发现，然后才自杀。我们都是今天才知道的这个案子。他们办案的程序那么严密，老赵是怎么知道自己的罪行被暴露的？退一万步，就算是他畏罪自杀，这件事本身就很搞笑。你想想，那可是赵煜深。从警二十多年，如果算上在边防当武警，他都快有三十年的办案经验了。这样一个老警察，见过的罪犯和犯罪手段多如牛毛。他会蠢到在家里放三百万现金然后畏罪自杀吗？这简直是侮辱一个老警察的智商。而且，按老赵的性格，他就是自首，也不会选择自杀。坦荡荡一辈子，自杀本就不符合他的做事风格。依我看，老赵一定是查到了什么要紧的东西，对方不得不杀人灭口，顺便用这种拙劣的手段来栽赃陷害。这案子背后，铁定藏着惊天的大案。"

颜素听完，深感赞同。这案子其实也不难办。丁奇既然敢举报老赵，那他一定参与了整件事，应该知道一些内幕。不过，栽赃陷害，并且谋杀一名警察，一旦自己招供，必死无疑。所以，要撬开他的嘴巴并不容易。至于那一克多的粉冰，也只有丁奇知道真实来历。现如今，他们得找到一个突破口。于是，她说道："我想从老赵这段时间的查案轨迹入手，你觉得呢？"

"我想带着江之永再回现场看看，并且去找找老赵的前妻。另外，帮我申请一张搜查令，我想去看看老赵家下面的二楼有什么猫腻。这个姜军太有意思了，竟然租了老赵家下面的房子。这个人的身份得去核实一下。虽然说现在办案手段进步了，但是在缉毒上，使用线人一直都是常用手段。我有点怀疑，这个姜军根本不是什么毒贩，就是老赵长期使用的线人。"张昭回道。

"线人？"颜素有些诧异。

"我找缉毒大队的人问了一下，那天晚上在KTV抓捕吸毒人员，是因为群众举报。按照流程来说，一般是辖区派出所出警，没有问题，就直接当作普通吸毒案件处理了，然后有关人员才移交缉毒大队。然而，那天是老赵他们队亲自出警。出发前，老赵跟队员们言明，他们那天晚上在KTV有监控任务。姜军有过吸毒的前科，按照常理来说，他应该做头发毒检的。当然，尿检没问题，不检头发也正常。但是，老赵这种老缉毒，对付一个有前科的，而且还是跟粉冰案有关系的吸毒人员，怎么可能会有这种疏忽呢？解释只有一种，老赵在有意包庇他。如果老赵不是黑警察，那姜军大概率就是他的线人。另外，还有比较重要的一点，现在办案，一个人单打独斗肯定是不行的。我仔细询问了一下老赵的队员，他们最近只有丁奇这么一条线索。我现在甚至都怀疑，姜军可能查到了什么要紧的东西，但是老赵没来得及上报，就被紧急灭口了。这样解释的话，你没发现老赵的死就合情合理了吗？"张昭分析道。

颜素仔细一想，确实存在这种可能。于是，她说道："那我和杜馨笙去缉毒那边看看，顺便再去看守所碰碰运气。你们自己多小心。"

·

第四章　被杀

江之永和张昭到了老赵家楼下的 202，敲门后无人应答，于是找来了开锁公司，打开了房门。屋子里都挂着厚厚的遮光窗帘，十分昏暗。两人进去后都没有开灯，而是用随身带的手电照射地面，想看看有没有明显的脚印。让他们失望的是，地面明显被清理过。

开灯之后，江之永在房间内小心翼翼地转了一圈，确认安全后，再和张昭在房间里搜寻起来。这间房和上面老赵的房子结构一样，只是因为没有什么家具，所以显得格外空旷。房间的次卧有一张行军床，但是上面没有被褥。张昭到卫生间看了一眼，听到吊顶上的排风扇"嗡嗡"作响，这或许是电表走字的原因。

不知道为什么，张昭脑海里突然思绪万千。

乙醚是一种强挥发性、带有刺激性味道，而且诱导期很长的麻药。吸入浓度 100 mg /L 后，需要半个小时才能丧失意识。而且，据张昭所知，现在的所有吸入式麻醉药品种，并没有在几秒内就可以让人晕厥的药物。那种用手绢把人迷晕的画面，都是影视剧杜撰出来的。而且，乙醚已经不再用于临床上了。为了克服麻醉乙醚易燃、易爆及氯仿毒性大等缺点，开始寻找其他更好的吸入麻醉药。在烃类及醚类分子中引入卤原子可降低易燃性，增强麻醉作用，却使毒性增加。后来发现引入氟原子，毒性比引入其他卤原子小，进而相继发现了具有应用价值的氟烷、恩氟烷、异氟烷、七氟烷、地氟烷等。

想到这里，张昭突然愣了一下。乙醚虽然不再应用于临床麻醉，但是乙醚和氟烷依旧用于兽医的临床麻醉中。氟烷这种物质，可以和乙醇、氯仿、乙醚等互相混合。氟烷与乙醚混合使用，可减轻毒副作用，并有麻醉功效协同作用。如果是这样，可以缩短麻醉诱导的时间。而且，氟烷本身被人体代谢的几率不高，最多只有20%，其余通过呼吸排出体外。在两周内，以非挥发性物质随尿液排出。氟烷也会引起肝的酶诱导。对氟烷代谢的研究表明，氟烷的0.4%代谢为二氧化碳，11.6%被代谢为非挥发性物质并随尿液排出，29%以原形留在脂肪组织内，其余以原形排出体外。非挥发性物质都为低分子量（＜700）化合物，大部分是三氟乙酸钠的乙醇胺化合物，主要存在于肝、胆汁、肾及精液腺中。

更加重要的是，乙醚和氟烷相对于其他麻醉药品，更容易弄到。想到这里，张昭赶忙给老郑打电话，让他去化验一下老赵尿液、肝胆汁中的三氟乙酸钠的含量，同时检测老赵体内是否有氟烷存在。如果检测出来这种化学药品，也就解释了为何对方会使用乙醚来制伏老赵。这两种麻药协同作用，只要在封闭的空间内浓度合适，可以在短短几分钟内，就让老赵失去防卫能力。这也就解释了老赵为何没有搏斗反击。

乙醚的问题暂时解决了，那他们的投毒方式还没有被找到。毕竟，乙醚是有刺激性味道的。老赵虽然有痛风，行动不便，但是闻到这种刺鼻的味道，会本能地会选择离开。这种吸入式麻醉一旦降低了浓度，麻醉效果将会十分不理想。而且，如果有人闯进了老赵家，按照老赵的性格和经验，他一定会反抗，那四周的邻居应该能听到才对。可是，根据颜素的说法，邻居在昨天晚上根本没听到任何异常。张昭在房间里转了几圈后，最后将目光落到了卫生间的天花板上。

张昭出去找了个人字梯，爬上去后对着天花板看了一会儿。果然，天花板被人动过。因为是老旧小区，房间内难免会有陈旧的污渍。如果天花板没有动过，这种PVC材质的天花板插口边缘应该都是旧的。但是，现在能够看到其边角上有些崭新的印子，十分显眼。张昭让江之永去找了一把改锥，然后将天花板给撬开，马上看到了上面的三楼的排污管道。

江之永站在下面都能看到三楼地漏管道处有一块贴补的痕迹，而且看上去还很新。张昭马上戴上手套，找工具把贴补的地方取下来，就发现一个直径三厘米左右的小孔，从这个小孔能够直通老赵家卫生间的地漏。他立刻到了三楼取出来卫生间的地漏看了一眼，是那种磁铁闭合地漏。想要破坏这种地漏的密封结构，用一块磁铁就足够了。它只要找一台输送泵，然后接一根管子，很轻易地就能把麻药通过地漏送到老赵家的卫生间内。从户型上看，卫生间相对封闭。如果恰巧老赵在卫生间内关着门如厕，只要剂量给得足够大，氟烷和乙醚共同的作用能够在很短的时间内就让他丧失行动能力。而且，老赵本身因为痛风行动能力受限，有这么几分钟，足够让他失去意识。之后，嫌犯只需要进入了老赵家，给他喂下氰化物，然后放好遗书，放入现金，打扫现场，再退回二楼清理现场，最后离开。至于推断成立与否，张昭要回去做实验。

想到这里，张昭不禁有些后背发凉。这样处心积虑地杀了老赵，并且栽赃陷害，显然不是杀人泄愤这么简单。而这个人显然对麻醉品有一定的了解，不排除有试药的过程。只可惜这个小区老旧，安防设施如同虚设，不然应该很容易就能找到这个人。张昭让江之永联系勘验组过来看看，有没有什么意外发现，而他和江之永得去找老赵的前妻谈谈。

到了下午，张昭和江之永两人开车到了省第三人民医院。按照老毕给的联系方式，他们找到了老赵的前妻段玉芳。他们两个跟老赵只在工作上有来往，而且年纪悬殊，所以对老赵的私生活几乎是一无所知。在来的路上，他们才从秦支那里稍微了解了一些情况。老赵和段玉芳的婚姻只持续了三年。至于其中的内情，秦儒知道的也并不多。

见到段玉芳之后，江之永大概猜到了老赵离婚的原因。虽然她在医院看上去有些狼狈，但是其言谈举止、穿衣打扮都透着一股书香门第的文人气质。这和她的教师职业倒是相符合。老赵和她在一起，那确实是有些格格不入。段玉芳透过病房的窗户看了一眼正在看手机的女儿，这才跟着他们两个下楼找了个说话的地方。

江之永买了几杯热饮，坐下后说道："实在有些抱歉，这个时候来打扰你。"

段玉芳表示没事，然后突然问道："你们赵队长是不是出事了？"

江之永不知道该如何回答，便喝了一口手中的饮料。

段玉芳坦然地说道："昨天纪检的同志来找我核实情况，我已经把我知道的都跟他们说了。那笔钱，我根本不知道是怎么回事。"

张昭此时却突然说道："赵队长于 10 日夜里死在了家中，疑似畏罪自杀。不过，经过我们调查，疑点太多。所以，还想跟你再了解点情况。"

段玉芳听完后，十分诧异，反口问道："赵煜深死了？畏罪自杀？"

张昭点了点头。

段玉芳经过了十几秒的时间，似乎才接受这个事实。她摇头说道："他那个人怎么会畏罪自杀呢？他从来都是自己做错了，还强词夺理。脾气大，大男子主义严重。至于说他贪污受贿，我不敢苟同。这个人虽然缺点很多，但是最起码的'三观'还是没问题的，对于底线，也把持得很严。就比如，我们虽然离婚了，但是他对大宝却千依百顺。当年我为了让大宝上个好点的学校，想让他出面活动活动，他都没答应。我想，他也不会为了大宝看病，而铤而走险去干违法的事情。再说，也没到穷途末路的时候，他不至于去冒那么大的风险。"

江之永愣了一下，马上问道："具体的，能说说吗？"

"大宝得的是慢粒性白血病，目前有治疗手段。而且，大宝的年纪比较小，再不济，还能做异基因造血干细胞移植。至于经济上，我是个老师，虽然每个月没多少钱，但是生活压力并不大。我和老赵虽然因为性格不合离婚了，但是这并没有影响我们共同抚养女儿。他每个月的工资除了自己留点生活费，基本都给我了。而且，前几年城中村改造，我是家里的独女，所以手里还有一些拆迁款。在女儿看病的问题上，钱其实并不是很紧张。这次他听说女儿得了白血病，一着急都想把房子给卖掉，还是我给拦了下来。这些问题，我今天跟纪检的同志反映过了。"段玉芳回道。

张昭突然问道："老赵和您女儿的 HLA 配型做了没有？"

"做了。我和他都可以给女儿移植，而且他的配型要比我的好，更适合做造血干细胞移植。"段玉芳回道。

江之永有些不懂。

张昭解释道："在单倍体相合供者中，一般选择顺序为：子女、男性同胞、父亲、非遗传性母亲抗原不合的同胞、非遗传性父亲抗原不合的同胞、母亲及其他旁系亲属。如果是这样，那赵队就更不可能自杀了。因为他活着，就是女儿最大的希望。"

第五章　姜军

江之永听完这些，心里判断，老赵应该是不可能受贿了，因为动机不成立。

"你家里那笔钱能给我们详细说说吗？"张昭向段玉芳问道。

"我真的不清楚。女儿生病后，我一直在医院陪护她。一般回家就是洗澡和做饭，其他的什么都顾不上。今天纪检的同志们从我家鞋柜里找出来那些钱的时候，我真的都傻了。随后，我给老赵打了很多电话，但是手机一直提示关机。我感觉他可能是出事了，但是没想到他竟然死了。"说到这里，段玉芳显得有些伤感。

张昭在一侧看着，沉默不语。江之永安慰了她几句，随后两人一同起身离开了。

他们折返到了段玉芳居住的小区，见到小区安保措施做得不错，便打算去物业调取监控碰碰运气。张昭觉得，老赵受贿的事情乍一看好像罪证确凿，但是仔细找找，全是破绽。这说明对方的计划虽然实施得很完美，但策划的时候漏洞百出。显然，策划者没有充足的时间去预谋这件事。越看越像是一次无奈的补救行为。用错误去掩盖错误，往往是愚蠢的决定。所以他判断，嫌犯把钱放到段玉芳家里的时间不会很长。两人去翻了监控发现，在9日上午的画面中，有两个人在段玉芳家楼下逗留了很长时间，他们都穿着带帽的卫衣，戴着墨镜，故意遮挡了面部。段玉芳在中午十一点左右回来给孩子做饭，十二点半离开。这两个人等段玉芳离开后，马上上了楼。电梯里的监控显示，他们在段玉芳家楼层停留了大概二十分钟，随后离开。遗憾的是，张昭没找到他们离开时乘坐的交通工具。

回去的路上，张昭在工作笔记上一直写写画画。这两个人虽然遮挡了面部，但是并不影响他给这两个人画像。江之永撇了一眼，说道："是不是我有错觉，我怎么感觉段玉芳对老赵还是有感情的。刚才，我查了一下她的户籍资料。她和老赵离婚后，好像一直没有再嫁人。"

张昭停下了手里的笔，点了点头，说道："确实有感情。当她听到老赵牺牲的消息后，脸上写满了悲伤，只是当着我们的面没有发作，在极力地克制。她对老赵的感情是十分真挚的。"

江之永说道："大多数夫妻离婚后，都会变得跟仇人一样。有的是老死不相往来，有的则闹得鸡犬不宁。每每提及对方，都恨不得让对方下地狱才好。这段玉芳和老赵倒是挺奇怪的，虽然嘴上说得挺狠，不过内心好像倒没那么抵触。你说，是不是因为年月太久了，都无所谓了？"

张昭却说道："也有可能是假离婚。毕竟，从事缉毒工作也挺危险的。你看这次，两人明明都已经离婚多年，那帮人还是找到了他的前妻。至于真相，恐怕也只有他们两人才能说清楚。"

江之永听完后，长叹一声。此时，颜素打电话来，说他们定位到了老赵手机信号最后消失的地方。他们通过走访发现了一些线索，让他们过去会合。路上堵车，他们抵达鑫源小区的时候，已经是晚上八点。见了面，颜素告诉他们，丁奇那边什么进展都没有，完全是个滚刀肉。她申请了技侦手段，除了找老赵的手机，还想找到姜军的位置。结果显示，姜军手机信号最后消失的地方也在这个小区里。姜军因为有吸毒的前科，所以他的相关资料比较齐全。让人没想到的是，这姜军以前还是个公务员，后来因为吸毒强戒被开除了公职。我们找到当年办案的民警询问了一下情况才知道，姜军在鑫源小区内还有一套房。他们申请了搜查手续，进入房间后，发现了不少问题。

张昭他们跟着颜素到了姜军家，此时痕迹勘验组已经在现场工作。张昭踩着踏板，一进门就不由得皱起了眉头。房间里一片狼藉，地板上各种陈年污秽遍布，散发着一股臭味。放眼望去，连个下脚的地方都没有。客厅茶几上摆着一些烧了一截的蜡烛，烟头和餐盒扔得满地都有。沙发上被烟头烫了不知道多少个窟窿，而且上面有成片成片疑似呕吐物和不知名污秽干透以后留下的痕迹，让人作呕。

眼前的这幅景象，对于他们来说，也不算稀奇。这是典型的瘾君子居住的地方，他们见过比这更加糟糕的。姜军家里连个家用电器都没有，但是能看到房子曾经被精装修过，那些电器大概是为了筹措毒资被卖了。张昭看到在餐厅的位置还挂着一张全家福，上面印着"2010年春节留念"的字迹。上面的姜军，那时候还是个文质彬彬的少年，戴着黑框眼镜，父母笑容慈祥。

张昭进入次卧后，看到里面的床板被掀开了，下面是一包又一包的粉色结晶体。此时，有两个同事正在拍摄称重，目测有一百公斤左右。另外，床板下还有五十万现金和三十多根金条。

此时，勘验组都集中在卫生间工作。这里和其他房间形成了极其鲜明的对比，几乎是一尘不染。房间所有窗户都是开着的，但是隐隐地还散发着一股刺鼻的化学试剂的味道。痕迹勘验组正在对地漏进行痕迹采集，房间用的是储水式地漏，在里面明显能看到一些血丝、毛发，以及油腻腻的疑似动物的碎肉组织。

张昭和江之永马上加入了勘验工作中，那些碎肉很像是分尸，或者是碎尸后遗留的。等他们将表面痕迹提取完，便开始寻找血迹。现场勘验血迹的工作并不像小说里写的那样，用鲁米诺试剂一喷，大概率证明这里有大量血迹存在。事实上，血迹检验要分六个程序。第一步是肉眼检查，然后依次是预试验、确证试验、种属鉴定、遗传标记测定和最后的其他检验。

在现场没有看到明显的血迹，只是看到疑似血迹，而且现场被人有意地清理过。肉眼检查结束后，预试验才开始。鲁米诺试验只是预试验的一种，用来排除不是血迹的物质，而不能肯定其为血迹。毕竟像血迹的材料很多，比如油漆、染料、铁锈等。它的意义在于，若结果是阴性，就可以否定其为血迹。

常用的实验办法是联苯胺试验，它的特点是灵敏度高，可以找到稀释五十万倍的疑似血迹。但是，所有的预试验都可能被其他物质干扰，比如氧化剂和某些动植物，其本身就包含氧化酶活性物质。现场从地漏里抽取的样品经过试验，结果呈阳性。当即，采集组开始重新采集样品，送回去进行下一步的确证试验。经过确证试验，才能证明是否是血迹。随后，才进行种属鉴定，来判断是否为人的血迹。遗传标记就是个人识别，包括血型和 DNA 分析。最后的其他检验一般是用来判断出血位置、出血量以及出血时间的测定。随后，他们使用鲁米诺试验和紫外光检查。关灯后，整个卫生间的地面随即出现了大片大片的蓝色，而紫外光在马桶后的墙面上也发现了疑似血痕，说明这里曾经有大量疑似血迹出现过。

这时，杜馨笙打来了电话，说在物业的监控里发现，姜军是 10 月 10 日接近凌晨的时候，和一个穿着黑色运动衣的男人回到了家里。11 日凌晨一点半左右，这个黑衣人从姜军的家里出来了。进出时，他都是空手。但是，此时的监控里没有姜军出入的痕迹。这个小区监控覆盖得很全，而且出口也少。她仔细排查了一下发现，在 10 月 11 日凌晨，有三个人到了姜军家的楼层。他们每个人手里都拖着一个行李箱，一直到 10 月 11 日凌晨四点多才出了小区。姜军家小区是一梯两户。颜素跟姜军家对门的邻居沟通过后，他们都说不认识这四个人。杜馨笙查看了一下小区大门的监控，看到这三个人于 11 日凌晨四点乘坐一辆停在大门外的本田车离开了。这是一个重大的线索。

第六章　向成才

　　上午时分，颜素带着江之永和另外三名当地派出所的同志们到了一家网吧外。昨天晚上，杜馨笙从监控里找到了这个穿黑衣的嫌疑人。当晚就发了协查通报，本以为没这么快会有消息，没想到今天一早，小东关派出所的民警打来了电话。监控里的这个人名叫向成才，是个瘾君子，在警方的重点人口管理系统里。于是，颜素他们到派出所了解了一下情况，对向成才摸了摸底。

　　知道他家住址后，颜素一行人在当地派出所的带领下，找到了那里。结果，向成才并不在家。他的女朋友周如意交代，向成才在一家网吧上网。于是，警方让她给向成才打电话。确认了他还在网吧后，他们火速抵达了那里。而向成才的女朋友有吸毒的迹象，尿检呈阳性，直接被带到了派出所。

　　下车后，颜素简单地分配了一下任务：她去堵后门，江之永和派出所的一个同事进去找人。网吧规模不大，他们很轻松就找到了向成才。正在打游戏的向成才一看是派出所的人，直接撒腿就跑，结果让江之永给按倒在地。

　　因为姜军进入小区后再没出现过，在他家又发现了大量的可疑血迹，经过简易程序判断，其为人类遗留，所以警方现在判断，姜军极有可能已经遇害。向成才目前有重大的作案嫌疑。剩下的三个人和那辆车目前还没有消息。

　　他们直接将向成才带回了市局，开始了预审。向成才一副吊儿郎当、满不在乎的样子，但是颜素能看出来，他现在内心紧张得要死。送到审讯室之前，警局就给他做了尿检，并且将头发也采了样。目前，尿检结果呈阳性。而此时，小东关派出所那边对他女朋友的审讯已经结束。颜素在进来之前，粗略地看了一眼。根据他的女朋友交代，一直吸毒的向成才长期囊中羞涩。但是，最近这段时间，他突然变得有钱起来。他不仅给女朋友买了最新的苹果手机，还给了她两万块钱当零花钱。当然，这些钱有一部分被她买了毒品。于是，派出所去他家里搜查。结果，他们意外发现了十七克左右的冰毒、十几颗麻古，以及三十多克大麻。按照刑法，这已经构成了非法持有毒品罪。而真正引起颜素注意的是，在那些一小包一小包的冰毒里，其中有三克左右的冰毒呈现粉色。他的女朋友倒是不傻，并没有把这些毒品都揽到自己身上，而是一口咬定是向成才买的。估计这些事向成才还不知道。

江之永点了一根烟，例行公事地询问了他的身份信息，然后宣读了政策。对付这种瘾君子，大多时候都不费劲。看着向成才坐在审讯椅上已经开始一个劲地流鼻涕，精神萎靡，并且一直盯着自己手里的香烟。江之永见状问道："想抽？"

向成才赶忙点了点头。不过，江之永却一拍桌子怒道："老实点！想抽烟，就先交代自己的问题。"

向成才用香港电影里的口气说道："不是吧，阿 Sir，抽烟也犯法啊，你有没有搞错呀。"

江之永刚要发作，颜素咳嗽了一声，笑道："没看出来，你还是个挺幽默的人。我一见到你，就觉得你是个干大事的人。相信你也是义薄云天，手段通天之人。不然，江湖上的人怎么都喊你一声'向老三'对吧。"

"还是这位 Madam 会聊天。叫我向老三，是因为我在家里排行老三，可不能听他们胡说。"向成才颇有些得意地说道。

"其实呢，我们这次找你来，主要是想聊聊周如意的事情。你也别紧张，咱们就是聊聊天。你和周如意是什么关系？"

"我和她啊，就是普通的合租关系。"

"那这就不对了。我一直觉得，你是个挺有情义的江湖大哥。怎么一聊她，你就马上跟她撇清关系呢？她跟我们可不是这么说的。"

"别听她胡说啊，警官，我就是看她可怜，都没个地方住，所以才好心收留了她。我跟她真的没什么关系的。"

"这么说来，周如意没有正当收入来源喽，也没有正经工作？不然，你怎么收留她呢？"

"是啊，她每天无所事事。不瞒您说，我现在也后悔着呢，她就跟狗皮膏药一般贴上还撕不下来了，赶都赶不走。我对她真的是仁至义尽了。"

"那她吸毒的事情，你知道吗？"

"知道。你们可以去查查，她18岁就开始吸毒了。有过案底的，现在也吸。"

颜素此时突然笑道："那就奇怪了，她没正当收入，也没正经工作。你说，从你家里找出来的二十多克毒品和一些大麻是谁的呢？那些东西好像也挺值钱的。"

向成才一下就愣住了，他赶忙解释道："她是个冰妹啊，为了吸毒，什么事情都能干出来。这些毒品都是她的。"

江之永一拍桌子，怒道："少给我胡诌！毒品都是她的？她连个收入都没有，能买这么多毒品？即便这毒品是她的，也是你给她的，这已经不是非法持有毒品了，而是有贩卖毒品的嫌疑。而且，你的尿检是阳性，也有吸毒的案底。不排除你以贩养吸。你在戒毒所里待过，接受过普法教育，想想这么多毒品是怎么判的吧！"

向成才一听，顿时表现得十分着急，马上狡辩道："我确实吸毒了。但是，家里的那些毒品，我真的不知道怎么回事。"

江之永冷笑道："不知道怎么回事？那就先说说你吸毒的事情。在哪里吸的？和谁一起？毒资从哪里来？跟谁买的？联系方式是什么？吸的什么毒品？"

颜素此时说道："你也别害怕，我们也是想帮助你。政策呢，你也知道，现在的局面对你十分不利。你如果想证明这毒品不是你的，你总得告诉我们这毒品她是怎么弄来的吧？"

"这谁知道啊，说不定是她从路上捡的。但是，肯定不是我给她的。"

"可人家周如意说，这毒品是你给她买的。如果她是捡的，干吗诬陷你呢？"

"这我哪里知道，她说不定是个神经病，就喜欢诬陷我。"

等他说完，江之永轻叹一声道："你说我们把这份笔录给人家周如意看，她会不会告诉我们更多的事情呢？比如，你这钱是从哪里来的；比如，这些毒品都是你从什么地方买的；又比如，你身上还有什么其他的案子。"

颜素笑道："你还是自己先老实讲讲。因为这都是小事，我们知道的东西其实比你预料的要多。就比如10日那天晚上，我们看到你和姜军在一起，而现在姜军失踪了。要不要让我给你分析分析？姜军失踪后，你就有了钱挥霍，又是给周如意买手机，又是给她钱花。这钱是怎么来的？你自己说说看？"

向成才额头的冷汗开始滴落。

江之永冷笑道："怎么？这个也要自己扛？你现在涉嫌非法持有毒品、贩卖毒品，杀人的案子也敢自己扛？这可是要被枪毙的。"

颜素起身，把两张监控的照片放到了他的面前，说道："你自己看看。你要是能解释清楚，就解释清楚。如果解释不清楚，我们只能把你当作嫌疑人移交给检察院了。这可比毒品的事情大多了。"

向成才看到这两张照片，紧张得手都开始哆嗦了起来。他犹豫了一下，说道："这事跟我没关系。"

颜素看他心理防线崩塌了，直接说道："先别说结论，说经过。跟你有没有关系，是我们要去调查的事情。你要是自己主动交代，算是有立功表现。别让我们查完了，你再交代，那个时候你可就被动了。"

向成才抹了一把脸道："我要抽烟。"

江之永点了一根烟，递给了他。

他抽了几口后，说道："是赵阎王找我干的。"

颜素一听，不由得和江之永对视了一眼。本以为马上就有突破，却没想到会是这样的突破。于是，她马上问道："你说的赵阎王是赵煜深？"

　　"是啊，A市能有几个赵阎王？"

　　"这事情可大可小，你说的这些可得有证据。"

　　"当然有证据了，如果我说出来，我这算是立功吗？"

　　颜素看他的神色，似乎突然有些兴奋，心里不由得咯噔一下，于是说道："当然算是立功了。"

　　向成才说道："我当然也知道算是立功了。不过，我不能跟你们说。你们的档次太低，我要说的事情，估计你们听都不敢听。我要见你们的领导。而且我听说，你们现在在搞监察体制改革，是纪检委派驻了检查组在你们市局。我要见监察组组长，我有重要线索要举报。"

　　颜素知道就目前的情况看，对方既然已经出招，那就只能见招拆招。只是，她没想到对方竟然还有后手，打了他们一个措手不及。于是，她说道："可以，我去联系。"

　　说完，她和江之永撤出了审讯室。老毕接到了颜素的电话，二十分钟不到就抵达审讯室外。他简单地了解了一下情况后，也颇为诧异。本以为举报的事情已经告一段落了，没想到竟然还有后续线索。于是，他和其他工作人员进入了审讯室内。他简单地介绍了一下身份后，直接问了举报内容。

　　向成才出奇地配合，将他知道的线索直接说了出来。因为已经合并办案，所以颜素他们组的人都在监听室内观看，直接了解了全部过程。按照向成才的说法，姜军是被老赵杀害的，原因是姜军和老赵分赃不均。他供述，早在三四年前，老赵就开始给姜军充当保护伞。在他的庇佑下，姜军从一个涉毒人员渐渐成了A市一个隐秘的毒枭。至于向成才是如何知情的，他说自己和姜军关系非常不错，曾经在姜军落魄的时候救济过他。所以，姜军把他当作最好的朋友，什么事情都跟他说。为了证明这一点，他举报了姜军一个隐匿毒品的地点。还说他家里的冰毒，是姜军赠与他的，他认罪。另外，他还在家中藏了一枚 U 盘，里面有老赵和姜军的通话记录。说是姜军知道自己可能要出事，所以就留了一个心眼，录下交给他保存的。至于杀害姜军的过程，他并没有看到，但是这一切都是老赵安排的。事到如今，他为了正义，终于将真相说了出来。

随后，老毕询问了关于杀害姜军的细节。他说，老赵早就有了除掉姜军的心思，但是姜军对老赵十分有戒心。这段时间，两个人闹得挺僵。原因就是 9 月 16 日，老赵安排了一次扫毒，把他抓了回来当作警告。从那之后，姜军就彻底地害怕了。于是，他想尽办法要除掉老赵。10 日上午，他在老赵家跟他分账的时候，偷偷拿走了老赵的手机。老赵知道自己手机丢了，发疯一样地寻找姜军。他找不到姜军，知道向成才和姜军关系不错，于是就找到了向成才威逼利诱。向成才无奈，只能答应帮忙寻找姜军。找到姜军后，他把老赵正在找他的消息告诉了他。姜军马上就慌了，准备跑路。向成才把这个消息悄悄给了老赵。他们提前让人埋伏在了姜军家里，姜军一进去就被杀了。随后，老赵给了他一笔钱和毒品当作封口费。只不过，老赵没有料到姜军留了后手。他让自己的心腹，也就是丁奇提前离开了。如果他出事了，就让丁奇举报老赵。

颜素在监控室内听完，整套说辞有理有据，而且跟丁奇的供词相互呼应。如今，向成才又提供了老赵犯罪的间接证据，可以说是补全了最后一块拼图。梳理完这些线索，此时的她万分疑惑。

整个布局看下来，对方损失了一些冰毒和金钱，却成功地把所有罪名都推到了两个死人身上，粉冰的来源也得到了掩盖。至于向成才和丁奇，他们两人虽然都触犯了法律，但从毒品数量上看，丁奇涉案的才 3 克左右，向成才最多也就 20 克，判罚都不会很重。只是，她现在不解，到底老赵查到了什么，能让这帮人如此穷尽心机地对付他。如果想要灭口，杀了老赵就够了，何必非要把他搞臭呢？难道对方不明白，做得越多，破绽往往也就露得越多吗？

第七章　突破

大家都在埋头吃饭，会议室内飘荡着一股饭菜的味道。颜素没什么胃口，他们刚从向成才交代的那个仓库回来，里面确实有大概两百公斤的粉冰。这个仓库姜军今年 4 月份就租下了，不过房东说，来租仓库的并不是姜军本人，而是另外一个年轻人，不过用的是姜军的身份证。

等大家吃完，江之永收拾了一下餐盒出去，然后把从向成才家里找到的 U盘插到了电脑上，开始播放里面的音频内容。众人聚精会神地听了一会儿，确实像老赵的声音，而且语气也很像。大致就是骂姜军忘恩负义，也提到了分赃，而且也提到了要弄死姜军之类的言语。就目前所掌握的信息来看，这个 U 盘的出现对老赵极其不利。颜素听完，甚至有了一种错觉，真觉得老赵可能是有问题的。就在大家陷入沉默的时候，张昭进入了会议室。他也听了一遍录音的内容，脸上的神情渐渐凝重了起来。

颜素问道："你这边现在有什么进展？"

张昭赶忙将几份报告放到了桌子上，说道："先说在老赵家下面的二楼发现的投毒手段。经过采样，在三楼的下水管道内确实发现了少量的氟烷以及氟烷分解后氢卤酸。同时，也检测出了一些乙酸的成分。这是乙醚分解后产生的物质之一。由此可以推断，三楼的卫生间地漏是有可能作为投毒的通道之一的，其成分应该是大剂量的乙醚和氟烷的混合物。"

老毕皱眉道："你的意思是，老赵在服毒之前就已经被人迷倒了吗？可据我所知，吸入式麻醉需要一段时间才能起效。在医院的麻醉科，即便是用最有麻醉效果的七氟烷，在专业的仪器配合下，也需要三十秒到一分钟才能进入意识丧失期。老赵可是个缉毒警，警惕性应该很高。乙醚那么刺鼻的味道，他如

169

果闻到，难道不会马上离开吗，怎么会被人迷倒呢？"

张昭拿出来另外一份检验报告，说道："你说得有道理，这个问题确实困扰了我很久。首先是乙醚有刺激性的味道。正常人闻到这种味道，会下意识地寻找，并且离开气味的来源。如果找不到，也会开窗通风。这种吸入式的麻药是通过肺来传导，一旦浓度降低，就完全起不到麻醉的效果。但是，老赵家的卫生间处于房间的中间，三面是墙，只有一扇门，没有窗户。如果通过输送泵，用乙醚和氟烷超剂量的混合物注入，可以让人短时间内出现中毒现象，比如意识模糊、嗜睡等。他们完全不需要让老赵失去意识，只需要让老赵失去行动能力就可以了。我随后用小白鼠进行了试验。五只小白鼠在大剂量的封闭试验下，都在三十秒内就失去了活动能力，甚至出现了呕吐、体温下降和呼吸不规则的现象。"说着，他就把报告递给了老毕。

张昭接着说道："老赵有严重的痛风，即便他发现了异常，但行动受限。一旦失去了活动能力，那么在狭小封闭的空间内，失去意识也只是时间问题。"

然后，他拿出来另外一封报告说道："我们在老赵的脂肪组织中检验到了氟烷的成分，而且从肝脏中检验出了三氟乙酸钠的成分。这是氟烷在人体内的主要代谢物。结合上一份尸检报告，他体内有超剂量的乙醚，可以证明在他服下氰化物之前，确实有被乙醚和氟烷的混合物袭击过。在同等浓度下，用于试验的小白鼠从失去行动能力到意识模糊都在一分钟内完成。这样一来，老赵的自杀推论是不能被确定的，至少现在有其他可能。"

颜素问道："化粪池和姜军家里采集到的证据有什么发现吗？"

"化粪池搜集工作今天早上六点才完成，目前 DNA 结果并没有出来。但是，血液鉴定倒是出来了。从出血量和现场采集到的人体组织对比，高度怀疑有分尸作案的可能。我高度怀疑，死者是姜军，因为姜军家小区的监控没有看到他出去的痕迹。根据现场勘验，我们推测，被害人在他家小区被害，然后被碎尸处理了。"张昭回道。

颜素此时将审讯向成才的笔录递给了张昭，他坐下后仔细地看了一遍，脸色略微有些难看。沉默了几秒后，他抬头说道："对方不止要置老赵于死地，而且还要否定他的工作。如果老赵不是自杀，而是被害的话，他们这么做无非是想打乱目前我们局对粉冰的侦查节奏。毕竟，老赵要是出事了，他查到的东西的公正性会受到影响。"

老毕皱眉问道："这录音呢？"

他说完，看张昭的眼神不善，笑道："我的意思是说有了这份录音，即便能证明老赵不是自杀，但是依旧不能证明他没有问题。关键是现在有两个证人，有账款，有证物，而且两个关键的涉案人一个死了、一个失踪。我们得辩证地看待这个问题。"

张昭失神地坐在了椅子上，目光渐渐迷离起来。老毕刚要说话，颜素就朝着他摆摆手。片刻后，张昭回过神来，说道："那我先说说我的假设。第一种，老赵确实有问题，就如同我们现在看到的这些线索一样。第二种，老赵没有问题，这是对方的一次补救行动。我的假设是，姜军是老赵的线人，老赵通过姜军查到了粉冰的线索。对方发觉，开始反攻。他们杀了姜军和老赵，彼此嫁祸，对两人都栽赃陷害。这样的推测不是没有道理的。首先，人证丁奇是个涉毒人员。他说他是姜军的马仔，谁能证明？同理，向成才说他和姜军关系非浅，又有谁能证明？至于这段录音，现在造假技术很高明，合成或者恶意拼接都是有可能的。毕竟，没有影像资料与之相佐证。老赵是个缉毒经验丰富的老警察，就算是他要想通过毒品赚钱，他应该也不会和吸毒人员合作。因为他太清楚了，这些人毒瘾发作的时候，是没有底线和人性的。我推测，问题还是出在丁奇身上。因为先是姜军供出了他，才有之后的一系列事情。他应该知道核心秘密。这两个人同时构陷老赵，我觉得无非是他们受到了毒枭的威胁和利诱。我们能在这个方向做点工作。"

颜素说道："昨天查看监控的时候，在姜军家小区发现了三个可疑的人。当时，他们乘坐一辆本田轿车离开。虽然有意涂改了牌照，但是结合监控和车管所排查，我们还是查到了车主的信息。他名叫王汉超，外号小超哥。今年31

岁，有过寻衅滋事和涉黑的前科。我让江之永上午去当地派出所了解了一下他的情况。以前他在火车站当小混混，名气并不大。后来被判刑出狱后，就离开了 A 市。目前，发了协查通告，正在寻找这个人的下落。另外，段玉芳家小区的监控显示，9 日那天出现在段玉芳家附近的也是王汉超。

散会后，张昭和杜馨笙联系了一下小东关派出所，知道周如意已经转到了看守所。两个人便去看守所向周如意了解了向成才的情况。简单地讯问后，张昭内心有了一些判断。周如意和向成才虽然认识很早，但是到了这个岁数，两人深陷毒瘾之中，所谓的感情早就荡然无存，在一起更多地是为了各取所需过日子罢了。对于家中发现的 20 多克的毒品，周如意只认领了五六克以及一些大麻。用她的说法，哪个卖毒品的黄牛敢一次性给你这么多毒品？除非那个黄牛不想活了。剩下的毒品根据周如意的供述，基本都是向成才这段时间零零散散带回来没有吸完的。

她说，向成才最近认识了几个南方人，出手阔绰。自从向成才认识了他们，毒品和钱就从来没有缺过。她也知道，这帮人肯定不是正经来路，但是只要有她吸的，她也懒得去管他。至于向成才最近在做些什么，她也不知道。反正每天早出晚归，有时候几天都不回家。随后，张昭询问姜军及丁奇的事情。周如意也坦然告诉他，姜军和向成才认识确实很早，这一点她能证明。但是，据她所知，姜军根本不是什么老大，而是一个吃了上顿没下顿的社会闲散人员。根据周如意的描述，六年前因为女朋友吸毒过量死亡，姜军丢了工作，加上他母亲为了逼他戒毒，坠楼自杀。一系列变故之下，他的精神变得有些不正常。强戒结束后，他倒是戒了一段时间的毒品，但是没多久就又复吸了。她经常在他家里居住，对他十分熟悉。

关于丁奇的事情，她也知道一些。丁奇在很早之前，就跟着宁涛混了一段时间。后来，因为吸毒，被宁涛赶走了。这人做了一段时间黄牛。也是那个时候，她和向成才认识了他。她说，丁奇这个人十分啬奸猾，信誉也不好。别人卖的冰毒也掺东西，比如冰糖头疼粉之类的东西。但是，他就很过分，掺假的比例甚至能到一多半以上，有时候干脆就卖假货。因为在 A 市实在混不下去了，几年前他就离开了这里，去南方讨生活，之后就没见过。

随后，张昭又问她，向成才除了往家里带过毒品，给过她钱以外，有没有在家里藏别的东西。或者，他平时有什么藏东西的地方？周如意冷笑着告诉他："平时穷得饭都吃不起，怎么可能有闲钱藏起来呢？"至于最近向成才突然有了钱，她也不知道从哪里弄的，向成才没跟她说过，她也没问。不过，她倒是提供了一个有意思的线索。向成才这段时间有了钱，天天泡在网吧玩，毒瘾犯了才会回来抽几口。倒是 11 日那天早上，他背着一个袋子，神秘兮兮的，说是要回老家一趟。昨天下午回来，袋子不见了，人又去网吧上网。

第八章　诛心

从看守所出来，根据周如意供述的情况，张昭他们直接开车到 L 县去查明情况。张昭推测，向成才这种瘾君子，想要打动他，无非是威逼利诱。他让杜馨笙去查了向成才的银行账户信息，基本没有存款。他的文化程度不高，在毒瘾和赌博的影响下，应该也不会主动去理财或者投资，最大的可能是他把赃款给藏了起来。

到了 L 县，已经是下午五点多。张昭找到了当地派出所的同志之后，由他们带着到了向成才的老家。他的老家是县区城关的一个独院。家里长辈去世后就已经空置，所以十分破败，院子里长满了荒草。进入院子后，张昭一眼就看到原来在小院中央的菜园子，本来应该被荒草覆盖，但是有一片地方的草皮倒伏严重。他蹲下，用手将草拨开，马上看到土壤有被翻动过的痕迹。于是，民警和他们借来铁锹，挖了大概不到半米，就发现了一个黑色的袋子。

这袋子死沉死沉的，打开后，看到里面装了二十多公斤的粉冰和十根一百克的金条。这些金条折合成人民币有三十五万左右，算上这二十多公斤的粉冰，足够打动向成才做一切事情了。张昭回到 A 市，将证据交给市局后，直接去了古玩街，为攻破向成才做最后的准备。

而另外一边，颜素和江之永正试图通过技侦手段找到王汉超。他机卡分离，说明他颇有些反侦查意识。不过，那辆本田轿车却是这个案子最大的线索。虽然他们做了足够的伪装，但是在市区内，遍布监控的条件下，只要耗费点力气，总能找到那辆车的蛛丝马迹。在一下午的追踪搜查下，最后那辆车消失的位置在阳曲县附近。此时，颜素突然有些莫名地怀念老赵。她和老赵相比，算是年轻的警察，正好经历了公安系统中的办案方式从传统侦查手段到科技侦查手段的转型。用老赵的话说，离开了技侦和监控，他们这些年轻警察基本都不会办案了。

颜素也是承认这一点的，现在他们办案确实太依靠技术后勤了。在老一辈警察中，因为受当年技术手段的限制，为了办案大量地动用线人。尤其是刑侦和缉毒口警察，没有了线人的线报，很难马上找到线索。尤其是在搜捕阶段，茫茫天地，找一个人如同大海捞针。即便是在现在的条件下，最难的依旧是找人。而那些线人大部分都是混迹于灰色地带或者干脆就是罪犯，所以人常说，警察得黑白通吃才能工作。她工作之后，师父也给她遗留了一笔宝贵的财富，那就是师父手里的线人。她也曾经动用过线人破案，只是后来她渐渐地发现，警察和线人之间存在着一种无法言喻的灰色关系。一方面，警察为了办案，需要通过线人给他们提供线索；而另一方面，这些线人又想通过警察的庇佑来达到他们的某些不正当的目的。看似是一种双赢的结果，其实对双方而言，都十分危险。

这些年，在反腐扫黑的高压下，因为有意无意充当了犯罪分子的保护伞而倒下的警察也有不少，绝大部分都是他们的线人拉拢腐蚀或者借着警察的名号招摇过市，为自己谋利。所以，颜素渐渐地遗弃了使用线人的办法来破案。毕竟，区分黑和白太难了，守住警服上的深蓝要相对简单点。

八点左右，颜素和江之永到了那辆本田车消失的路段。这里是一个煤矿工业区，路上到处都是重型货车，而且不远处全是厂矿，岔路众多。她拿起手机给附近派出所打电话，想寻求他们的帮忙。派出所的同志半个小时后抵达现场，然后寻找这辆嫌疑车。十点左右，他们终于在一家电石厂的停车场里找到了这辆车。

派出所的同志刚要去找车主，颜素拦住了他们。从目前来看，这是一个团伙作案。团队成员除了向成才和丁奇以外，至少还有四个人。现在进去，万一有漏网的人，一定会打草惊蛇。除此之外，这些人精心布局来杀害了老赵，也不是为了脱罪那么简单。他们的身后，一定隐藏着什么惊天大案。于是，她和魏长河先汇报了一下，请求增援。现在，她的思路是放长线钓大鱼，先对目标车辆和王汉超进行监控，看看他们到底想干什么。

张昭和杜馨笙来到了看守所，开始提审向成才。等见到他的时候，向成才整个人在毒瘾的折磨下，已经如一摊烂泥一样地瘫坐在审讯椅上。此时已经是十月，天气转冷。但是，他的身上不停地冒着虚汗，把衣衫都浸透了。除了不停地打着哈欠，还如同重感冒一样流泪涕涎。张昭让杜馨笙和看守所的民警要了两根烟，把其中一根点上递给了他。向成才接过香烟后，狠狠地抽了几口。但是，香烟并不能缓解他的毒瘾，相反让他更加难受。当一根烟抽完后，他就像屁股下长了钉子一般扭来扭去，而这一切张昭都冷眼看着。

虽然张昭是个法医，但是作为警察，和涉毒人员打交道是日常工作。其他的不说，只说这些涉毒人员为了吸毒倾家荡产、妻离子散、家破人亡的故事，他听得耳朵都磨出茧子了。有太多自大而且自以为是的人以为他能战胜毒瘾，结果这么多年看下来，最终能战胜毒瘾的人真是寥寥无几。他们绝大部分都会复吸，而且复吸的念头会一直伴随终生。即便戒毒一辈子，到了弥留之际，想来一口的依旧大有人在。有很多人都说吸毒的快感是性高潮的五百倍，试问这玩意得有多大的意志力才能彻底地戒除？所以，当有人递给你毒品时，最好的办法是拒绝并且报警，千万不要有任何侥幸心理，我们都是凡人，很难抵得住毒品的诱惑。

　　过了一个多小时，向成才似乎才缓过来了一些，最起码精神看上去正常了一点。张昭这才开始了审讯，他直接说道："我想上一轮审讯，该问的，你都回答了。我也不想跟你浪费时间。"说完，他就从桌子下面拿出来一个包，然后拉开了拉链，将里面的冰毒和金条尽数摆到了桌子上。接着说道："我们找到了一个包。"

　　杜馨笙看到这里有些愣住了，虽然她参与的审讯比较少，但是她也明白审讯其实就是和嫌疑人博弈的一个过程。这个过程类似于打牌，大家都会把底牌藏在心里。一直到了对方快扛不住的时候，才会把底牌亮出来。这样往往能够一击毙命，直接穿透对方的心理防线。但是，张昭今天的问法，让她有些摸不着头脑。向成才只要不傻，说这东西跟他没关系，轻轻松松就能推得一干二净。虽然现在有周如意的口供，但是毕竟没有监控，而且她也不知道包里是什么东西，也无法证明这个包就是向成才的。

　　果然，向成才看到那个包后，瞳孔陡然一缩，马上就坐直了身体，十分错愕。但是，他很快就反应过来，直接说道："我不知道这是怎么回事啊！"

　　张昭回道："我就知道你会这么说，不过不要紧。我觉得你应该也不认识这个包。对此，你有没有什么想说的？"

　　向成才的神情很复杂，因为包里的东西太危险了。其他的不说，就那些冰毒，都够枪毙他十几次了，傻子才会承认这东西是自己的。可这些东西又是自己拿命换来的，如今眼睁睁地看着它们落到了警察手里，真是竹篮打水一场空。这种大起大落的挫败感让他一时间有些喘不过气来。他只能摇摇头，什么也没说。

　　张昭见状，也不以为意，只是拿起其中的一根金条在手里掂量了几下，慢慢走到向成才的旁边，对着他说道："这是某银行发行的投资金条。按照目前的行情，一块大概能兑换三万五千块钱。"说完，他用力地将手里的金条砸到了地上。

这一幕发生得太过突然，让在场的所有人猝不及防。杜馨笙甚至连阻拦的机会都没有，就看到金条断裂成两截，躺在了地上。这可是证据，损坏证据是要追究责任的。当即，她起身说道："师哥，你这是干什么？"

张昭没有理她，而是弯腰捡起了地上的金条，扔到了向成才的面前。向成才看到这根金条后，脸色陡然一变。他用不可思议的眼神看着张昭，又看着桌子上的半块金条，过了足足有十多秒的工夫，才冷静了下来。而此时，他脸上出现了一抹怒色。张昭转身回去，又拿起来一块金条，然后同样用力一摔，金条再次应声而断。他继续捡起来扔到了桌子上。在随后两分钟的时间内，十根金条尽数被摔断。而此时，向成才看着那一块又一块的半截"金条"，陷入了沉默，脸色无比难看。

张昭说道："做工有些粗糙，里面全灌了铅，外面是镀金。看上去是金条，但实际上一文不值。"

张昭转身，又拿起一袋冰毒，走到了向成才面前，直接撕裂了包装袋，两公斤的冰毒哗啦啦地洒落在他的面前。然后，张昭随便捡起一块说道："你虽然经常吸毒，却对这种毒品不了解。冰毒之所以叫冰毒，是因为它结晶后和冰糖十分相似。其实，纯粹的甲基苯丙胺是油状液态的，不利于运输，而这种粉冰是故意掺杂了一部分二亚甲基双氧安非他明和氯胺酮来降低它的浓度形成结晶体，可以说是非法合成冰毒的巅峰之作。纯度之高，世所罕见。更重要的是，它有三种成分，一份价钱，可以享受三倍的快乐。它曾经一度风靡世界，引起了国际禁毒组织和国际刑警的高度重视。相信你已经试过了，现在想不想再尝尝？"

向成才当即吞咽了一口口水。张昭捡起一块"金条"，将桌子上的一颗冰毒碾碎，然后用手指蘸起一点，直接塞进了向成才的嘴里。一旁的杜馨笙都看傻了，立马喊道："师哥，你是真疯了吗？"

张昭根本不管，然后又拿起一些冰毒喂给了向成才，一边喂还一边说：

"实在抱歉，这里没有冰壶，你就凑合着直接吃吧。"

向成才吃了两口后，脸上的表情越来越复杂，到了最后，竟然变成了一脸的不可思议。他瞪着眼睛看着张昭，想说什么，但是脑子有点混乱，最后语无伦次地说道："甜，这么甜？他妈的，骗我？怎么搞的？这是怎么回事？"

张昭面无表情地转身回到那些物证前，又撕开了一袋冰毒，然后倒在了桌子上。随手捡起较大的一颗，直接塞到了向成才的嘴里。向成才吃了两口，直接吐了出来。他显得怒气冲冲，不过审讯椅限制了他的活动。饶是如此，他依然奋力地挣扎，将椅子弄得"哐当哐当"地乱响。他怒不可遏地骂道："这些骗子，不得好死。放老子出去，老子要跟他们拼命……"

张昭此时看了杜馨笙一眼。她如梦初醒，恍然大悟，立马开始做笔录。张昭等向成才慢慢平静下来后，说道："我们已经锁定了王汉超。事到如今，我觉得实在没必要再跟你兜圈子。赵队长的死一定和丁奇有直接关系，而王汉超也一定知情。我们已经锁定了他，他的落网是迟早的事情。而你和你的团伙成员构陷赵队长畏罪自杀的把戏，真的是破绽百出。比如那封遗书，又比如你的录音证据，其实都是伪造的。而且，我们已经知道，他是被乙醚和氟烷混合物迷晕后，再被你们灌下氰化物杀死的。赵队长不是自杀，那么你们构陷他的目的已经昭然若揭。构陷杀害警察，将他的线人杀死碎尸。向成才，你们疯了吗？"

向成才听到这里，脸上已经有了惧色。

张昭继续说道："那我现在给你分析分析你的处境。现在的实际情况是，不管你是否参与了杀害姜军和赵队长的案子，你都是他们的共犯。你们构陷警察，杀人碎尸，手段之残忍，情节之恶劣，一定会被重判。我虽然不是律师，但是像你这种从犯，最少也是个无期徒刑起步。而现在呢？你就如同傻子一般被人卖了，还给人家数钱。眼下摆在你面前的有两条路。第一，跟我们合作，争取立功表现；第二，继续冥顽不灵，抱着侥幸心理跟我们对抗到最后。等他们全部落网后，你必死无疑。而且，如果你的运气不好，我们抓捕失败，让他们侥幸逃脱的话，那么你作为最后见过姜军的嫌疑人，又有作案动机和作案时间，你知道结果是如何的。他们是彻彻底底地把你耍了，让你当作替罪羊。而你还傻呵呵地给他们打掩护，构陷警察。这其中的利害关系，你自己好好想想。"

向成才明显有些慌了，问道："你们有什么证据证明我杀了人？"

张昭回到了座位上，失望地看了他一眼，说道："第一，你是最后见过姜军的人里唯一落网的。在姜军家的现场，到处都有你的指纹和毛发。你有作案时间。第二，你最近突然变得有钱。我问你，你能说清楚这些钱的来源吗？也许，你会说，这是你在大街上捡的。但是，我们可以说，这是你杀害姜军的动机。第三，你和丁奇的供词内容都指向了赵队。而我们有证据证明，他不是畏罪自杀，而是被人谋杀的。你觉得我们跟你一样是傻子吗？第四，也是最重要的……"

说到这里，张昭合上了笔记本，故作正经地起身道："算了，跟你这种人说这些，都是浪费时间。我还好心想为你洗脱冤屈，你自己冥顽不灵，我这是何苦呢？等王汉超他们落网了，我猜他们会把所有罪名都推到你身上。毕竟你这么傻，他们怕什么。姜军那种烂泥扶不上墙的人都能被说成是江湖大哥，我相信你也一定是他们心目中的'带头大哥'。"

向成才看张昭要走，似乎回过味来，当即喊道："等等，我没有杀人，真的。"

第九章　坦白

张昭冷眼看着他，说道："你说，你没杀就没杀，我们凭什么相信你？"

"我交代还不行吗？我……我这是被他们耍了。"向成才着急地喊道。

张昭这才回到了座位上，打开了笔记本。

向成才说道："我想抽根烟。"

张昭把第二根烟递给了他，给他点上。

杜馨笙这才大概明白了其中的套路，不由得更加佩服张昭。

向成才抽了一口后，说道："这些事情都是丁奇让我干的。"

杜馨笙问道："说得具体点，都让你做什么了，有什么证据。"

向成才继续说道："其实我跟姜军已经挺长时间没联系了。9月18日下午，姜军在网吧悄悄找到了我，让我给他找一个安全地方躲几天。我看他神色慌张，肯定是闯了祸。这事搁在我们这种人身上太正常了。有时候，实在没钱了，为了吸两口，也会做一些出格的事情。不过，我转念一想，姜军好像戒了很长时间了。我就问他是不是复吸了？他说早就戒了。这次惹了点麻烦，让我别多打听，对我不利。我也不想惹祸上身，就没仔细问。姜军给了我两千块钱，我让他去我家躲起来。我暗中观察了一下，他确实戒毒了。我心里有些不安。

"过了四天，我有个叫蔡宝杰，外号大菜头的朋友找到了我。我因为吸毒欠了人家两万多，一直没还。我以为他是来追债的，没想到他跟我说，丁奇想找我帮个忙，如果办成了，我欠他的钱就一笔勾销了。我一听，就知道这肯定是犯法的事，天上怎么会有掉馅饼的事情？所以，我就没敢答应。结果，当天柴老三找了几个人把我从网吧拖到了郊区的小王村里。网吧有监控，不信你们可以自己看。"

杜馨笙说道："我们会去核查，你继续说。"

"你们也知道，他们这帮人经常利用我们这些'溜冰'的干一些见不得光的事情。我当时快吓死了。见到丁奇后，他倒是没有难为我，只是说姜军偷了他们的东西，坏了规矩。如果我要是见到姜军，跟他们通个气就行，剩下的事情就不用我管了。如果这件事办成了，丁奇说我欠大蔡头的两万多他替我还，另外再给我一万块当作酬劳。我一听，就知道姜军这是惹了大麻烦，但是说到底我跟他是好兄弟，我怎么能干出卖他的事情呢？"

此时，张昭头也不抬，问道："你是想两头要价吧？"

向成才尴尬地笑了笑，不置可否，接着说道："我回家见到姜军后，就把丁奇找他的事情说了。姜军知道后，好像也不怎么害怕。他先拿了五千块钱给我，然后告诉我，他连累了我。如果我把他出卖了，他们这帮人铁定不会放过他，而且也一定不会放过我。另外，除了丁奇，老赵也肯定不会放过我。我一听有点蒙，然后就问他，这事跟老赵有什么关系？姜军这才告诉我，他正在给老赵做线人。老赵盯上丁奇已经很久了。

"我当时一听，就觉得他在胡扯。如果他是老赵的线人，如今丁奇找他，他干嘛不去找老赵寻求庇护？丁奇那帮人就算是有天大的本事，他们敢跟警察对着干？他躲到我这里算怎么一回事？姜军这才告诉我詹若琳的事情。你们既然在找姜军，应该也多少知道他的过去。他那会儿有个未婚妻，叫詹若琳，两人其实是相亲认识的。这女孩是个老师，父母也是公务员，听说她父亲还是个副局长来着。两人也算是门当户对，都到了谈婚论嫁的地步。结果啊，就在认识他对象的前段时间，姜军在一次应酬中染上了毒瘾。后来，他泥潭深陷，让这女孩发现了。本来女孩是想帮他戒毒，结果自己也染上了毒瘾。好嘛，这下一发不可收拾，最终两人吸毒的事情还是被家长们知道了。你想啊，女孩的父母肯定不会再同意这门婚事。结果，这小詹对姜军却是不离不弃。

"反正后来两人算是私奔了，租了房子，并且打算重新开始生活，彼此监督戒毒。趁着单位还没发现他们两人吸毒的事情，人生还有回旋的余地。结果，他们戒毒失败了。当时，两人已经花完了积蓄，每个月的工资除了开支外，都用来吸毒。反正是入不敷出。贫贱夫妻百事哀，更别说两个有毒瘾的年轻人了。有一次，小詹把姜军藏在家里的毒品给吸了。姜军下班回来，毒瘾发作，痛不欲生。当时，两人已经是穷途末路，身上一分钱也没有。亲戚朋友都把他们当作瘟神一般。小詹一看他那个样子，就主动出去给他找毒品。结果这一去，人就再没回来。

"两天后，姜军才知道小詹已经没了，死在了给他出去找毒品的那天晚上。后来，警方经过调查，小詹是吸毒过量致死。据他说，警察发现小詹的时候，人一丝不挂地躺在东缉虎营的一个小旅馆里。后来的事情，估计你们也都知道了。小詹的父母去他单位一闹，姜军工作也丢了。这两件事对他打击也很大。于是，他就变本加厉地吸毒，把他父母给他买的婚房都抵押出去了。他父母把房子赎回来之后，老母亲劝他戒毒，结果失败，绝望地坠楼自杀。

"那天晚上，和小詹一起吸毒的两个年轻人，后来也都被抓了。根据他们的供述，小詹主动要求出卖肉体换取毒品，最后吸毒过量死亡。这事在吸毒的冰妹身上，也是家常便饭。最后这两个年轻人也都被判了刑。这案子也就不了了之了。小詹的死，是姜军心里的一道坎。他觉得，都是因为自己，那么好的一个姑娘才走了这条不归路。只不过，他虽自责，却也无能为力。

"几个月前，老赵在戒毒所找到了他。他们禁毒大队年前清扫粉冰的时候，抓了一个黄牛，这个人叫张瘸子。他就是东缉虎营那个小旅馆的老板。张瘸子为了立功，就把丁奇当年害死詹若琳的真相说了出来。据他交代，小詹去买毒品的时候，正好遇到了丁奇他们一伙人。丁奇那天也吸多了，看小詹有点姿色又没钱，就让她肉偿。小詹不肯，丁奇他们就强行将她带到了房间，轮奸了她。之后，他们怕她去报警，直接把她打死了。当时，加上丁奇，其实一共是三个人，而不是两个人。那两个人惧怕宁涛，所以没敢把丁奇供出来。张瘸子当年惧怕宁涛，也不想惹祸上身，所以也就配合丁奇他们撒了谎。姜军知道真相后，直接答应了老赵的要求。"

张昭此时问道："赵队之前和姜军认识吗？"

向成才点点头说道："他是缉毒队的队长，我们是瘾君子。反正来来回回吸毒的，就这么一群人。被抓个几次后，就认识了。姜军说，老赵之所以找到他，除了他有复仇的动机外，最重要的一点是，他跟丁奇之前就认识。姜军自己有房子，所以但凡别人有给他一口吸的，他就留对方在家里住。老赵之前在抓姜军吸毒的时候，顺带连丁奇一起抓了。知道他们两个人认识。丁奇从南方回来后，摇身一变，成了大老板。后来，老赵就用了一点小手段，把姜军安插在了丁奇身边。姜军之所以不去寻求老赵的庇护，是因为在这之前，他跟老赵闹掰了。"

杜馨笙说道："具体说说。"

"姜军说，他跟了丁奇一段时间，搜集了不少丁奇的犯罪证据。他觉得，凭借这些证据足够枪毙丁奇十次了，但是老赵一直没有抓人的迹象。所以，姜军对老赵就有了意见，毕竟干卧底真的是很危险。老赵跟他解释没抓丁奇的原因。一是没有找到货源地，也没找到出货商，如果过早抓了丁奇，这条线可能就全断了。二是丁奇本身有些反常，因为稍微有些脑子的毒贩就不会做小包生意。一般做小包生意的，都是一些像我们这样的瘾君子，就是为了以贩养吸。聪明而且有渠道的大毒贩都只做大包生意，就是像那种一二百斤地出货的人。一个是来钱快，二是相对安全。可是丁奇就很怪，他手下的小弟，比如大菜头就一克两克地卖，但是丁奇同时也会走大单生意。

"9 月 16 日那天下午，姜军跟老赵说，丁奇晚上在他的 KTV 里有大生意。听姜军说，老赵早早地就安排了人，给他戴上了高科技监听装备。晚上八点多，丁奇下去接人。他在包房里端茶倒水，安排'公主'，就等着丁奇带人上来。结果，这个时候几个警察冲了进来，二话不说就把他们给控制住了。姜军当时以为是老赵带人动的手，可等了几分钟后，老赵才进来。随后，老赵把他和几个'公主'带回到了局里做尿检。这时，姜军才知道丁奇跑了。

"姜军后来说，那天晚上第一批进入包厢的警察是附近辖区派出所的，并不是老赵的人。他们只是接了 110 指挥中心的电话，说包厢里有人吸毒，便正常出警。老赵是发现有同事进去了，觉得事情不对头，这才跟着进去的。更离谱的是，老赵的人没发现丁奇是怎么离开的。两人随即大吵了一架。老赵骂他没脑子，他骂老赵无能，两个人就翻了脸。

"姜军后来又跟我说，现在丁奇满世界地找他，肯定是他暴露了。搞不好，那天晚上的报警电话就是丁奇打的。多半那就是个套。如果老赵不上来，或许他还能混过去。然后，姜军就又给了我五千块钱，说这是我的酬劳。如果我出卖了他，他大不了一死。但是，老赵肯定是不会放过我的。而且，丁奇那帮人可不是普通的毒贩，他们为了保密，做掉我也是有可能的。所以，姜军让我管住自己的嘴。他说，他跟老赵虽然翻脸了，但是能对付丁奇的只有警察，便想着再回去找老赵。在他没有给我打电话之前，让我跟丁奇保持联系。我听完，当时气得要死。你说，这不是人在家中坐，祸从天上来么？我平白无故地就被拖下了水。两位警官，你们说说我冤不冤呀？"

张昭感觉，9月16日晚上那个的报警电话有些莫名其妙。这个电话有好多种可能。比如，姜军早就暴露了，这个电话是丁奇打的，为的就是试探姜军。正常情况下，派出所会处理一般的治安案件，比如吸毒。当天，因为在包厢里只找到了一点毒品，所以应该是派出所按照流程处理的。老赵这么一出现，无疑是此地无银三百两。因为不管怎么看，老赵他们都不该那么快到现场的。当然也有可能是老赵的队伍里出了内鬼，给丁奇通风报信，丁奇提前知道，撤离了。但是不管对方的目的是什么，显然是打乱了老赵的计划。

张昭问道："后面发生了什么？"

向成才接着回道："9月26日，姜军再次找到了我，说是老赵那边已经准备好了，让我去找丁奇，把他的位置告诉对方就行。剩下的事情就不用我管了。如果老赵将丁奇给抓住了，他额外再给我五千块钱作为报酬。我按照他的计划在茂业中心街那里给丁奇打了电话，然后就离开了。后来很多天，我也没见到姜军，我以为他们已经把丁奇给抓住了。到了这个月6日那天，有几个年轻人趁着我从网吧出去吃饭的工夫，把我堵在了网吧门外，然后一路开车把我拉到了郊外的野地上。他们不由分说，先打了我一顿，然后那个带头的就说，让我把姜军给找出来。我那个时候才猜到丁奇可能没被老赵逮住。他们说给我一天时间，如果找不到姜军，就把我埋在这里。他们走的时候，还给我扔了一包毒品。那帮人跟我以前见的毒贩可不一样，他们手里有枪，而且是人人有枪。我哪敢惹他们？

"我给姜军打了电话，想问问他在哪里，结果他告诉我，他住在赵队长家楼下。我这才知道，那天丁奇根本就没露面，老赵组织的抓捕行动白白等了一天。他们怀疑，丁奇已经逃窜到了外地，所以姜军的处境很危险，他跟老赵住在一起是相对安全的。跟姜军聊天才知道，赵队长因为痛风疼得不能走动，这段时间请假在家休养。我为了活命，就把，就把这个消息告诉了那帮人。"

向成才说到这里，低下了头。

张昭知道，他说的可能并不是事实。他猜测，姜军和老赵翻脸是假的，他们是在演戏给向成才看。这个部分，倒不是向成才说谎，而是丁奇脱离了老赵的监控，老赵得找到他。同时，老赵也在试探丁奇是不是知道姜军就是卧底。如果丁奇没找他，那姜军大概率是安全的。如果丁奇找姜军，那说明姜军百分之百暴露了。那既然暴露了，就干脆设个套，把丁奇调出来，结果丁奇没露面。

至于丁奇没露面的原因，张昭推测是向成才惧怕丁奇和他背后的势力，所以转身又把抓捕丁奇的行动卖给了对方。至于证据，周如意说，向成才这段时间一直和一帮南方人混在一起，说明向成才和丁奇一直都有联系。另外，毒贩利用向成才杀死姜军后，给了他巨额报酬。向成才这才敢明目张胆地成为他们连环套的一环。说明在毒贩心里，向成才跟他们是一伙的，他们不怕向成才反水。向成才给丁奇通风报信等于是拿到了投名状，获得了毒贩的信任。最后，也是最重要的一点，如果他只想保命的话，不管是去直接报警还是去找老赵寻求庇护，他的基本安全是可以得到保障的。但是，他偏偏选择了出卖姜军，这已经能说明问题。

不过，张昭还是有些疑惑。一般毒贩是不会轻易招惹警察的，这并不是他们不敢，而是怕惹了警察，会耽误他们赚钱。到目前为止，张昭也没找到他们毒杀老赵的动机。他从缉毒大队那边了解到，老赵最近一直没什么大行动。说明姜军除了提供了丁奇犯罪的证据以外，一没找到货源，二没找到其他重要线索。不然，老赵那边肯定行动了。老赵如果有线索，不可能不通知队里的其他人，也不可能不向上汇报。既然如此，他们杀姜军干什么？杀了他，必然会招惹警察上门，他们何必节外生枝？

种种迹象表明，毒贩们准备得也不是很充分。如果仅仅是为了报复，他们完全可以躲起来放个黑枪，不比现在简单多了？怎么看，都像是一次弥补行动。当然，策划这个案子的人肯定对老赵多少是有些了解的。因为他知道老赵的孩子生病了，这个事他也是单位募捐的时候才知道的。

张昭整理了一下思绪后，并没有揭穿向成才，而是问道："后面发生了什么？"

向成才说道："我怕我说了，你们不相信。"

张昭回道："你照实说，信不信是我们的事情。"

向成才犹豫了一下，说道："姜军背叛了赵队长。这个事情我从头到尾都很蒙。起初，我把姜军的位置给了他们后，他们让我把姜军给骗出来。但是，姜军也不傻，我一开口，他就知道我在骗他。而且，他也不吸毒了，对他来说最大的诱惑没了。我把这些告诉了他们，他们倒也没有为难我。后面发生的事情就挺突然的。9 日下午，姜军给我打电话，说老赵想见见我。我一听，要去局子里，就吓得裤子都尿湿了。姜军后来跟我解释说，不是去公安局，而是老赵想私下见见我，有事情跟我谈。我硬着头皮就去了。

"赵队长好像是身体不舒服，一直躺在沙发上。我们聊了两句后，赵队长跟我说，他有个事让我帮帮忙。他说，丁奇失踪了这么多天，一直不露面，让我再配合他一次把丁奇给找出来。虽然要冒点险，但是他说他一定能保证我的安全，而且他也会向局里申请一笔经费给我当酬劳。我一听，当然不想干了，可我天天吸毒，有把柄在他手里，哪敢不答应呀。赵队长随后跟我说，让我安心在这里再待几天，等他尿酸降下去了，他就回队里布置任务。在这之前，让我哪都不要去。等他的人安排到位了，他再把详细的计划告诉我。

"我在他家楼下住了一天。10 日晚上七点多，我们在赵队长家吃完饭后，姜军说他出去接个人。大概过了半个小时，姜军带着三个人就回来了。那几个人一看，就不是什么善茬。他们到了房间里，就开始换衣服。穿的就跟美国电影里闹瘟疫时候穿的防护服一样。换了衣服后，他们从里面拿出来一个像气泵一样的东西进入了卫生间。我刚想问这些人是谁，姜军就让我闭嘴。其中一个人就拿出来枪指着我，我当时害怕极了，吓得浑身哆嗦。那些人在卫生间里鼓捣了大半天，然后姜军说他要上去一趟。

"过了半小时左右，姜军就从楼上下来了。然后，那三个人就上楼去了。一直等到了十一点多，那些人才拎着几个垃圾袋下来。随后，他们又开始在我们住的屋子打扫卫生。我头一次见到打扫卫生这么专业的，犄角旮旯里都收拾得干干净净。忙完已经是凌晨，随后他们三人就离开了。姜军这时才跟我说老赵死了，我要是想活命就跟他走。

"我跟姜军从老赵家小区出来就直奔他家。一开门，就看到一个年轻人。他把这个黑袋子给了姜军，说这是他的酬劳。姜军弯腰看袋子的时候，房间里出来另外一个人，一下就把姜军给干掉了。后面发生的事情，你们也都知道了。后来，又进来了两个人，他们把姜军拖到了卫生间。然后，我就看到姜军被他们杀了。他们三个人一看就是惯犯，没用多长时间，就把姜军给弄了个稀碎，看得我腿都软了。随后，那人跟我说，要想活命就都得听他的。然后，他就把安排的事情跟我重复交代了两遍。我看到那个场景，哪敢不听他们的？于是，我按照他们的要求，一直等你们找上门来。"

张昭听到这里，基本确定他后面说的有一部分是在鬼扯。向成才肯定是彻底倒向了贩毒团伙那边的，或者从某种意义上说，他就是贩毒团伙的一员。这个其实并不难分辨。他之所以这么说，无非是为了脱罪，想把自己摘出去，装扮一个无辜的人来混淆视听。姜军叛变这个事，张昭认为是有可能的。但是，他被策反的这个过程，向成才说他不知道，这似乎不可能。姜军在老赵家下面住着，老赵这是在有意保护他。他除了向成才，恐怕也接触不到别人。向成才如果是无辜的，对方怎么可能又给他钱，又给他东西，让他全身而退？难道不怕他转身去报警吗？

张昭看了一眼手表，直接问道："在姜军家出现的年轻人，你认不认识？"

向成才摇了摇头。

张昭失望地轻叹了一声，然后轻轻碰了一下杜馨笙，示意她结束审讯。

杜馨笙还挺诧异的，不过她按照程序让向成才查看了笔录。他没有异议，便让他签了字。

等向成才走后，杜馨笙问道："师哥，怎么不继续问了？"

张昭解释道：

"老赵的死因现在大概清楚了。不过，向成才不想把王汉超咬出来，说明他还心存侥幸。由此可见，这里有几个问题已经明摆在那里。第一，王汉超身后的势力在向成才心里大于我们。第二，他觉得，他或者说是他的团伙，还没有满盘皆输。第三，丁奇在团伙里的地位肯定是低于王汉超的。因为在国内，没有哪个毒枭会把自己送到监狱里，除非他就不是团伙的核心人物。丁奇和向成才都是这个团伙的棋子。向成才的口供真真假假，但是从时间线上有几个点比较有意思。

"向成才在9月26日见过姜军，缉毒大队那边当天是有集体行动的，目标就是抓捕丁奇。不过，丁奇没有露面。他自己说，毒贩是10月6日再次找到了他。9日，毒贩将大概一百万现金悄悄送给了老赵的前妻。10日晚上，老赵和姜军双双遇难。10日，丁奇落网。1日上午，他供出了老赵。如果向成才没有在日期上说假话，那么毒贩的反击计划就是从6日开始的，一直到10日晚上确定计划实施成功。从9月26日到这个月6日之间，老赵和姜军肯定是查到了什么要紧的线索，但是他们都没有意识到这条线索的重要性。所以，老赵没有通知缉毒大队，没有进行汇报，也没有展开任何行动。可是，这条线索对于毒贩来说却是致命打击，所以他们才会不惜代价地干掉老赵。当然，这里也不排除因为在之前的行动中数次泄密，比如抓捕马和尚、周彪就走漏了风声，所以也导致老赵谨小慎微。真相恐怕要等王汉超和他身后的团伙落网，才能知道了。"

等整理完材料，已经是凌晨。杜馨笙愁容满面地看着那些被破坏的证物，担忧地问道："师哥，这些证据都被你破坏了，一会儿回去怎么交差啊？"

张昭面无表情地说道："除了这个袋子，里面的东西都是假的。我从头到尾也没说，这些东西是他的，他也没承认这些东西是他的。之前我们找到的冰毒和黄金都是真的，现在都在证物科完好地保存着。"

杜馨笙目瞪口呆地看着他，然后竖起了大拇指。

第十章　收网

颜素在车上吃着面包，一连三天的监视行动让她看上去十分狼狈。蓬头垢面不说，指甲缝里全是黑泥。虽然她不抽烟，但是在车内被别人熏得满身都是烟味。作为一线刑警，尤其是想干出点成绩的女刑警，付出的代价要远比男人们多。性别的差异在某些职业中是天然存在的。就比如现在，她的卫生巾该换了，但是她不能跟男同事一样，一低头满地都是厕所地去解决这个问题。而且，布控的第一点要素就是尽量隐蔽。上下车有可能会暴露，所以她今天出来的时候，不得不又穿了一条成人纸尿裤。这种窘境是男人们一辈子也无法理解的。

这三天的布控虽然辛苦，但是收获颇多。王汉超当天晚上到了山水庄园，整夜都没见他出来。颜素这两天一直跟着他，发现这小子每天的生活也挺单调。他早上从山水庄园出来，把人送到下庄村的电石厂，等到了晚上快十二点的时候，再从电石厂把人接回去。

电石厂的法人名叫唐立峰，是南方人。这厂子是三年前因为濒临破产被他收购的。警方从税务那里了解到，目前厂子还处于亏损状态。里面的工人反映，厂子处于最低生产状态，之前的工人遣散了一大半。至于这个唐立峰的背景，目前还没什么有价值的线索。

颜素隔着窗户看了一眼外面的小旅馆，王汉超从里面走了出来。他站在门外抽了一根烟后，又等了一会儿，似乎是确定了没什么异常情况才上车离开。跟着这家伙，除了发现电石厂内可能有猫腻，还有更加意外的收获。向成才供述杀害姜军的凶手，此时就在这个小旅馆内。专案组研究决定，先抓捕这三个凶手，然后等王汉超回到电石厂后，再对厂子进行围剿。另外，唐立峰现在位于山水庄园内，那里也有一队人进行布控。

等了十几分钟，确定王汉超已经走远，秦儒在对讲机里说道："准备抓捕。"

听到命令后，颜素检查了一下身上的枪械，然后穿上了防弹衣。特警组正在悄悄地靠近，外围警察开始封锁现场，以防止他们逃窜，务求一击必中。这里是一个城中村，人口密集，环境复杂。等外围封锁完成，秦儒一声令下，抓捕小组立即出动。

颜素他们到了小旅馆门外，特警直接冲了进去，迅速朝着目标房间靠近，另外一队特警封锁了旅馆的出入口。三个嫌疑犯住在不同的房间里。负责抓捕的现场指挥颜素等人员到位后，开始倒数三下，刚数到二的时候，突然她面前的房门被打开了。

颜素喊了一声："行动。"她直接一脚踹在了门上，然后扑了进去。房内的人被门给撞倒，连滚带爬地朝着床上滚去，伸手要往枕头下摸。好在她眼疾手快，直接揪住了他的双腿，把他拖了下来。剩下的人一拥而上，将他制伏。掀开枕头后，她发现下面藏着一把土枪。而此时，门外传来两声枪响，颜素直接转身冲了出去。到了那个房间一看，三名特警将一个身材壮硕的男人按在地上，他的身旁也有一把土枪，此时枪管还在向外冒烟。等将他制伏后，江之永一屁股坐在了地上，好半天都没缓过神来。

一旁的特警说道："这门锁有些结实，踹了两脚都没踹开。刚准备用工具，里面就朝着大门放了两枪。门外当时准备强攻没站人。不然，一定受伤了。"

颜素这才看到门已经被打烂了，不由得倒吸了一口凉气。这种土枪近距离杀伤力吓人。真要是被正面打中了，估计小命难保。

江之永骂道："他娘的，当时我在最前面，差点就能请全村人吃饭了，那得花多少钱？"

另外一个房间的抓捕很顺利。特警冲进去的时候，对方正在床上看电视。三个人戴上头套，被押了下去。等特警们一走，颜素带着人开始搜查现场。三个房间内都发现了金条和一些现金，折合人民币一百五十多万。在其中一个人的房间，他们发现了一个黑色旅行箱，里面放着没用完的乙醚和氟烷，还有一个便携式的压缩式雾化泵。而在开枪的那个疑犯房间里的发现，震惊了现场所有人。

他们在衣柜里发现了一个铝制的工具箱，里面整整齐齐地摆放着一套完整的解剖工具。颜素之前见过张昭的工具箱，所以认识。除此之外，衣柜里还有一个纸箱，里面有两台电动工具，一个是绞肉机，一个是研磨机。虽然都被清洗过，但是边角缝隙依旧残留有血渍。

待痕迹勘验组进入现场固定证据，颜素他们则风风火火地赶往电石厂。这里距离电石厂只有二十多分钟的路程。抵达后，在那里布控的同事告诉她，王汉超已经回来了，刚进入电石厂的后院。经过走访得知，这个后院之前是一个原料仓库。唐立峰接手后，就投资将后院重建，之后就不再允许工人们进入。对外宣称说，那是老板的私人库房。因为这个老板除了有电石厂，还有很多娱乐场所。工人们经常能够看到货车来这里接送一些啤酒、白酒之类的饮品。

这两天，秦儒动用了无人机和远程勘验设备，对后院的外型以及建筑结构进行了勘验，给围攻做前期准备。为了万无一失，秦儒特地请求了武警部队协助围捕。等颜素过来汇报了消息，围剿行动便拉开了序幕。

后院重新修建后，安装了三道隔离门，高墙大院不好突破。所以，秦儒调集来了一辆挖掘机和一辆破碎机。等武警官兵将厂子合围，外围警察封锁了四周交通之后，六架无人机从四面八方升空，给抓捕提供了空中支援。同时，手机信号屏蔽装置也启动了。等全部准备就绪之后，特警队在装甲车的掩护下到了后墙，挖掘机和破碎机缓缓开入，直接把后墙给强拆了三米左右。这边烟尘还没落下，装甲车已经冲了进去。三十多名特警在装甲车的掩护下，慢慢靠近后院的仓库。

秦儒担心毒贩手里有武器，而且院子空旷，易守难攻。不过，到现在为止，仓库里竟然一点动静也没有。颜素也觉得有些异常。此时，秦儒告诉她，山水庄园的抓捕已经完成，唐立峰和他的一个助理已经落网。她觉得，事不宜迟，马上发动了进攻。砸碎了仓库的玻璃之后，特警队员进入了仓库内部。颜素随后也翻了进去，队员们马上从内部打开了大门，另外一组人到了前门打开了院门。几分钟之内，大批警察涌入，把仓库包围得如同铁桶一般。

颜素他们进入仓库后，发现这里确实存放了大批的酒水和包装食品，但是压根没有人。从高空监控中，分明看到一共有五个人每天出入这个仓库。而她刚才也分明看到王汉超进入了仓库内。颜素下意识觉得，这里有地下室。她当即让同事们四处寻找地下室入口。因为仓库空旷，很快就找到了疑似入口的地方。但是，人工无法开启。秦儒直接让破碎机进来，就地破拆。同时，让外围的民警严密监视。十几分钟后，地面的水泥被破拆掉，露出了下面的钢板。挖掘机绑上吊带直接把钢板掀开，下面的油压装置才显现出来。估计他们能够通过遥控，开启这个地下室的入口。做得这么隐蔽，又耗费了这么多心血，下面肯定不简单。

特警队和颜素随即沿着台阶下去，发现下面的规模并不小。面积是上面仓库的一半左右，有两百多平方米，地上堆满了各种化学仪器和成桶的化学原料。机器设备还在运转中，但是空无一人。

颜素发现，这里修建得相当有科技感。她之前也见过制毒工厂，基本上都臭得不能进人。但是，这里的味道并不是很重，而且能听到空气过滤系统嗡嗡作响，恐怕废水也有后期处理装置。这让他想起了粉冰案的那个制毒工厂。

随后，他们对整个地下室进行了搜查，很快就发现了在成品仓库的角落里有一个地下通道。虽然修建得有些粗糙，但是人能够弯腰在里面行走。颜素立即率人去追。一定是他们刚才强攻的时候，惊动了里面的人，他们选择了从地道逃走。真是道高一尺，魔高一丈。这帮人甚至连紧急避难通道都给安排上了，可见对这里的经营并不是临时起意，而是谋划已久。只是，让她疑惑的是，生产出来的成品看起来并不像冰毒，似乎是一种她没见过的新型毒品。

地道很长，有三百多米。他们钻出来后，发现这里已经是公路一侧的排水沟旁的荒地。秦儒在对讲机里说道："无人机看到了他们，在西北方向。一共五个人，其中有两个人可能携带武器。"

当即，颜素带人朝着西北方狂追，而此时警笛声大作，纷纷朝这边包围。外围设卡的民警也参与了进来。不到二十分钟，颜素就看到了那逃窜的五个人。他们此时遭遇围追堵截，被逼到了不远处的一个土山坡上。这里十分空旷，几乎都没有掩体。很快，警车也陆续赶到，将他们团团包围了起来。这五个人一个个面如死灰，惶惶如同丧家之犬。

颜素拿起了喇叭，对着他们喊道："王汉超，马上放下武器投降。你的老板和同伙都已经被我们抓了，负隅顽抗，只有死路一条！"

她一边喊话，一边带着人缩小包围圈。估计对方也是被这种阵仗给吓到了，里里外外，两百多人的抓捕队伍让他们插翅难飞，直接击碎了他们最后的侥幸心理。此时，王汉超将身上的手枪扔到了地上，识趣地双手抱头，跪倒在地。剩下的人一看，也都纷纷投降。颜素带人冲了上去，直接将他们按在地上戴上手铐，然后装车带走。

张昭他们随后进入了地下室，开始固定证据。大家看着这些制毒的原料和设备，有的见过，有的十分陌生。

秦儒看着这些设备和原料，问道："张昭，你觉得他们生产的是什么东西？"

"应该是 3- 甲基芬太尼，一种麻醉药品。"张昭回道。

秦儒这才恍然大悟地点点头。作为缉毒的老领导，这个名字他听说过，却很少见到。

张昭接着说道："芬太尼就是化学合成版的吗啡、杜冷丁和海洛因，是上世纪 50 年代由来自比利时的保罗·杨森博士作为镇痛药研发出来的。它适用于各种外科、妇科等手术过程中和术后的止痛；也用于防止或减轻手术后出现的谵妄；还可与麻醉药合用，作为麻醉辅助用药；与氟哌利多配伍制成'安定镇痛剂'，用于大面积换药及进行小手术的镇痛。这种3-甲基芬太尼又被称为'七号海洛因'，普通芬太尼的效力比海洛因强50到100倍。一些地下实验室研发的芬太尼及衍生物，也就是所谓的'策划药'类毒品，即第三代毒品。比如，这种3-甲基芬太尼，其作用和毒性比海洛因要强1000倍。"

秦儒听完后，不由得陷入了沉思。从现场看，这里不仅是一个粉冰的生产基地，也是一个新型毒品的生产基地。可能打击粉冰的高压事态，让他们觉得粉冰的风险太大，所以才不得不重新开始研发一种新毒品，而这种芬太尼可能就是取代粉冰地位的新型毒品。想到这里，秦儒出了一身冷汗。如今，浮现出来的团伙主体已经落网，老赵的死因或许很快就能真相大白了。

第十一章　告别

秋雨霖霖，草木含悲。老赵的告别仪式如期举行。肃穆的大厅内，站满了各个部门的警察。在沉痛的哀乐下，每个人的脸上都写满了哀伤。而来给老赵送行的亲人，却只有他的前妻段玉芳和他的女儿赵琳琳。患有白血病的女儿哭成了泪人，这情形让人内心无比酸楚。

这不是颜素参加的第一场同事告别会，当然也不可能是最后一场。全国每年有400多名警察牺牲在自己的岗位上，他们用血肉和忠魂兑现了当初的诺言。残酷的是，人类因欲望和贪婪造成的罪恶却不会停止，所以和邪恶对抗的步伐也不会停下。在追求正义和公平的道路上，总得有人奋不顾身，挺身而出。于是，当成为警察的时候，维护公平正义的使命让他们有无敌的勇气去面对邪恶，

194

并和它们决战到底。

王汉超的落网是打开赵煜深死因的关键钥匙，老赵的案子最终彻底昭雪。只不过，在当天的行动中，另外一队人负责对唐立峰进行抓捕时，唐立峰眼看自己要落网，便开枪自杀了。王汉超落网后，丁奇和向成才失去了最后的幻想，开始交代他们的问题。首先是丁奇，他离开 A 市后，在缅甸认识了唐立峰，从此就成了唐立峰的手下。丁奇一直悄悄拿仓库封存的货出来偷卖，算是中饱私囊，然后就被老赵盯上了。

王汉超的情况比较复杂。他回到 A 市之前，在集团内并不隶属于唐立峰。虽然他的等级比唐立峰低一些，但是实际上并不受唐立峰的直接领导。9 月 16日下午，他接收到了情报，知道姜军是卧底，于是安排丁奇离开。丁奇偷偷贩毒的事情暴露了，所以也不敢回去找唐立峰。恼羞成怒的丁奇当然要抓姜军泄愤，他认为杀了姜军或许还能换回一命。9 月 25 日，王汉超提前找到了丁奇，并将他带回到了总部。所以，这才导致 26 日老赵没有抓住丁奇。

事情到了这一步，直接将丁奇给杀了，找个地方一埋，这才是最符合毒贩们处理事情的方式。但他们并没有杀害姜军和老赵的打算，毕竟多一事不如少一事。姜军知道的并不多。警方也无法顺着丁奇找到制毒工厂，也找不到唐立峰身上，他们完全没有必要节外生枝。不过，在审问丁奇的过程中，丁奇说出了这样一件事。

丁奇曾经带着姜军来过制毒工厂，虽然当时姜军只是在大门外等候，也并不知道里面就是制毒工厂。但是，万一哪天姜军将这个消息告诉了老赵，引起了老赵的注意，这对他们将是毁灭性的打击。尤其是在新型毒品研发的重要阶段，更不能出任何差错。因为当时姜军住在老赵家楼下，他们亲自动手的风险太大了。于是，他们就想看看向成才有没有策反姜军的可能。向成才其实一直都是丁奇的分销商，不过他因为本钱少，所以不成气候而已。姜军能找到向成才，肯定知道向成才能联系上丁奇。姜军和老赵以为能策反向成才，但实际上向成才把这件事当成了他翻身的一次机会。当王汉超让向成才策反姜军的时候，他其实并没有足够的把握。但是面对条件一次次地加码，姜军动摇了。第一部分条件肯定是钱；第二部分是丁奇必须交给他处置，他要为詹若琳报仇；第三就是老赵必须死，不然姜军永远得不到自由。唐立峰他们经过商议，最后决定实施杀死老赵和姜军的计划，以此永绝后患。杀死老赵的过程跟向成才交代的差不多，只不过姜军是被向成才打晕的。因为王汉超从头到尾没有出现在姜军家里，这也是向成才谎话连篇的原因，他其实在这个案子中扮演了极为重要的角色，自然也要面对法律的严惩。

赵煜深的告别会规格很高，市委常委、政法委书记和省厅的领导都亲自到场。轮到魏长河发言的时候，他回头看着老赵的遗像，将手里的发言稿装到了口袋里，沉痛地说道："我和赵煜深认识已经二十年，看着他从一个充满朝气的小伙子变成了两鬓霜白的老警察。据我所知，他算不上一个好儿子、好丈夫，更算不上一个好父亲。但是，他是一个功勋累累的好警察、一个桃李满门的好师父、一个英明睿智的好领导。他将他这一生，都奉献给了缉毒事业，是当之无愧的人民英雄……"

在最后向遗体告别的时候，段玉芳突然趴在了老赵的水晶棺前号啕大哭。颜素他们想去把她搀扶起来，只听到她撕心裂肺地哭诉："当初，你说缉毒太危险，担心我和孩子出事，非让我跟你离婚。也是你说退休了，咱们就好好地一起过日子。眼看熬过了二十五年，你怎么就走了……"

颜素听到这里，看着老赵遗像边的挽联上写着：朗朗乾坤，浩气长存；忠魂不泯，含笑苍穹。她心里默默地想着：老赵，你一路走好。顷刻间，眼泪不知不觉模糊了双眼。

04

伏魔案

第一章　炸弹

颜素晨跑洗漱完，在餐厅一边吃着东西，一边刷着手机。这段时间，她忙得团团转，倒不是因为案子，而是本市不久后将举行一次亚太企业发展的论坛峰会。从上个月开始，他们展开了为期一个月的严打和集中整改，为峰会保驾护航。此时，她看到登上头条的消息是，中东某国发生了炸弹袭击，死了 7 人，伤了 12 人。而东南亚某国也发生了炸弹袭击，同样死伤惨重。就在这一个月内，国外已经发生了数起恐怖袭击。而且，到目前为止，还没有任何组织或个人宣称对这些爆炸造成的灾难负责。另外一条消息是，国外一拍卖行五天前惊现王希孟的《千里饿殍图》，最终该画以 2100 万欧元被拍卖。她对这些古董并无研究，不过倒是知道王希孟，他创作的《千里江山图》是中国传世的十大名画之一。传闻，王希孟就是因为创作了《千里饿殍图》，并将其献给了宋徽宗，随后被杀。让她不可思议的是，这幅画竟然真的存在。而让她更没想到的是，这次拍卖的委托人竟然公开露面了。她一看照片，正是他们寻找已久的樊灿星。

这家伙在任仁光的案子中时隐时现，最终警方也没有找到他的去向。后来，他们推断，任仁光的公司实际上的运作人就是樊灿星。因为不管从业务经验还是个人能力看，任仁光都无法操纵这么大一家投资公司。而樊灿星的背景如同迷雾一般，至今都没什么有价值的线索。没想到，过了大半年，她竟然从手机上看到了这个人的消息。

　　颜素简单地吃了一口，刚回到办公室，就看到江之永耷拉着脑袋，坐在那里一声不吭。显然，这货昨天晚上的相亲不是很成功。她已经懒得去安慰他了，局里同事没少给他张罗相亲，但他太难伺候，要么嫌人家长得不好看，要么嫌人家工作不好。当然，在这方面，她也没什么发言权。毕竟，老母亲昨天晚上还跟她聊了一个多小时，双方在亲切友好的氛围中依旧没达成共识。想想这事，她就觉得无比惆怅。当然，比起终身大事，眼下有让她更加烦恼的事情。她的身后有一块白板，上面已经挂满了密密麻麻的照片。这些照片被无数的线头连接着，形成了一张庞大无比的关系网。而在这些关系网中，所有的线头最终都指向了一个人——温道全。

　　这个人不断地出现在他们的办案过程中，但他们却一直没有找到他。专案组经过对一系列案子的重新梳理，目前只掌握了一个信息：暗网。比如，在三个少女被杀的案子中，胡军和莫宣学的生活轨迹本来是不会有任何交叉的，但是他们偏偏却在一起联手作案。警方通过对胡军漫长的审讯，打开了一个突破口。就是在很早之前，温道全就构架了一个暗网论坛，有些人就是通过这个论坛认识的，比如胡军和莫宣学。同时，温道全还利用这个论坛招募一些杀手，比如黄家定，也包括这次杀害赵煜深和姜军的三个杀手。温道全这个人看上去挺复杂的，比如在王佩兰案中，他充当过义务警察。而更多的时候，他完全躲在幕后操控着一切。眼下最关键的是，这个人完全不在他们的寻找范围内。可是，这个魔头一日不落网，他和他背后的组织就一日不会消停。

　　正在颜素发愁的时候，门卫老夏送进来一个包裹，并喊道："颜队，这是你的。"

　　颜素好奇地接过了包裹。看到寄件人的时候，她陡然一愣，上面写着樊灿星。包裹拿在手里还很沉的，有些坠手。

　　老夏看她脸色有变，就问道："颜队，怎么了？"

"这包裹是什么时候到的？谁送的？"颜素问道。

老夏看她有些紧张，马上回道："就十几分钟前，是个顺丰小哥，放下就走了。"

颜素仔细看了一眼快递单，发货地址就在本市。她用手机输入快递单号，发现根本没有数据，说明这个快递单是个假的。她随即转身对着江之永喊道："去警卫处看看监控，看看有面部裸露没？杜馨笙，你和他一起去，马上调查附近的监控看看，找找他的去向。"

等两人走后，颜素拿出一把裁纸刀小心翼翼地打开外面的黑色包装袋，里面露出了一个普通的鞋盒。她贴上去用耳朵听了一下，里面似乎没有动静。于是，她小心翼翼地蹲下，准备开启鞋盒。打开后，她看到鞋盒里有电路板，也看到拉扯着盒盖的一个极小的弹簧装置。她刚想把盒子盖上，结果听到里面发出了"嘀"的一声，电路板上的灯瞬间点亮。而且，电路板下有用胶带缠着的疑似黄色爆炸物。当下，她心里一沉。

电路板上的数字不停地倒数，还有十四分钟左右。颜素来不及多想，径直拿起手机给秦儒打电话，然后抱着盒子就往楼下跑。这里是办公区，一旦发生爆炸，后果不堪设想。好在他们平时做应急演练，市局准备有特殊的防爆措施。她将盒子放到了排爆区后，马上转身离开。此时，秦儒也匆匆抵达。看了一眼应急处理区域没有危险，他马上让人封锁现场。根据颜素的描述，时间还剩下不到十二分钟。

时间在一分一秒地过去。等到了预定时间，排爆区的沙袋堆里并没有任何动静。颜素不由得和秦儒对视了一眼。又等了十几分钟，疑似爆炸物依然没有动静。此时，特警排爆中队已经抵达，他们先让探测机器人进入现场。当机器人掀开盖子之后，发现倒数的秒表已经停止，但是并没有引发下面的疑似炸药爆炸。随后，排爆特警赵利民在同事的帮助下穿戴好厚重的防爆服，并让人给他拍了一张照片。如果出现任何闪失，这有可能会成为他的遗像。随后，他慢慢地靠近了炸弹。此时，现场的所有人都屏住了呼吸，每个人都为他捏了一把冷汗。

秦儒知道，现实中的排爆工作并非像影视剧里剪一根蓝线或者红线那么简单。制作炸弹的人大多数时候并没有想过如何拆除这颗炸弹，而是要不惜一切代价将炸弹引爆。所以，现实中的炸弹更具危险性、迷惑性及复杂性。任何一次判断失误，都会造成不可挽回的灾难。很快，赵利民带着设备走到了爆炸物旁，他先用 X 光探测仪检查了一下鞋盒里的装置。十几分钟后，秦儒看到他小心翼翼地拆掉了盒盖。又过了七八分钟，才听到赵利民在对讲机里说道："计时器是用来迷惑我们的，它的主要作用是开启引爆装置。现在，炸弹已经处于随时都有可能爆炸的状态。我决定排爆，请相关人员后退。"

秦儒犹豫道："能不能强行引爆，避免危险？"

赵利民沉默了几秒后，说道："秦支，这里面的炸药比较特殊，我凭经验无法判断，也无法估算其威力，反正看上去不像是民用的。不过，击发装置倒是不新鲜，我有把握拆除。请求行动。"

秦儒问道："你有多少把握？"

"百分之八十。"

此时，现场如同凝固了一般，鸦雀无声。

秦儒犹豫了一下，说道："准许拆除。"

在随后的半个小时里，在场的众人都焦急地等待着，他们终于听到赵利民用对讲机说道："引爆装置拆除，安全。"

众人顿时长舒了一口气，随即秦儒马上跑了过去。此时，赵利民拖着沉重的步伐从沙袋墙内冒出了头。几个同事立马上去扶住了他，走出了安全线。摘掉头盔后，众人看到汗水已经浸透了他的衣衫。

赵利民说道："这是三元引爆装置，用到了动平衡和震动反馈以及电子延迟点火装置。拆除任何一个装置都有可能击发另外两个，这是高手做的。不过秦支，这炸弹啊，依我看，他没想过真的要引爆。虽然击发装置复杂，但是和炸药连接的装置却是虚接的。这是我动手拆弹之后才发现的。要不然，在鞋盒内那么狭小的空间里，半个小时怎么可能拆掉呢。这恐怕醉翁之意不在酒啊。"

秦儒听完，不由得陷入了沉思。片刻后，他回头对着颜素说道："送炸弹的人找到了没有？"

"他的去向，杜馨笙正在找。刚才和快递公司核实过了，他使用的胸牌和员工编号都是假的，应该是冒充快递人员送过来的。不过，他骑着摩托车，穿着快递小哥的衣服，应该跑不了。"颜素回答道。

第二章　医院

颜素带着一队人，匆匆赶到了一家私立医院门口。经过追踪监控，他们发现，这个送快递的小哥最后的失踪地点就在这家医院里面。只是，这是一家男科医院，病人本来就不多，他们这么多人贸然进去，对方又极度危险，恐怕会引起不可控的结果。颜素知道，她不能进去，因为对方指定将快递邮寄给她，说明一定是认识她的。而他将他们引到这里，一定有其目的。只是，这个人8点半就进入了医院，目前还没看到他离开的监控录像。这说明，他极有可能已经用什么办法金蝉脱壳了。

片刻后，两名年轻的警察走进了医院。中间隔了几分钟，又派了两名警察走了进去。第二组警察直接进到了医院的保安室，调看监控。随后，第三组人悄悄进入医院，找到了他们的领导。一旦确认对方在医院，院方就得马上疏散病人和医护人员。万一发生意外，后果不堪设想。颜素害怕对方手里还有炸弹。此时，外围增援的警察越来越多，事态渐渐紧张起来。

很快，第一组警察通过对讲机说道："我们已经搜索了医院，未看到嫌疑人，他的摩托车在后院停车场内。"

第二组警察几分钟后也汇报道："大门内的监控确实看到了嫌疑人进入，然后他进入了二楼厕所，没有看到相同衣着的人出来。随后，我们在二楼的厕所里见到了一套快递员的衣服和箱子。他可能改变装束后离开了。"

颜素听到这里，下车带着人直奔监控室。江之永比对监控录像，仔细看了两遍后，根据步态分析，又看了一眼手表说道："就是这个人，9点4分，他穿着蓝色夹克、背着一个黑色的双肩包离开医院了。"

颜素一看对方戴着墨镜，而且围着围脖，基本上把面部信息全都给遮挡住了。不过，她早就想过，抓捕不可能会顺利进行。对方既然敢明目张胆地把炸弹送到警局，一定是想好了退路。如果是自杀式的袭击，他早就引爆炸弹了。现在，他们和这个嫌疑人有一个小时的时间差，茫茫人海中要找到他，没那么容易。工作还要从头开始。她果断将人分散开，在医院四周走访，并且继续让杜馨笙通过监控侦查这个人的去向。

这家私立医院附近交通情况复杂，背后是一座城中村，流动人口较多，而且到处都是岔路。正在颜素担心他进入城中村，他们不好寻找的时候，杜馨笙打来电话，说看到这个人乘坐一辆出租车到了亲贤北街茂业天地附近。颜素一听，顿时倒吸了一口凉气。今天正好是周六，虽然正值寒冬，但是风和日丽。那里是A市著名的商业街，人潮涌动。如果他想在那里干点什么，后果还真是不堪设想。

来不及多想，颜素打算直接开车冲向亲贤北街。那里虽然人流量大，但相对来说，治安力量也强一些，监控覆盖得十分全面。她还堵在路上的时候，杜馨笙又打来了电话。根据出租车司机的描述，对方在茂业天地下了车。目前，并没有看到他出来的痕迹。

颜素知道，这是一场猫鼠游戏，只是不知道他的意图到底是什么。于是，她回头问道："张昭，你觉得他的动机是什么？"

张昭面无表情地回道："爆炸犯罪的动机一般来说有六个：第一，恐怖行动或信仰驱动，他们一般会选择特定的地方来实施爆炸，意图制造恐慌，以达到他们政治或宗教上的诉求；第二，自杀性爆炸，常见的情况是，为了其他动机，不慎将自己炸死，所以大多数情况下，第一受害人也是第一嫌疑人；第三，利欲型爆炸，为了钱或者性产生分歧，通过爆炸来达到自己的诉求；第四，报复性爆炸，这是所有爆炸案中出现最多的，通常是为了掩盖犯罪手段；第五，表演和自恋型人格障碍，大多是因为极度的自尊引起的极强虚荣心下产生的一种畸形表现欲，比如，黄翔制造的清华北大爆炸案中造成了九人受伤；第六，挟爆对抗，通常见于突发事件。依我看，他目标明确，送来了炸弹，却没有引爆，所以是想制造恐慌以引发关注。这是一起经过精心策划的恐怖行动，只是现在还无法猜到他的诉求到底是什么。"

颜素此时才想起，之前赵利民队长说的这个炸弹客醉翁之意不在酒。如果这个人真的是樊灿星，那他到底想做什么？总不至于是想跟公安部门示威挑衅这么简单吧？前后花了一个多小时，他们才到达亲贤北街的华庭商场。颜素抬头看了一眼，商场外人潮涌动。年末是中国人最疯狂的采购季，这家商场的活动力度很大，所以人流量巨大。她现在隐隐地有些担心对方会逃脱他们的监控。她刚下车，就看到小店分局刑侦大队队长宋晓辉的身影，于是知道小店分局以及附近派出所的同事已经提前抵达。此时，他们正在外松内紧地暗中寻找这个人的下落。

宋晓辉匆匆迎上来，一脸焦急地告诉颜素："我们已经排查过商场内部的监控，嫌疑人在9点53分进入了商场，一直在楼下肯德基坐到10点半的时候，去了二楼的卫生间。之后，我们就跟丢了目标。在卫生间的垃圾桶里，我们发现了这些东西。"说完，他就拿出一个黑色背包，里面装着一个假发套和嫌疑人穿过的蓝色夹克、裤子以及鞋子。

颜素一听，不由得有些恼怒，这混蛋还真是一招鲜吃遍天。万幸的是，他们有江之永这样的人才。一行人冲到了安保室，江之永反复地调看卫生间门口的监控。他是通过步态来判断的，但嫌疑人一直没有出现。一个人的行走习惯是长期养成的，一旦刻意伪装，就会让他无所适从。此时，一直站在他身后的张昭说道："你把监控倒回到 10 点 47 分，我看看。"

江之永将监控回放，此时出现了一个大概 60 岁开外，穿着灰色外套，略有些驼背的老年男人，他慢悠悠地从卫生间出来。之后，他步履蹒跚地消失在监控里。江之永疑惑地看着这个老人，他戴着医用口罩和一顶八角帽。帽檐压得很低，看不清眉眼。露出来的头发略显花白，放大后，能够看到露出来的皮肤皱纹和老年斑，似乎没什么破绽。

不过，这却没有躲过江之永的火眼金睛。从医院和市局的监控来看，通过其步态可以判断，对方在 40 岁到 45 岁之间，身高 1.76 米左右，体重 75 公斤上下。而视频里的这个老人有肚腩，略显驼背，整个人看上去低矮一些，也更胖一些。但是，这个人的步态明显不自然，像是在刻意模仿老人家的步态。他回头问张昭："你是怎么看出来破绽的？"

张昭回道："刚才看监控快放，半个小时内，并没有看到这个老人是怎么进去的。"

在场的人都愣了一下。颜素知道，张昭在对人的外貌体态的记忆上有特长。于是顺着监控往下看，他发现这个老人果然有问题。他从二楼乘坐电梯下到了负一楼的超市，在超市的储物柜中拿出来一个双肩包背在身上离开了。商场的监控覆盖得很全，一路追踪显示，他出了商场。只不过，他到了外面广场上之后，立刻变得健步如飞，丝毫没有之前的蹒跚之态。

颜素马上给杜馨笙打电话，让她继续寻找这个人的下落。从上午到现在，大家一直被这个人牵着鼻子走，十分被动，内心都憋着一股怒气。而这个人的反侦查经验和谨慎程度也让他们有些诧异。颜素心里清楚，这么追下去，只会被他拖着跑。虽然他不可能一直这么谨慎，但是一旦他出了 A 市，极有可能会消失在没有监控覆盖的盲区。

她当即说道："这样，我们兵分两路。一般来说，越是精妙的布局，越是会提前踩点。我带着人向前查，看看能挖出什么东西。江之永，你带着人继续追这个人的下落。"

说完，她看向了张昭，问道："这个人到底是不是樊灿星？"

侦查粉冰案的时候，张昭给马和尚做过面部重建。虽然目前他们获取的信息比较少，但是一个人的外貌不管如何伪装，其颅骨的形状却是无法改变的。不过，张昭似乎并没有听到她在问什么，而是盯着手里的手机一言不发。他眼神有些迷离，似乎又陷入了一种灵魂出窍的状态。颜素一拍前额，心里知道，这货现在可能又宕机了。她给江之永打了一个手势，让他先去找。然后，干脆找了地方坐下来等张昭。几分钟后，张昭突然起身，一边左顾右盼一边拍着口袋似乎在寻找什么东西。

颜素问道："你找什么呢？"

"笔。"

颜素立马从口袋里拿出笔递给他。他找来一张白纸，在上面用手指测量了一会儿，然后画了三个点，又分别在三个点上标注出地名。第一个是市局，第二个是医院，最后一个是商场。她一眼看到这三个圈呈现弧形排列，于是问道："这是什么意思？"

张昭用笔将这三个点用弧线连接起来，形成四分之一的半圆，然后对着颜素说道："这三个点的位置是严格按照地图比例绘制的。如果他的逃亡路线是一个圆形的话，那他是不是想告诉我们，这个圆的圆心里面有什么重要的信息？"

颜素知道这小子的脑子确实和常人不一样，于是问道："你确定？"

张昭摇头道："这是一种猜测。我不觉得樊灿星会无聊到给我们送了炸弹后，带着我们在 A 市跑圈。他一定是有目的的。如果我推测得没错，他的下一站也一定在这个圆形边缘上。"说完，他就把手机递给了颜素。

颜素接过来一看，张昭在手机地图上勾勒出来一个圆形。东边半径内相对荒凉，而他目前大概率会朝着西边半径前进。而那里几乎是 A 市最繁华的地方，其中有几处要命的关键地点，比如迎泽公园。听说，那里正在举行一个盛大的庆祝活动。

颜素立即抓起电话给江之永打了过去："马上去迎泽公园布控，多带人。我向秦支申请让迎泽分局的同事们协助你。"挂断电话后，她看向了这个圆的圆心，那里在汾河沿岸，滨河西路附近。她犹豫了一下，说道："我们去看看。"

第三章　云峰酒店

路上一路堵车，他们半个多小时才到张昭推定的圆心附近。张昭在手机上精准定位了一下。颜素此时才发现，圆心正好落在一家酒店上。这家酒店名叫云峰酒店，地图上显示是一家五星级的综合酒店。从外面看，酒店规模很大，而且十分高档。她有些疑惑，回头看了一眼张昭，发现他也一样。

按照办案经验，应该先查查这家酒店法人的情况如何。颜素打完电话后，强迫自己冷静下来。过了几分钟，她问道："你确定送快递的那个人就是樊灿星吗？"

张昭点了点头道："确定。我见过一次的人，应该不会再认错。在办任仁光案子的时候，他也是嫌疑人之一。他有可能参与了谋杀宋雷军。我对他有印象。"

颜素听完，沉默了。任仁光的案子至今还有许多未解之谜，比如那个密码盘和钥匙后面到底藏着什么，又比如樊灿星到底在那个案子中扮演了什么样的角色。这个人消失了半年多，突然再次出现，就把炸弹送到了市局，他到底想干什么？

张昭接着分析道："你说樊灿星和温道全是怎样的一种关系？"

这个问题把颜素问得愣住了。从任仁光的案子来看，樊灿星应该是粉冰案的核心人员之一。想到这里，她眼睛一亮："你是说，樊灿星有可能是在对付温道全？"

"有这种可能。从这一系列的案子看下来，温道全在粉冰案之后，做了两件事。第一，将粉冰案的核心成员赶尽杀绝。你想想，就我们目前所知道的核心成员，有几个活着的？第二，他在重新构建他的制毒贩毒王国，这其中就包括重新建立制毒工厂，研发新的毒品，招募新的运营人员，比如唐立峰他们。樊灿星作为粉冰案的核心嫌疑人，他和周彪、任仁光及马和尚等人都一样，也可能在温道全的清理范围之内。所以，他和温道全的关系极有可能是对立的。"

颜素深以为然，于是用复杂的眼神看了一眼面前的酒店。如果樊灿星有意把他们引到这里，那么面前的这个酒店极有可能从事着什么见不得人的买卖。樊灿星这是在借刀杀人。

不过，她不解地问道："其实，有件事我一直想不通。马和尚、宁涛他们被杀，我当初以为是案发突然。温道全为了保全他的制贩毒网络杀人灭口，以防止这些关键人员落到我们手里，所以不得不采取行动。这我是能理解的。可是，周彪、任仁光这种核心成员，尤其是樊灿星这种人才，为什么也要清理？如果温道全的制毒工厂重新运作，难道他不需要接着洗钱了吗？"

张昭不以为然道："也可能是他们坑了老板的钱，也有可能这些人和温道全有私人恩怨。只有找到了樊灿星或者抓住了温道全，才能弄清楚。不过，眼下樊灿星弄这么大的动静，要么他是真的有病，要么是想借刀杀人。如果他真想给我们送礼，那么这个礼物一定不会小。这酒店如果有问题，一定是大问题。我想看看酒店当初的设计图纸。帮我去问问，这是哪家单位承建的。"

颜素马上打电话去问，接着向秦儒汇报了此事。而在另外一边的江之永，已经抵达迎泽公园附近。只是一下车，他就傻眼了。他本来以为已经是中午，公园内人应该不多。没想到，今天天气好，阳光和煦，室外温度宜人，所以公园内人依旧很多。加之庆典活动刚结束，参与的群众正在散场，茫茫人海中寻找一个人，可真是大海捞针。迎泽分局的同事们本来就在这里执勤，好不容易才找到了带队的老邢。老邢在群里知道了这件事，一听这嫌疑人可能会来公园，当即十分紧张。对方手里可能还有炸弹，这里一旦发生意外，后果不堪设想。于是，他马上开始布控，并且开始疏散人群。

杜馨笙这边还没有任何消息。亲贤北街也是一个商业区，人流量特别大。而且，这个人有反侦查意识，想找到他的下落，并没那么容易。当老邢这边布防结束时，参与庆典的群众也疏散完成。秦儒还抽调了直属二分局和特警队的部分人员参与布控，把控公园的所有出入口。江之永和老邢坐在公园的管理处看着监控，但是迟迟没有发现嫌疑人出现。

颜素和张昭已经拿到了酒店的设计图纸，两个人装作漫不经心地进入地下车库，开始对酒店进行摸排。这个酒店一共二十三层，地面建筑二十二层，地下建筑一层。从图纸上看，面积有 47500 多平方米。

颜素问道："你说，他想举报温道全，直接告诉我们就行。为何要这么大费周章呢？"

张昭摇摇头道："不清楚。不过，我要是他，如果和温道全有仇，且已经到了你死我活的地步，我会借警察的手置他于死地。如果从这一点去推测，这个酒店可能对樊灿星和温道全都十分重要。"

颜素问道："你的意思是，温道全就住在这里？"

"怎么可能呢？如果是这样，他直接告诉我们温道全住在这里就好了，何必绕着圈告诉我们这个地方呢？我猜，是这样的，如果你想除掉一个人，那你首先得找到他。我们是警察，又有这么多人和技术，可至今都没有找到温道全。你说，他单枪匹马，怎么找温道全？唯一的办法，就是把他引诱出来，或者逼他现身。当然，温道全自然也不是吃素的，也一定会想尽办法去寻找樊灿星。而樊灿星又不完全相信我们。当然，不排除他有纳投名状的意思。"张昭分析道。

颜素这才想起今天早上看到的新闻，拍卖行天价拍出《千里饿殍图》。樊灿星故意露脸，一来是想引起温道全的注意，二来也是想引起警察的注意。看来，他和温道全的厮杀，已经进入了白热化的阶段。她猜测，樊灿星用这样激进的方式让警察参与进来，无疑是想证明，他已经破釜沉舟。从另外一方面看，他也胜券在握。对他而言，眼下正是背水一战的时候。

想通了这些，颜素再看这个酒店，确实看出来点不一样的味道。关于地面建筑，颜素和张昭刚才已经挑了几层对照图纸看了一下，从建筑结构到实际使用面积，都没什么问题。按照他们的经验，如果这个酒店有问题，那么应该藏在一层以下。地下这层全是停车场和酒店的仓储空间。两人不动声色地对负一层进行了丈量。

过了一个多小时，张昭找了个地方坐下，对着颜素说道："一到三楼的面积要比其他楼层的面积大一半，而负一层的面积要比一到三层的面积大五分之一。有些地方进不去，大概有四分之一的面积入口不在这里。我们怎么才能不动声色地进去呢？"

颜素本来想找附近派出所的民警帮忙，这样的酒店肯定会和他们打交道。但是，一想到他们都是治安口的，贸然去查他们的仓储空间，绝对会引起对方的怀疑。主要是现在不清楚这个酒店到底藏着什么雷，所以要谨慎一些。想到这里，她给秦儒打了个电话，让秦儒联系一下消防队的人。他们可以用巡查消防的借口，到去不了的地方看看，这样应该不会引起注意。

秦儒倒是答应得很痛快，让他们等待消息。大概过了半小时，消防队的人过来了。简单地听了一下情况后，带队的吕指导员十分配合，给他们提供了两套衣服。吕指导员跟酒店的人联系了一下，云峰酒店的销售经理就匆匆地跑了过来。吕指导员公事公办，说是为了峰会召开，进行安全排查。对方自然十分配合。一行人进入酒店后，假模假样地在楼上检查了一会儿。颜素和张昭随后在另外两名消防员的带领下，进入了他们的地下室仓储区域。

这么大的酒店，每天的消耗量是惊人的。所以，下面的仓储空间很大。他们一边走，张昭一边默默地记录。前后花了半个多小时，才从下面出来。送走吕指导员后，已经是下午三点十三分。张昭将所记录的数据和原设计图纸进行了比对。此时，颜素接到了江之永的电话，他们又让樊灿星从迎泽公园溜走了。

根据江之永的描述，他们在二十分钟前才看到他从公园北门出来。这次，他伪装成了公园的清洁工，压根没有人注意。要不是江之永巡查监控的时候发现，估计现在还在等待他到来呢。他们分析，樊灿星极有可能在他们布控前，就已经进入了公园内，然后一直等到快三点才离开。今天公园的人流量比较大，他们根本没发现他。对方离开的时候，骑了一辆电动助力车。车已经在南门不远的监控死角里被发现，但是人不知道跑哪儿去了。

颜素听完，轻叹了一声，怀疑这人之前可能是特务或者间谍，要不然怎么会这么有斗争经验？她让他们原地待命。张昭此时已经计算完成。听到这个消息后，他看了一眼手机地图："走吧，现在能去会会他了。我要是没猜错，他的下一站应该是 A 市图书馆。"说完，他把地图给她看了一眼，图书馆的位置依旧在圆圈的边缘上。她一面发动车，一面问道："酒店的情况呢？"

张昭伸手指了指酒店的东面说道："那里有一百五六十多平方米的区域我们没进去，也没看到有任何出入口。但是，施工图纸显示，那里是有一片使用面积的。这个酒店确实有问题。"

第四章　图书馆

他们现在所处的位置就和市图书馆在一条直线上，距离并不是很远。如果对方是二十分钟前离开的公园，那么他使用一般交通工具，算上红绿灯和堵车的时间，现在应该已经到了。而他们开车用了十几分钟，就已经来到市图书馆外。停好车后，张昭让跟着他们的人在原地待命，他和颜素两人进入了图书馆内。

颜素从来没有来过这里，本以为这里会比较冷清，结果发现自己想错了。

可能和刚刚翻修完成有关，也可能因为今天是周末，所以人还挺多的。她看了一眼大厅内的简介，这座图书馆的面积竟然有五万多平方米，有阅览座席 3616 个，设有 21 个机构部门。颜素不由得露出了一抹苦笑，这图书馆太大了，而且门厅众多，公共场所出口也多，这樊灿星果然会选地方。

张昭看了一眼她的表情，说道："不要紧，先去看监控，我能认出他。"

颜素出示警官证后，让工作人员带他们去保卫科。到了之后，张昭便开始查看各个大门的监控。从距离推算，倘若樊灿星真的在里面，他进来的时间不会太长，所以也方便寻找。果然，在五分钟前，他出现在西侧门位置。这次，他穿上了红色的羽绒服，打扮得也很时髦。一路监控追踪，显示他到了自习室内，此时正坐在那里静静地看书。

颜素马上检查武器，而张昭却按住了她，说道："除了市局以外，他在每个地方都有做过短暂的停留。这么有恃无恐，他根本不怕我们。所以，他一定有后招。呼叫增援，我们尽量先拖住他。"说完，他就朝着自习室走去。

樊灿星坐在一个不起眼的角落里，张昭和颜素走过去坐到了他的对面。张昭看到他手里拿着一本《永别了，武器》，看得津津有味，以至于他们坐下的时候，他都没有抬头看他们一眼。几秒钟后，樊灿星将手里的书放到了桌子上，抬头说道："你们知道，我最喜欢这本书里的哪一句话吗？"

颜素压根没看过这本书，她根本不想听他多说话，此刻只想冲上去把他按在地上，给他戴上手铐，押回到市局。张昭却稳住她，轻声说道："生活总是让我们遍体鳞伤，但到后来，那些受伤的地方一定会变成我们最强壮的地方。"

樊灿星听完后，笑了笑，然后又看了一眼手表，说道："你们找到我竟然用了七个多小时，难怪任仁光会死得那么惨。"

张昭不置可否道："我们找到了云峰酒店。"

樊灿星点点头，似乎很欣慰。他颇为欣赏地看了一眼张昭，笑道："不管你们信不信，我这次回来是来自首的。"

颜素怒道："你自首的方式就是把炸弹送到警察局吗？"

樊灿星坦然笑道："当然，不止是警察局。你们应该知道，温道全利用我给他洗了很多很多的黑钱，多到我都忘记了具体数目。不过，你们应该知道，只是其中一幅画，就卖了2100万欧元。你们猜猜，如果把这些钱都换成炸药，那得有多少？"

颜素听到这里，不由得感到后背发凉。眼前这个看上去彬彬有礼而且儒雅的男人，实际上已经到了丧心病狂的地步。他为了达到目的，竟可以不惜一切代价。不过，她冷笑着回道："你不用威胁我们，我们对犯罪从来都是零容忍。"

樊灿星刚要伸手去拿放在桌上的包，颜素当即握住了手枪的枪柄。他看着颜素，笑道："不必紧张。你现在打死我，你会后悔的。"说着，他就从包里拿出来一个盒子放到了桌子上。盒子里是一颗自制炸弹，而且看起来分量不轻。樊灿星做了一个噤声的动作后，说道："别害怕。我没打算引爆它。"说着，他举起了左手腕。颜素看到他手上戴着一只手表状的手环。他解释道："这手环会监测我的心跳。当然，和它配套的，还有这里。"

说着，樊灿星拉了一下领子。颜素看到他衬衣下有一些电线。他接着说道："这些电线其实也不是引爆装置，而是用来监测我的呼吸和心率的。当我死了之后，我雇用的人发现我没了呼吸心跳或者信号消失，他就会引爆所有的炸弹。实不相瞒，这样的炸弹我定制了几千颗。你们也不用怀疑它们的威力。这是我花重金在美国亨瑞斯那里定做的。主要成分有三种，分别是TNT、PETN、RDX。这样的一盒炸药要是引爆，可以把这个自习室炸成一片废墟。为了表示诚意，我现在就可以告诉你，在迎泽公园这几个地方都有炸药。你们的人应该还在那里，可以去找找。"说完，他从口袋里掏出来几张照片，放到了桌子上。

颜素看了一眼照片，那些都是公园有名的景点。当即，她就起身出去给江之永打电话。樊灿星泰然自若，拿起桌子上的书继续看了起来。此时，张昭问道："温道全会上钩吗？"

樊灿星抬了一下头，脸上显得有些落寞，说道："大概率会吧，但是我也不确定。我知道，你有很多问题想问我，我确实是来自首的。我把我所知道的温道全这些年干的事情都整理了一下，储存在了一个硬盘里。我死后，你们会自动收到这个硬盘。如果我的计划失败了，还请你们不遗余力地把这个恶魔绳之以法。"

张昭点点头，然后问道："那你为何不能跟我们坦诚合作？"

樊灿星苦笑道："坏事做得多了，就谁也不相信了。实在抱歉。"

"如果我是温道全，我未必会露面。如果我猜得没错，你是打算利用你自己和那个酒店的事情把他引出来。恕我直言，你虽然知道他很多秘密，但是这个人很惜命，也很狡猾。至于那个酒店的秘密，就更可笑了。我猜，那里十有八九也是他的一个制毒工厂罢了。即便打掉了这个，他只要活着，还能卷土重来。所以，为了钱，他是不会轻易露面的。至于你么，他已经恶贯满盈，根本不在意你会不会举报他。"张昭分析道。

樊灿星想了想，说道："你们可能对温道全有些误解。"

说完，就把他的手机递给了张昭。

张昭此时看到了一个六十多岁，打扮十分随意的老人。照片里，他正穿着拖鞋、半腿裤和破旧的白色 T 恤坐在一个大排档里吃面。大排档的背景里有泰文，应该是泰国某地。张昭诧异地问道："这是温道全？"

樊灿星说道："你接着往下翻。"

张昭又翻了一张，也是一个六十多岁的人，西装革履，脸庞棱角分明，是一个十分干练并且气质雍容的老人，而背景看上去像是在一家外国公司内。

张昭似乎明白了什么，抬头问道："你的意思是，温道全不是一个人？"

樊灿星笑道："当然不是一个人了。你想想，毒品虽然是违禁品，但是它本质上就是一种商品，并不是所有的毒贩最后都能成为毒枭的。像他们这样跨境制贩毒的团伙在获得了一定资本后，已经形成了一个庞大的商业集团。在这个集团内，分工明确。除去那些见不得光的生意，他们还从事着很多正大光明的生意。因为资本是没有善恶的。其实，在很长一段时间内，他们都将洗白的钱参与到了国内的投资项目中。现在，在国内制贩毒，其实也是为了躲避打击和降低成本。实不相瞒，他们这个集团已经运营很久很久了，用历史悠久来形容，一点也不过分。毕竟，犯罪也是有社会需求的，他们本质上出售的是人类邪恶的欲望。"

张昭听完后，内心沉甸甸的。他并不怀疑樊灿星说的内容的真实性。温道全他们确实背景复杂，而且经验丰富。毒品在不断地更迭，从海洛因到冰毒，再到现在的芬太尼，毒品正在经历从种植到人工提炼，然后再到纯粹的人工合成的转型。伴随着技术的完善和升级，他们自然要选择降低成本和风险，以及提高利润的做法。中国并不是他们唯一染指的地方，但是也有让他们无法拒绝的地理优势和庞大的市场。而且，他们的粉冰曾经在国内成功过。当然，他们经营的也绝非只有毒品这种单一的违法生意。

樊灿星接着说道："我耗费了你们想象不到的代价在这个集团内潜伏，对他们的运行体系和方式有了一定的了解。你看到的这些人其实都是温道全。所谓的温道全，其实也叫话事人，类似于职业经理人。在他们的体系里，有一定的晋升通道。只要你为集团做出过足够多的贡献，就有可能成为温道全。当然，温道全只是在国内的叫法，在国外还有很多称呼，比如坠落天使、教父、亚当，甚至是撒旦。至于是谁在背后操控着这么庞大的盘口，我也很想知道。但是很可惜，他们隐藏得更深。"

第五章　计划

张昭听到这里，知道他们这次要对付的是什么人了。于是，他从口袋里拿出一张照片，放到了桌子上，问道："你见过这个女孩吗？"

照片上的人叫张慧，是他的亲妹妹。当年，其父张耀阳在当卧底时，在家中被人灭口。他妹妹下落不明。这些年，他一直在想办法寻找她的下落。一直到粉冰案，他才发现了一些线索。他知道，她的失踪一定和温道全有某些关系。但樊灿星看了一眼照片后，摇头道："对不起，我没见过。"

张昭知道，樊灿星一定有所隐瞒，但他依然追问道："那你的计划呢？"

"在C市的工厂出事之前，集团就已经有了放弃粉冰开发芬太尼的想法。只是那个时候，粉冰在国内外卖得都挺好。所以，并没有关停。但是，研发芬太尼的进度却一直没有停下。你们只要盯住那个酒店，就会发现，那是一张很大的网。我相信，这张网要是破裂了，温道全一定会来收拾这堆烂摊子。这就是一个机会。"

张昭抬头望着他，冷冷地问道："如果要是就这么简单，那你做这么多炸药干什么？"

樊灿星不以为然地说道："如果这次失败了，我死之前一定要把这个案子做成震惊中外的安全事件。到那个时候，我作为这个集团的一分子，你们一定会全力以赴地将这些幕后老板都挖掘出来。这个理由可以吗？"

张昭继续冷笑道："那你知道温道全是谁？"

樊灿星摇了摇头，说道："我要是知道他是谁，我干吗费尽周章搞这么大的动作。我也不确定他的身份，只有一个怀疑范围。难道你们不觉得，这个人对你们的渗透一直都很成功吗？马和尚、宁涛、任仁光、周彪这些人被杀，哪一次他不是都抢在你们前面动手？你们难道就从来没有怀疑过自己内部出现了问题？那么，这个人是不是和温道全之间有某种联系呢？"

张昭知道，他提供的方向是正确的。缉毒大队之前的行动多次被泄密，但是泄密源头却一直没找到，确实不能排除它和温道全之间有某种联系。不过，张昭也清楚，和樊灿星这种人合作，一定是与虎谋皮。于是，他决定试探一下樊灿星，说道："我相信你有这个勇气，但是我也必须把你抓捕归案。你是想体面点让我们带走，还是一会儿让我们队长把你带走？黄家定就是她抓的。"

樊灿星愣了一下，有些不可置信地问道："你重说一遍？你不怕我引爆炸药？"

张昭淡定地说道："那你炸吧。我死了，算是因公殉职，你也达到了恶名远扬的目的。动手吧。"

一时间，气氛极其紧张，两人都僵持在那里。张昭确定了自己的判断，樊灿星弄这些炸弹一定另有所图。

此时，樊灿星突然笑道："你还真是哥挺有意思的小伙子。我说了，在没有找到温道全之前，我是不会这样做的。另外，我只给你们十天的时间。如果你们挖不到酒店背后的秘密，我会直接送你们一个登上国际新闻头条的机会。还有一个善意的提醒，你们如果直接派人去端掉那里，会得不偿失。"

张昭回头看了一眼自习室内的人，然后问道："那你想过怎么离开这里吗？我是不会就这样让你离开的。"

樊灿星点头笑道："当然想过，因为找我的不止是你们。"

说完，他突然从口袋里掏出来一个塑料瓶，朝着张昭按下了开关。张昭都没反应过来，只觉得一股极其刺激的气味刺入了鼻腔，当下被呛得不停咳嗽，眼睛也火辣辣地疼，倒在地上爬都爬不起来，涕泗横流。就在此时，自习室外传来了两声巨响。他感到一阵地动山摇般的抖动，爆炸产生的气流和声音将自习室的玻璃尽数击碎。

此时，颜素正在自习室外跟江之永沟通情况，公园确实发现了炸弹。陡然两声巨响，让她猝不及防。她电话都没挂，便冲向自习室。混乱的人群随即扑向了大门。她被人流裹挟着，根本无法进入。此时，她眼睁睁地看着樊灿星从另外一扇门混迹在人群中出去了。她退出去追。结果，整个图书馆一片混乱。在人群拥挤下，她寸步难行，好不容易冲破了人群，樊灿星就已经进入了安全通道。她冲上去追赶。可一路下楼，她压根没有看到樊灿星的影子，不由得气得跺脚。

此时，大厅内一片混乱，几个从儿童图书室内跑出来的小孩被人群冲散，其中两个倒在了地上。她害怕慌不择路的人群发生踩踏事故，当即冲上去把两个小孩拖起来，拉到了墙边。七八分钟后，图书馆内才渐渐安静下来。小孩的父母惊慌失措地折返回来，找自己的孩子。颜素匆忙地去追樊灿星，但他早就跑得没影了。她这才想起来没见到张昭，赶忙回去找他。

此时的张昭痛不欲生。刚才，樊灿星突然动手。他没有一丝防备，被防狼喷雾喷了满脸。此时，他要多狼狈，就有多狼狈。在胡椒喷雾的刺激下，他感觉自己的脑袋都快要炸了。呼吸道犹如被烧红的铁条捅了进去，脸上的皮肤火辣辣地疼，尤其是眼睛，已经处于暂时失明的状态。颜素看到他后，吓了一跳，蹲下一看，就闻到了一股刺鼻的味道，当下就明白了是怎么一回事。于是，她直接将他背起，到卫生间用大量的清水冲洗了很久，张昭这才好了一些。不过，他脸上的皮肤都发生了水肿和溃烂，眼睛依旧睁不开。她知道，这种喷雾一般能够自行缓解。于是，他放下张昭朝楼下跑去，想看看有没有其他人伤亡。

到了院子里，颜素就看到停车场中央浓烟滚滚，估计那里就是爆炸点。万幸的是，停车场当时并没有人，只是停在那里的车全都损失惨重。樊灿星接连引爆了两枚炸弹，其威力确实不小。整个图书馆靠近停车场一侧的玻璃几乎都碎了。此时，惊慌失措的人群嘈杂声和汽车防盗的报警声让她茫然地站在那里，大脑一片空白。她知道樊灿星已经疯了，后悔刚才发现他的时候，没有果断采取行动，至少能避免眼前的景象发生。

几分钟后，大批增援抵达，开始维护现场秩序，疏散群众。医院的急救车也陆续抵达，运输伤员。魏长河等领导匆匆赶到了现场。颜素汇报完了情况后，一众领导的脸色都异常难看。因为像这种恶性恐怖袭击在 A 市的历史上是绝无仅有的，而且亚太峰会召开在即，在这个档口，出了这样的事情，反响可想而知。此时，排爆警察正在对图书馆内的每个角落进行巡查，以防止还有炸弹遗留。同时，江之永那边也在带人搜寻炸弹。偌大的迎泽公园仅凭樊灿星提供的照片就找出来三枚，至于还有没有，则是个未知数。

等现场清理完毕，魏长河来到图书馆内一侧的儿童阅读室内坐下。此时，天色渐晚。他看着里面一片狼藉，脸色沉了下来。秦儒等领导站在一侧，大气都不敢出。

颜素低着头说道："魏局，是我指挥失误。没有等增援抵达，也没有疏散群众……"

魏长河没等她说完，就摆摆手道："责任不在你，是我们没引起足够的重视。刚才，市委、市政府的领导都打电话过问这个案子。我的态度只有一个：但凡和今天这案子有关系的人，一个都不能放过。你们有什么问题？"

站在角落里的张昭小声地说道："魏局，我有问题。"

众人的目光立即都看向了他。张昭现在看上去十分狼狈，眼睛红肿得如同两个桃子，而且面部有些水肿。

魏长河看向他，沉吟一声，说道："你和颜素、秦儒留下，其他人先去忙吧。"

张昭此时还有些难受，嗓子有些不舒服。他沙哑地说道："樊灿星确实要找，但是他这次是有备而来，而且来势汹汹。我觉得，他绝非想要制造恐怖袭击这么简单。因为根据他的描述，这样威力的炸弹他定做了数千颗。当然，这个数字肯定有水分。他的目的一定不简单。根据他提供的信息，云峰酒店才应该是我们关注的重点。而我们眼下只剩下十天的时间，十天之后就是亚太企业家峰会召开的日子。他已经变相地告诉我们，如果我们在十天之内没有找到云峰酒店的秘密，他就会在峰会上作文章。魏局，留给我们的时间已经不多了。"

魏长河默默地点头，说道："张昭说的这一点，我是同意的。秦支，这个案子你负责协调。樊灿星虽然难找，但是不能不找。把颜素他们抽出来，专攻云峰酒店。既然是送上门来的线索，没有不办的道理。不过，我有一个要求，绝对不能再发生今天这样的状况。樊灿星的气焰越是嚣张，就越要打击。我们要利用他，而不能被他利用，同时还不能受他威胁。不管他想要做什么，和我们的目的是否一致，都不能纵容他。这是我们的底线。"

秦儒点头道："明白。"

等魏长河走后，所有人都陷入了沉默。一，现在他们的情况十分被动，樊灿星有多少人，到底想要干什么，都是未知数。从现在开始去追踪他的去向和他的人，需要耗费大量的警力。而且，对方极具反侦查意识，想要在一千多万人口的城市把他们找出来，难度可想而知。二，云峰酒店这颗雷不能点，但跟踪、侦查、搜集证据又需要一大批人去做。三，还要时时刻刻加强安检程序，这又需要耗费一批人力。大家都知道，这是一场恶仗。如果赢了，还好说，一旦有任何纰漏，后果将不堪设想。

秦儒点了一根烟，抽了几口，琢磨着下一步该如何进展。

此时，张昭打破沉默，说道："秦支，樊灿星今天去过的所有地方都需要做排爆侦查，尤其是茂业商场和那家医院。从图书馆的情况看，他做好了随时都和警察接触的准备。为了安全离开，我怀疑他在这些地方都安下了炸弹，以备在需要的时候制造混乱。"

秦儒疑惑地问道："你的意思是说，他一开始就想好了要见我们？"

"对，他今天主要有两个目的。首先，就是把云峰酒店的事情告诉我们。其次，他想和盘托出自己的计划，变相地请求我们的协助。如果我们今天失败了，没有找到他，或者没有找到酒店，他估计会一直循环下去，直到达到目的为止。因为从时间上看，他在每个地方都做过短暂停留，应该就是故意给我们留下寻找他的时间。不然，按照他作案后的时间轴看，他早就跑得没影了。"张昭解释道。

秦儒皱眉道："这人真是有病，他就不能写一封举报信吗，非要搞什么炸弹？"

张昭却说道："他这次势在必得，而我们又是关键的一环。他的主要目的还是在吸引温道全。所以，他不得不这么做。"

秦儒听完后，陷入了沉默。

第六章　卧底

距离图书馆的爆炸案已经过去了整整一天，秦儒在搜寻樊灿星的案子上，几乎没有任何有价值的线索。而颜素的专案组在对云峰酒店的侦查上，也是毫无进展。昨天一天，颜素他们对酒店的洗衣房进行了各种渗透侦查，并且对洗衣房的员工进行了背景调查，并没有看出来什么猫腻。最主要的是，他们没有发现制毒工厂的入口。如果那个隐藏的秘密空间是制毒工厂，总需要原料成片以及人员的进出通道才对。这让她有些莫名地恼火。

樊灿星跟张昭说，他们只有十天的时间，而现在只剩下九天了。当然，樊灿星并不是让他们端掉这个酒店，而是通过这个酒店的秘密挖掘出足够惊动温道全的案子。可一天过去了，他们连门都没找到，怎么让人不沮丧？现在，颜素都有些怀疑樊灿星的情报是不是有问题。

此时，江之永的声音从监听器内传来："没有异常。"

听到这里，颜素看向了张昭。昨天没有进展，是因为他们的渗透侦查怕引起对方的注意，所以在时间上都十分短暂。于是，晚上专案组讨论了一下，决定通过潜入的方式对洗衣房进行再次全面勘探侦查。和当地派出所沟通后，一位同志认识酒店的厨师长，颜素便决定让江之永混入后厨当配菜员，让他有更多的时间可以观察洗衣房的内部情况。结果，整整一个上午过去了，依旧是一无所获。

张昭也略微有些诧异。因为昨天他们让当地派出所以有人报案丢失物品为由拷贝了酒店的安防监控，对洗衣房以及外围进行了重点盘查。结果，也没有发现异常。既没有看到任何可疑人员出入，也没有看到大宗原材料以及出货的运输，能看到的只有每天大量的床单被罩被送进来清洗。至于洗衣液等消耗品，倒是有一些，但是那些消耗品的总量就算全部是毒品也没多少，和他们的预期相差甚远。

颜素问道："难道樊灿星提供的情报真的有问题？"

张昭摇了摇头道："他确实已经疯了，但是还没到精神不正常的地步。当然也有可能是我们的思维有些先入为主，以为那里一定是个制毒工厂。如果那个下面不是个制毒工厂，而是藏着别的什么东西呢？"

颜素皱眉道："见不得光的场所就那么几个，赌场、暗娼窝点，等等。可赌博和卖淫怎么可能比制毒来钱还多呢？你看他们这么穷尽心思，就为了藏一些赌客和小姐？这不是杀鸡用牛刀么？"

张昭想了想，说道："这样，我们还是从水电入手。哪怕下面真的是个暗娼窝点，总要用电用水。我不相信他们是神仙。联系下电力公司，看看他们附近的供电所在哪里。一般像这样的酒店属于二级负荷，通常有两回路供电。供电的变压器也有两台，从而保证发生电力故障时，能够不中断供电，或者迅速恢复供电。这样规模的酒店一定有工程部用电控管理，会有专门的高低压配电房。我们得进入配电房后，才能知道下面的猫腻。"

颜素当即明白了他的意思，马上联系电力公司。来回协调了二十多分钟，随后电力公司以配合峰会检修电路为由，告诉酒店发生一路断路，让他们做好准备。为了安全起见，他们供电所会派人去协调。又等了大概半个小时，供电所的人抵达。酒店前来接待的经理显然跟供电所的人比较熟，没有发现混迹在其中的张昭，让其十分顺利地抵达了配电房内。

在他们胡乱聊天的时候，张昭悄悄地在配电房内找到了酒店的总线图，果然看到洗衣房内有双供电直通系统。对于洗衣房这种无关紧要的地方，花了这么多钱，显然没什么必要。于是，他悄悄地用手机拍照，将洗衣房的供电开关位置告诉了江之永。另外一边的江之永趁着没有人注意，直接破坏了洗衣房的电力装置。

此时的张昭还在供电房内，洗衣房的的电力装置被破坏后，马上就有电话打到了后勤中心。后勤中心询问了配电室，张昭正好趁着这个借口，正大光明地跟着维修人员到了洗衣房外配电箱那里查看。维修人员以为是线材老化引发的短路，因为他能闻到一股焦糊味，便开始不停地发牢骚。说是洗衣房的电力负载一直很大云云，让他十分纳闷。在电工检查线路的时候，张昭也仔细地观察了一下，从配电箱内看不出什么异常。转念一想，对方这么处心积虑，怎么会让人轻易发现？如果能找到当时给酒店装修的工作人员，恐怕能搞清楚。但是，他们时间有限，恐怕已来不及。

正在无计可施的时候，电工点了一根烟抽了起来。因为酒店天花板都装有防火系统，所以他推开了走廊上的窗户。一股冷风吹了进来，让张昭的精神一振。此时，屋子里外因气温不同产生了气压差，张昭看到电工嘴边散发出的烟雾迅速被抽到了窗户外。飘袅的烟雾本应立刻散掉，他却看到这股烟雾被另外一股力量抽吸着，迅速向上飘飞。他当即将身体探出了窗户，然后就看到在窗外有一个不小的换气风道此时正在嗡嗡作响。而且，通风口的上方竟然挂着三个监控探头。

张昭迅速回到指挥车内，跟颜素简单地汇报了一下情况。杜馨笙提议用迷你机器人探测器进行勘查。颜素没见过这种东西，不过知道是一种小型无人机。四十多分钟后，技侦的兄弟将机器人送了过来。颜素给附近的派出所打电话，说出风口那里有监控。为了不引起对方的注意，要想办法让杜馨笙进入他们的安防系统，把这几个监控的画面静止。派出所的同志很快抵达，他们随便找了点借口，便进入酒店的保卫室内调取监控，而杜馨笙则混在他们中间，开始进入他们的安防监控，寻找了这三个探头的位置。

一切就绪之后，杜馨笙给颜素发了一个信号。技侦人员将机器人送到了那个有三个探头的出风口。颜素此时在指挥车内观看机器人传回来的视频。果然，从出风口进去，马上出现了一个通向地下的通道，而且没有岔路。顺着这个通道前进，不到两分钟就出现了一个出口，只不过出口位置有整流罩，机器人无法进入那个秘密空间。而隔着整流罩观察，下面并不是他们想象的制毒工厂，而是由一排又一排整齐的服务器机柜组成的机房。

这个结果让他们都有些诧异。这个机房藏得如此隐蔽，显然不可能是酒店的服务器机房。因为杜馨笙现在就在酒店的安保室内，酒店的服务器机房就在安保室的隔壁。颜素把照片发给了杜馨笙，她看了一眼后，给她回复，看看能不能进入这个秘密机房。结果，她在酒店的服务器中无法找到这个机房的任何IP。显然，这个隐蔽的机房和酒店的服务器是分开的。不过，这并不是什么难事，只要它用外网，就绕不开国内的三大运营商，除非他们的这个隐蔽机房是一个局域网。于是，杜馨笙给安保室的几台电脑都悄无声息地留下了后台程序，然后离开了这里。

杜馨笙回到了颜素的车上，此时张昭他们也都撤了回来。杜馨笙简单地说明了一下情况，想要破解这个秘密的服务器很并不难，难的是要做到不留痕迹。而且她看了照片，根据她的经验，这隐秘的机房规模不小，布置得也十分专业，一般当作大型网站的服务器使用。

颜素听完后，问道："如果想要破解它，需要多长时间？"

杜馨笙回道："这种规模的服务器机房，单凭一个人寻找它的漏洞很困难。现在网站的安全防护都比较成熟，具体还要黑进去试一试才知道。而且，单凭我一个人是办不到的，不过我倒是认识一些朋友，他们一定有办法。麻烦的是，动用他们会有风险。"

颜素心领神会，她说的那些朋友可能是黑客或者白客。但是，他们不是警察，除了有泄密的可能，还有其他程序上的麻烦。坐在车里喝水的张昭却说道："如果我猜得没错，下面的机房一定是个暗网的服务器机房，也就是温道全他们团伙一直使用的交易平台。樊灿星这次送的礼确实不小。我们一直以为这个服务器在国外，没想到就在我们眼皮底下。如果能黑入对方服务器，说不定能找到粉冰的所有销售渠道和涉案人员。看来，这次樊灿星的目的是要颠覆这个团伙在国内的势力。"

第七章　陈珂

　　颜素在车站等着接人。他们的人已经全部从云峰酒店撤了回来，因为那里并不是制毒工厂，盯梢已经没了意义。酒店的负责人和投资人才是他们接下来关注的重点。而这种类型的案子，对于她这样的传统警察来说，感觉像是老牛撵兔子，根本使不上劲。她对电脑的认知还停留在有问题就重启的阶段。这是她第一次感觉自己好像很快就要被这个社会淘汰了。

　　杜馨笙正坐在一旁打游戏。这丫头只要抱着电子产品，精力似乎就是无限的。颜素看了一眼手表，车马上就到，于是八卦地问道："这陈珂是什么来头啊？"

　　杜馨笙漫不经心地回道："他啊，在网络安全保卫局工作。他是我见过的数一数二的大能人。"

　　正说着，杜馨笙便朝着远处挥挥手喊道："陈珂师哥，这里。"

　　颜素一眼就看到远处人群中有一个身材高挑、一脸英气的年轻人朝着杜馨笙挥手。颜素心里颇为诧异，没想到陈珂还挺帅的。一见面，杜馨笙简单地自我介绍了一下。握手后，寒暄了两句，颜素带他们上了车，然后直奔市局。到了专案组的办公室后，陈珂就问道："张哑巴呢？怎么没见他？太不像话了，一点待客之道也没有。你不是说，是他求我来的吗？"

　　杜馨笙尴尬地一笑，赶忙给颜素打眼色求援。颜素一看，大概猜出了这里面的猫腻，赶忙解围道："咱们先办案子，张昭一会儿就来。"

　　杜馨笙赶忙把电脑拿过来，放在了桌子上。陈珂倒是也没再计较，打开行李箱后，从里面拿出来两台笔记本电脑开始工作。过了三个多小时，他揉了揉眼睛说道："这个服务器基站的安全等级很高，我刚才试探了一下，马上就被阻击回来。不过，我倒是黑入了他们的安防系统。带你们来开开眼界，看看这基站的全貌。"说完，他敲入一行代码后，显示器当即出现了监控画面。

监控一共有三十二个探头，遍布整个机房的所有角落。机房内并没有人，但是能够隔着屏幕听到里面服务器发出的低噪声。陈珂说道："这个机房构建得很合理，散热、除尘、除湿技术都有。为了减少噪音的干扰，你们看他们的墙壁都选用了隔音夹层。"

此时，颜素看到有三四个机器人在里面活动，负责对服务器进行简单维护。

陈珂解释道："这是为了减少人进去带入的干扰。当然，机器人不用吃喝，也不用频繁进出机房，可以二十四小时执勤，能降低机房的维护成本和暴露的风险。花这么多钱构建这样一个基站，里面肯定有很大的秘密。"

颜素一直在监控上找门的位置，毕竟再高科技的机房，按照人类现在的技术，还无法让机器人取代人类的所有工作。可是，她找了半天也没找到入口，于是求助道："这机房的入口呢？"

陈珂把另外一台电脑拿了过来，按下回车键后，又出现了四个监控画面。颜素看到监控里是一个狭长的通道，有三道门禁。最后一道门禁外是更衣室，更衣室外的监控是地下车库的一个不起眼的角落。

颜素突然想起，他们到过这个地方，那里有一个存放消防设备的小仓库。当时，她和消防队的人都进去看过，没有发现什么异常。现在看来，应该是那个仓库有一个隐蔽的电动门，和仓库的墙壁伪装成了一体。这种案子，颜素接触得很少，一时间有些不知所措。

陈珂显然看出了她的心思，他不露声色地说道："对于服务器基站来说，其中的核心就是数据库的内容。数据库有大量的用户信息和他们网站内部的活动记录。比如，交易信息等。通过我们对一些深网的打击经验来看，利用这些信息往往能找到对方的犯罪证据和位置。但是，大部分暗网服务器都架设在国外，主要是为了逃避打击。而且，互联网本身也是从国外兴起的。像这样建在内地的机房，说实话，我也是第一次见到。而这样的基站本身就是为了方便某些团伙在国内从事犯罪活动使用。只是眼下想要破解这个服务器的数据库，恐怕得想点别的办法了。"

早在去年打击粉冰的时候，颜素他们就发现这些人利用电子货币交易，而且都是从某个特定的网址来订货。这个网站他们已经找了很久，但是主观上一直以为服务器在国外，而且每次打击之后，他们很快又卷土重来。他们也试图破解这个网站，挖掘他们的核心数据。不过，其过程并不顺利，而且对方频繁地更换地址，让他们的多次打击都没有奏效。

陈珂接着说道："我们从远端想黑入他们的数据库，需要通过层层防火墙。一般像这样的机房架构，显然他们是找专业的人来做的，并不是那么容易就能被黑入。而且，还要对抗他们的反追踪，一不留意还会被他们反黑。如果我们能想办法进入这个基站，切断他们的外部维护，把基站孤立出来，然后我们就可以轻松地绕过那些外围防御手段，从核心黑入的成功率比较大。以往我们没这个条件，因为根本不知道他们的服务器在哪里。而现在，我们有这个优势。"

颜素听完，内心有些犹豫。她当然知道，陈珂的办法是稳妥的，却也有极大的暴露风险。毕竟，送一个人进入机房要比送一架无人机复杂多了。她担心万一暴露后，会打草惊蛇。对方如果马上删掉了服务器的数据丢车保帅，那么这次行动就失败了。至于酒店的法人和投资人到底能吐出多少东西，这也是个未知数。眼下这个机房藏着巨大的秘密，必须慎重一些，因为她心怀野望，想从这个机房钓出大鱼。

此时，张昭走了进来。看到陈珂后，他的表情略显别扭。张昭将一份报告放到了颜素桌子上，说道："从公园找到的炸弹分析已经出来了，成分确实和樊灿星说的一样，其爆炸的威力惊人。这是一种复合炸药，是经过专业的人调配的。从图书馆找到的引爆装置残片来看，那也是专业人士制作的。而且，从图书馆的监控里，我们并没找到樊灿星投放炸药的痕迹。不过，倒是从图书馆前几天的监控里，我们发现了三四个可疑的人，目前还没有实时性的进展。这几个人的身份还在确认中。"

颜素悬着的心稍微轻松了一些，只要能找到人，这个案子还有转机。可眼下留给他们的时间却不多了。樊灿星的要求是十天，如今已经过去了三天。现在基本明确，樊灿星也在盯着这个数据库。如此一来，似乎所有的事情都能解释通了。

第八章　断网行动

经过两个小时的商讨，颜素他们制订了一个详尽的计划。和电信部门沟通后，他们了解了酒店的网络搭建情况。然后，他们让运营商下午通知酒店，说附近路段在搞城市改造，要在凌晨之后断网。为了演得逼真一些，秦儒专门让城建局在酒店附近的几个地方搭建起了围栏，弄出了一幅真要施工的景象。为了安全起见，秦儒申请到了信号屏蔽车，打算在凌晨之后对酒店周围的无线网络也一并屏蔽。江之永已经再次回到酒店的后厨，去观察酒店的动向，发现并无异常情况。秦儒随后又与治安支队沟通了一下，打算在晚上十点左右搞一次扫黄行动，并且专门让附近的派出所透露风声来麻痹酒店。这样，方便浑水摸鱼。

扫黄行动结束后，已经是凌晨。此时，云峰酒店已经断掉外网，信号屏蔽车也将附近的所有手机信号屏蔽。在扫黄开始前，杜馨笙就带着陈珂潜伏进了地下车库。等派出所的民警撤走后，两人从车上下来，然后迅速地找到了机房入口。在江之永的带领下，他们抵达了掩护机房的仓库外。这个仓库上了一把铁锁，江之永用发卡打开后，三人进入了房间。

杜馨笙看他开锁的动作一气呵成，就好奇地问道："抠门江，你这开锁的动作很熟练啊，跟谁学的？"

江之永笑道："这是那年办保险柜失窃案的时候，跟那个案子的嫌疑人在看守所学的。别说，他这溜门撬锁的手艺是真不错。"

杜馨笙听完后，直皱眉。

陈珂已经劫持了机房的监控，所以对方在监控里是看不到他们三个人的。然后，他通过远程控制侵入了门禁系统。"咔嚓"一声后，墙面缓缓开启，露出了一道缝隙。三个人推开气密门后，看到了更衣室。他们戴上鞋套，继续破解对方门禁。这些安防系统，陈珂已经研究了一下午，没花多少时间就顺利进入了。

杜馨笙进入机房后，第一次才切实感受到里面的规模。此时，机房内只有服务器运行的低噪声和风扇声。她掏出电脑，给陈珂打下手。因为断开了外网，这个服务器现在完全成了一个局域网。这样一来，对方的维护人员无法及时地发现并且防守，这给他们争取了大量的时间直攻数据库。陈珂将五六个笔记本依次摆开，插入网线后，开始寻找漏洞，只要用漏洞直接绕过对方的密码账户，便可以进入系统的硬盘内。

十几分钟后，陈珂的面色一喜，随后又变得凝重起来，他皱眉道："构架这服务器的人竟然做了假系统来迷惑我们。好在我有强迫症，不然还上当了。"说完，他就盘膝而坐，对着电脑不停地敲代码。杜馨笙知道，任何系统都谈不上天衣无缝，毕竟它们是人类开发出来的东西。不过，寻找漏洞这本事，得需要很多经验才行。在黑白客圈内，靠系统漏洞卖钱的人多得数不胜数，而陈珂师兄自然也是其中的佼佼者。在他上学那会儿，就有很多大型互联网公司来挖他。不过，他都没有去。

此时，陈珂好像是遇到了难题。江之永不懂这些，便守在一旁放风。这次的办案过程感觉有些像间谍战，想想还觉得挺刺激的。按照他们的计划，必须在凌晨四点之前撤离。因为到了四点，必须恢复网络通信，这是酒店和电信供应商达成的协议。如果时间太长，可能会引起对方的怀疑。现在，光纤维修也不是什么高技术工作，并不需要多长时间。杜馨笙看了一眼手表，此时已经是凌晨两点多，还剩下不到两个小时，心里暗暗为陈珂着急。

就在这时，江之永看到监控里有一个人径直走到了仓库门外。他立即给里面的人打了一个呼哨。杜馨笙过来一看，认得这个人。他是云峰酒店的总经理，名叫鲁向坤。这两天，他们已经把酒店管理层的底细给摸了一个清楚。云峰酒店的法人兼董事长名叫王光才，百分之百控股。鲁向坤在酒店成立初期就跟着他了。很显然，两人都是涉案的核心嫌疑人。凌晨两点左右来到这里，他显然是对断网的事情并不放心。

　　颜素在商讨计划的时候，就想过可能会发生各种意外。为了给陈珂留够时间，他们在停车场还准备了应急小组。当鲁向坤刚准备打开仓库大门的时候，突然听到有人在争吵。紧接着，在他左手边的一辆车上下来一男一女，两人互相破口大骂。男的大大出手，女的一边跑一边哭，趁势躲到了鲁向坤身边。男的不依不饶，女的则哭着说道："我就知道你找了小三，今天居然被我抓了个正着。你还敢打我？我已经报警了。"

　　鲁向坤并不想管他们的闲事，结果两人却僵持在这里，他也没办法进入仓库。一听到说报警了，更不想趟这趟浑水，于是就转身离开了。看着他上了电梯，指挥车内的颜素长松了一口气。

　　十几分钟后，110进入了仓库。随后，他们在现场了解情况，拖延时间。他们准备了多套预案。如果鲁向坤执意要进入仓库，就对他进行现场抓捕。这样，能一定程度地减小暴露风险。如今看，暂时不用了。颜素看了一眼手机，现在已经快三点了，心里暗暗地开始焦急起来。

　　在机房内的陈珂席地而坐，几台笔记本都在运行着。此时，他突然伸了一个懒腰，说道："今天运气不错，开始拷贝他们的数据库。"当即，电脑上出现了一个进度条。大概过了半个小时，陈珂起身道："数据库已经拷贝完了。我们走。"

　　杜馨笙他们马上开始收拾东西，然后将地上的痕迹抹去。顺着门禁出来后，立刻上车。此时，地下车库的电梯亮起，鲁向坤再次来到了仓库外，检查了一下，看四周没有人，就悄悄地进去了。

　　躲在车内的众人，都微微松了一口气。陈珂看着监控里的鲁向坤在机房转了一圈后，就从仓库出来了，然后乘坐电梯上楼去了。此时，网络和手机信号已经恢复。陈珂马上看到有人在对服务器进行查询，当即把后台关掉，并对杜馨笙说道："可以走了。"随后，他们乘坐的商务车从地下室出来，一行人马上回到了市局。

一夜未眠，大家都身心疲惫。颜素让众人上午休息，下午开始对数据进行整理，看看能挖到什么有价值的东西。吃过午饭，组内成员不约而同地聚集在了会议室。伴随着对数据的梳理，一个隐藏在地下的犯罪交易通道渐渐呈现出来。

陈珂一脸兴奋地说道："这次算是钓到大鱼了，因为时间有限，我只能拷贝出来他们的用户数据和交易记录。这样规模的数据库，如果把其他的数据全部拷贝出来，估计要数周才能完成。而这些用户数据，对我们都有帮助。"

颜素对张昭说道："那天你说，樊灿星的计划是要等这张网破裂，然后把温道全骗回国。只是这么大的一张网，里面的人有无数。你看看这些访问 IP 多达数万个，而我们只剩下几天时间，如何能把这张网给收掉呢？"

张昭说道："关键并不是收网，而是逼温道全现身。我们现在要做的是把访问量最高的 IP 统计一下，然后锁定这些人的位置。把能抓捕的尽数抓捕，能找到的尽量找到。要用雷霆手段对所知嫌疑人进行最大规模的打击。这样应该会引起温道全的注意。我想，这也是樊灿星的想法。他的那些炸弹也不完全是给我们准备的。当我们把温道全逼回来后，他便可以全力一击，这样就能达到他的目的。可我还是有个疑问：如果我是温道全，明知道这是一个圈套，我为什么还要回来？所谓，忍一时风平浪静，退一步海阔天空。我干脆看着警方和樊灿星斗得死去活来，不好吗？最后，肯定是以樊灿星的失败告终。至于造成的损失，反正我有的是钱，留得青山在，不愁没柴烧。那么，樊灿星何以笃定温道全一定会现身呢？"

陈珂不以为然道："他不是笃定温道全会现身，而是他知道温道全在哪里。我觉得，他的目的未必有你们想的那么复杂。首先，这个机房虽然说防护等级高，易守难攻，但是我们能攻破，樊灿星未必没有能力攻破。他把这些数据交给我们，明显是在借刀杀人，因为他没有能力对付这么多人。"

颜素知道，樊灿星是悬在他们头顶的达摩克利斯之剑。虽然看上去，他们的目的相同，但是他的所作所为都是违法的，而且涉及公共安全。这样的危险分子无论想做什么，都绝不能让他得逞。于是，她起身道："我去找秦支商量。"

第二天早上九点左右，市局的会议室内气氛凝重。陈珂的数据已经整理完成，专案组以及几位领导都来听取汇报。当一组组数据出现在屏幕上的时候，大家的内心既震撼也惊喜。震撼的是，没想到这个地下的犯罪交易平台如此庞大；而惊喜的是，他们没想到会以这种方式获取了这些有价值的线索。经过大数据的计算，这个网络几乎覆盖了全国多半的区域。

而让他们触目惊心的是，整个 S 省是个重灾区。交易记录显示，大笔的资金最后都流向了 S 省这边，可见 S 省是发源地。陈珂用红点标记的方式将这些 IP 出现的分布区域投射在公屏上，其中在 A 市、C 市以及 H 市，有频繁访问的记录。而他们端掉的两个制毒工厂也赫然在列。接下来，陈珂将登录 IP 的人也都投射在了公屏上。全国有一百七十多个账户，因为现在要求实名制上网，所以他们的身份信息很快开始出现在屏幕上。当然，不排除会有人借用别人的身份证登入，但这些都是极其重要的线索，而且登录地点也十分重要。

颜素注意到，今天在座的领导除了市局魏长河和秦儒以外，其余的领导他只认识陆广，而陆广陪同的领导级别看上去很高。显然，他们的发现引起了上面的高度重视。事实上，这张网仅凭市局是无法在短期内收网成功的，好在他们并不孤独，有全国的公安系统给他们做靠山。打赢这一仗，只是时间问题。案情汇报完毕后，送走了省厅的领导，魏长河和秦儒回到了会议室。接下来，就是部署和侦查的细节，会议一直持续到了下午。

整个收网过程估计要持续数天，因为要抓的人实在太多了。此外，这是一次大型集体行动，要求多地警方协同作战，以免走漏风声，出现漏网之鱼。省厅将这次行动命名为"断剑行动"。先期的侦查工作已经在陈珂的帮助下同步进行，众多嫌疑人的身份还需要逐步确认，整个行动千头万绪，都需要耗费大量的警力去侦查和落实。单单在 A 市，他们要侦查的地方就有四五处，难怪樊灿星会把这个消息送给警方，因为他也清楚，凭借他的本事，没有国家机器的干预，根本无法将这个网络彻底地覆灭。让颜素他们没有想到的是，这样的网络竟然已经存在了数年，他们以前打掉的不过是冰山一角。

而当大家忙得团团转的时候，颜素的专案组却没有参与这个行动。秦儒的意思是，让他们继续寻找樊灿星，所谓好钢要用在刀刃上。樊灿星一直没有任何动静，这让颜素他们感到十分不安。对樊灿星的追踪，他们从来没有停过。这几天，当大家在忙"断剑行动"的时候，他们一遍又一遍去查看监控，比对出入境人口，试图从这些信息中找到樊灿星的下落。

按照警方推断，图书馆的炸弹应该不是提前安装的。因为对爆炸现场的勘验显示，爆炸的爆点和爆心来源于停车场的两辆车的底盘。从现场提取出来的爆炸残留物中，他们分析出黏合物以及磁铁的成分和碎片。而警方对这两辆车进行了调查，车主并非图书馆的员工，而是读者。他们也不是提前规划好要来图书馆，而是临时起意来查点资料。也就是说，炸弹没有办法提前安装，而是爆炸当天才被安装到车上的。秦儒这段时间已经做了大量的工作，也确实发现了嫌疑人。可惜的是，现在是冬天，他们穿得比较厚，而且也有意进行了遮挡，警方无法获取他们的脸部信息。从附近的监控里，他们也没看到嫌疑人撤离的轨迹。想必他们是提前有所准备。至于樊灿星的撤离路线，警方最后追踪到了图书馆外的交通监控，之后就没线索了。

杜馨笙和张昭又重新了检查之前的监控，嫌疑人的行动没有暴露，说明他们一定提前踩过点，做过详细的策划。可惜的是，他们选择的地方都是人流量比较大的公共区域，监控里也没有找到他们踩点的信息。这变相地说明，樊灿星的同伙人数很多，一时间让张昭他们一筹莫展。

张昭心事重重地进来，显得十分疲惫。颜素知道，爆炸现场的勘验对于勘验组和理化组的工作人员来说，就是一场灾难。而且，在爆炸后的现场，他们基本提取不到什么有用的线索。不过，能利用的物品和痕迹倒是很多。

她心怀侥幸地问道："现场有什么线索没有？"

杜馨笙此时给张昭递过来一杯水，他一饮而尽后说道："通过对爆炸残留物的搜寻，能看出来其和送到市局的炸弹如出一辙。樊灿星说，这是他在美国找人制作的，这一点应该不假，因为这些军管炸药很难在国内找到。想通过炸药和制作人来寻找他们，恐怕不太现实。不过，我们也有一个发现。"说完，他把手机拿了出来，把照片发到了专案组的微信群里。

颜素一看，这是一截电子引爆装置的剩余物，能够看到一些电线和电路板残片。

张昭解释道："一般炸弹有三个组成部分，炸药、起爆器材和发火组件。炸药虽然是在国外配置的，但是这些炸弹的起爆器材和发火组件则大不相同。尤其是这颗炸弹，你们看到的图片上的线缆和电路板来自发射接收模块。我们在图书馆的爆炸残片中也发现了这种材料。经过比对规格和化验成分，我们证实它们来自同一个生产商。这是一种无线电遥控器的一部分，和对拷型遥控器配对，常见于电动门卷闸门的遥感装置。而这个电路板就是常见的发射接收模块 SR9915。另外，炸弹的起爆器材上动平衡来自一种儿童平衡球玩具的配件，震动传感反馈装置来自一款游戏手柄。

"我这段时间一直在寻找它们的生产厂家，动平衡和震动传感还没有找到，但是发射接收模块的生产厂家却找到了。虽然电路板上他们故意没有标注厂商和编号，但是芯片上有供应商的信息。通过芯片批号，我找到了这个遥感接收器的生产厂家。这个电子厂位于南方，我让秦支委托当地派出所协查了一下。回来的路上，他们发给我了调查结果。这批信号接收器是专门定做的，之所以定做，是因为无线电遥控常用的载波频率为 315mHz 或者 433mHz，遥控器使用的是国家规定的开放频段。在这一频段内，发射功率小于 10mW、覆盖范围小于 100m 或不超过本单位范围的，可以不必经过'无线电管理委员会'审批而自由使用。我国的开放频段规定为 315mHz，而欧美等国家规定为 433mHz。

但是，这些波段能够被屏蔽装置屏蔽掉。为了确保能够在屏蔽装置下使用，他们定制了非法波段信号接收器。目前，这个电子厂正在接受调查。

"对电子厂负责人的审讯得知，这批接收器他们一共制作了三百个。制作完成后，通过物流快递到了我们市。而且，我找到了他们的交易记录和打款账号，以及收货人地址、电话和姓名。所以，我现在判断，炸药虽然是在国外购买的，但是一定在国内组装完成的。这个收货人和银行打款记录以及电话，是极其重要的线索。"

颜素一听，当即兴奋地喊道："你果然从来不让人失望，那还等什么？我们现在就去查这个人的下落，然后顺藤摸瓜，直接将他一锅端了。"

张昭却拦住了她，说道："你冷静点。樊灿星这次是有备而来，这些细节他不可能不注意。即使查到这个人，也有可能查不到什么有用的信息。我们目前要做的并不是找到樊灿星，他一个人干不出来什么惊天动地的大事。我们的当务之急是找到他的同伙和那些炸弹。从电路板上这条线去找，最多只能找到炸弹。目前看来，这些炸弹应该已经制作完成，很有可能已经分发到了那些同伙手里。"

颜素一听，瞬间冷静了下来。她看着张昭说道："我们确实得制订一个计划，然后扳回这一局。"

张昭点头道："这才是正经事。"

第九章　抓捕行动

凌晨三点，颜素被江之永叫醒。她伸了一个懒腰，打着哈欠，从被子里爬出来。此时，他们位于城中村的一家小旅馆里。从这个房间的窗户，他们能够观察到对面街上的一栋楼房。那栋楼房一共有两层，下面是一个家电维修的小门面，楼上应该是供人居住的。根据张昭提供的收货人姓名以及手机号可知，对方名叫王根发，但是警方没有查到这个人的信息，因为叫王根发的整个 A 市有 700 多人，还没算上已经过世的人。收货地址是 A 市郊区的一个小区，不过大部分物流都不送货，需要上门自提。经过对物流公司的走访，这批货确实也是自提的。所以，收货地址也没有太大的帮助。对手机号的查询显示，机主叫顾长顺。警方从电信部门拿到个人信息后，在户籍系统上查了一下，三年前已经去世了。万幸的是，警方从物流公司的监控里找到了当时提货的人和他开的一辆皮卡。

随后，警方从车管所调取了这辆皮卡的信息。车主名叫赵文辉，是顾长顺的外孙，就住在面前这栋二层自建房里。这个赵文辉今年 31 岁，经营着一家家电维修门面。当地派出所给出的信息是，赵文辉并没有制作炸弹的经验。而批量制造这么多炸弹，且大多采用二元或者三元引爆装置，结构复杂，加之组装危险性高，没有制作经验的人是无法完成的。他们想从赵文辉身上挖一下，看看能否找到什么线索。

颜素拿起望远镜看了一眼，赵文辉的皮卡停在了他的门市前。他下车打开卷闸门，随后皮卡上下来了三个人，正在从门市里往外搬东西——一共三个箱子，看上去很沉。

江之永问道："抓不抓？"

颜素摇了摇头道："看看他们去哪里。放长线，钓大鱼。"

"断剑行动"在找到赵文辉的下落后已经展开，这几天全国范围的抓捕已经陆陆续续在执行。云峰酒店内暗藏的服务器在昨天下午被陈珂带人全面查收。云峰酒店的相关负责人已经落网，目前还没有审出来什么有用的东西。樊灿星是冲着温道全来的，如今温道全手下的这个组织遭受到大规模的打击，樊灿星的人肯定会伺机而动。他们等这个机会已经很久了。作为警方，温道全是送上门来的线索，没有不清理的理由。他想利用警方来打击温道全，警方自然也不会放过他。如今，警方对温道全展开了攻势，樊灿星也一定会有相应的动作。

两分钟后，皮卡车出发了，而跟踪小组早就在村子外严阵以待。等皮卡驶离了城中村，一辆伪装的出租车便紧随其后。颜素此时发现赵文辉并没有走，而且卷闸门也没有放下来。他站在门前抽烟，左顾右盼的，似乎在等什么人。五六分钟后，一辆小轿车停在了他的门市前。车上下来了两个人，进去搬了一箱东西上车。随后，赵文辉拉下了卷闸，跟他们一起乘车离开。

颜素等车走远后，对着对讲机说道："行动！"

随即，从不远处的一家旅馆出来三个人，他们并没有马上进入门市，而是在外面等待。此时，另外一个宾馆内的陈珂正在劫持对方门市的监控。几分钟后，他说道："可以了。"

当即，那三个人直接打开了卷闸门，悄悄地进入了里面。传回来的视频显示，这三个人正在门市内搜寻着什么。随后，他们小心翼翼地到了后院。果然，后院的车棚里出现了那些用来包装信号发射器的纸箱。随即，这三个人分开，其中一个人摸上了二楼，另外一个在门市里寻找，剩下的那个人在后院搜寻。

二楼的人上去后，打着手电看到一个卧室的桌子上摆着凌乱的发射器零件和一些改装工具。颜素看到这些之后，判断这里应该是他们的组装地之一。本来以为能在这里逮一条大鱼，抓到他们的炸弹组装人，现在看来他们还有别的组装地。外围追踪的两组人此时已经开始轮换。为了不引起他们注意，指挥中心正在调派其他人员跟踪。颜素和江之永两人也开车在路上机动等待。

那辆皮卡不停地在路上兜圈子。这是一种反侦查手段，通过绕路来判断有没有人跟踪他们。而那辆轿车倒是挺利索，在高架上兜了两圈后直奔绕城高速。当轿车上了高速后，那辆皮卡也从南边上了绕城高速，两者方向却是完全相反的。一个半小时后，皮卡抵达杏花岭区丈子头村的一个修车铺外停下。而轿车则一路到了小店区衡水村外一家小饭店的院子里。因为这两个地方有独院，所以警方无法跟进去查看。这两个地方所处位置都十分偏僻，而且大门紧闭，看上去也不做买卖。

颜素派人在四周走访得知，那家修车铺三年前就关停了，最近这一个月才看到院子里有人进出。那家饭店生意一直不怎么好，一年前转让。后来，有人接手了，但一直处于装修状态，整天锁着大门。而且，里面养着两条狼狗，村民也没进去过，也不清楚里面的情况。颜素判断，这两个地方应该就是樊灿星同伙的落脚点了。

颜素经过先期侦查后，请示了秦儒。增援的警察在三公里以外的地方隐藏起来，都在等秦儒一声令下，然后开始抓捕行动。这里的抓捕尤为重要，也十分危险。毕竟，可能有三百多颗炸弹存放在里面。任何意外引发爆炸，后果都不堪设想。

颜素带着人顺利地翻入了饭店的后院。院子里的两条狼狗见生人进来，不停狂吠。颜素他们早有准备，直接掏出来两根火腿肠扔到了地上。两条狗去争夺火腿肠，远远地跑开了。

颜素他们趁机进入了饭店。只见里面一片狼藉，地上凌乱地摆放着一些铺盖，看上去有人在这里生活的痕迹。抓捕组的人迅速分成三组，两组人上楼，剩下的人开始在一层搜寻起来。当他们踹开厨房大门时，颜素看到赵文辉和一个五十多岁的中年人正趴在桌子上制作炸弹。两个人都诧异地看着颜素他们，还没等他们反应过来，就被颜素的人直接按在了地上。随后，他们在厨房的储藏室里看到了密密麻麻的一百多颗已经制作完成的炸弹。

江之永的抓捕行动显然没这么顺利。这家修车铺位于一个农贸市场的边上，而这个农贸市场是 A 市最大的鲜蔬供应基地。虽然是到了这个点，但街道上都是运输蔬菜的货车，人潮涌动，车水马龙。抓捕之前，从修车铺里突然出来两个人。其中一个人，江之永通过身形和步伐判断，确定他就是参与图书馆爆炸案的嫌疑人之一。这两个人出来后，直奔附近的一家小饭馆，显然是到了饭点。

此时，秦儒的抓捕命令已经下达，刻不容缓。看样子，这两个人应该没有携带武器。江之永当机立断，马上抓捕。他带人直接进入饭馆，在对方还没反应过来之前，七八个人一拥而上，直接将他们按在了地上。另外一组人翻墙进入了修车厂后院，没想到那里有人在抽烟，直接暴露。那个人惊慌失措地跑回后院的房间，对着墙头连放数枪。好在他枪法并不好，没有伤到人。但是，先期翻墙进来的两个警察却被孤立了起来。

江之永闻讯后，赶回现场，特警队马上开始强攻。他们破开大门后，二十多人相互掩护，进入了修车场的后院。当即遇到了对方的阻击，两方随即发生了交火。这个时候，就听到里面的人喊道："我这里有很多炸弹，你们不想外面的人跟着陪葬，就马上都给我退出去。不然，我现在就引燃炸弹！"

江之永最担心的事情还是发生了。一旦发生对峙，一是有可能泄露信息，让其他地方的抓捕失利；二是距离这里一墙之隔就是街道，此时外面车水马龙，一旦发生爆炸，后果不堪设想。负责抓捕的特警队组长问道："现在怎么办？"

江之永看了一眼现场的情况，果断说道："强攻。"

组长有些疑惑，毕竟这里有不少炸弹，如果他真的引爆炸弹，不只是他们，外面的群众也要遭遇致命危险。江之永知道他的担忧，当即说道："我听张昭说过，这些躲在背后引爆炸弹的人，多半都是胆小鬼。他们没有足够的自信在肉体上和你对抗，所以才选择这种方式作案。我赌他根本不敢引爆炸弹。"

组长听完也不多说，他不是现场指挥，而且也没有更好的办法。江之永分出去一部分人，疏散附近的群众。十几分钟后，群众到了安全范围，强攻开始。他处理过这种紧急事件后，就明白了一个道理：一定不要跟他们谈判。当即，他开始布置抓捕，后面的人将防弹车开进来，他们在防弹车的掩护下开始前进。每个人都知道自己命悬一线，一旦对方引爆炸弹，这么近的距离，即便没有被碎片击中，强大的冲击波也能把他们震死。等向前推进了十几米，屋子里的人看子弹没有用，当即喊道："你们要是再靠近，我就引爆炸弹。"

江之永根本不理他，继续向前推进。等到了攻击范围，几枚催泪瓦斯直接透过窗户砸进了对方的房间内。滚滚的浓雾刚冒了出来，特警队的人直接破开大门冲了进去。然后，就把里面已经被催泪瓦斯折磨得痛不欲生的嫌疑人拖了出来。结果，房间内根本没有发现炸弹，而他身上也没有引爆装置。随后，他们对修车厂进行了地毯式的搜查。在东南角的一个地窖内，他们发现了二十多枚还没组装完成的炸弹。经过对嫌疑犯预审得知，这里制作完成的炸弹已经被人带走了。

第十章　失败的行动

预审大队对赵文辉他们展开了突击审讯。制造炸弹的是个泰国人，他知道的并不多，但是他交代，他已经制造完成的炸弹有三百多枚。这一点樊灿星倒是没说假话。除了现场找到的已经制作完成的炸弹和半成品，大概还有一百多枚炸弹被陆续转运走了。至于转运到了什么地方，没有人知道。参与转运的人，赵文辉也不认识，只说大家都叫他刀疤哥，是邻国人。

根据赵文辉的描述，张昭做了一张面部模拟画像，并下发了协查通报。刀疤哥的身份倒是很快查清楚了。他叫郭昂基，今年39岁，早在今年8月份就开始在A市生活。可见，樊灿星为了这一天布局良久。万幸的是，警方找到了他的身份信息。现在市区监控覆盖得很全面，他的行动轨迹很快就被找寻出来。郭昂基最后一次露面是在C市夏镇附近。颜素他们带着人火速赶到了夏镇，在当地警方的配合下开始秘密摸底。

夏镇这个地方看起来普普通通，它位于208国道旁，距离X县大概有十多公里，算是一个交通枢纽。颜素对夏镇附近的几个稍微有规模的企业摸底了一次，发现它们基本都是国有产业。当地的支柱产业是煤矿，所以到处都能看到排着很长队的运煤货车。夏镇规模并不大，镇上的人口不到一万，横竖三条街，大部分人要么在附近煤矿上班，要么就是围绕着货车以做生意为生。所以，走在街道上到处都能看到饭店、修车铺。路旁到处都是加水修车的广告牌。颜素想不通这家伙带着这么多炸药来这里干什么。难道只是路过？就当颜素以为他们跟丢了刀疤哥的时候，意外出现了。

颜素他们在当地警方的配合下，发现了刀疤哥开的那辆皮卡车。那辆车进入夏镇就失踪了，颜素他们以为是离开了，结果没想到这辆车就藏在离祥和旅店不远的一座独栋民居内。他们用篷布将皮卡车盖住简单地伪装了一下，不过被眼尖的民警在巡查中发现了。派出所的民警反映这栋房子的房主叫赖狗儿，在十多年前有故意伤人的前科。附近的邻居反映，大概两天前赖狗儿家里陆陆续续来了两辆车，大概有七八个人。赖狗儿说是他的朋友。这些人深居简出，也不知道是干什么的。接下来，赖狗儿陆续去县城买了十多辆摩托车悄悄地运回到了家里。

颜素马上对这栋房子进行了布控，考虑到对方可能携带了大量爆炸物，这里又是密集的居民区，所以没敢贸然采取行动。让颜素他们不解的是，这帮人到这里干什么？难道他们一直找的温道全就隐藏在这里？为保险起见，他们决定再等一等，看看对方下一步的动向。第二天下午三点左右，刀疤哥第一次露面。四点左右，陆续又来了两辆车，在赖狗儿家里大概停留了不到半个小时，四辆车分成三组出发了。

其中一辆车带着三个人直接到了距离夏镇八公里左右的王村附近，剩下的两组将赖狗儿购买的摩托车分批运送到了小镇外，然后在夏镇里隐藏起来。这其中有两个人开着一辆车从服务区离开直奔县城。江之永跟着那辆车到了县城后，发现对方竟然在县城的一所中学门外停下了。这两个人也不下车，江之永也不敢贸然靠近。

颜素清点了一下对方出动的人数，发现赖狗儿并没有来，而是在家中没出门。算上带头的刀疤哥，对方一共有十三个人，其中八个人埋伏在夏镇。从他们的戒备状态看，显然是受过专业的军事训练。这些人有备而来，而且明显是做好了伏击的准备。颜素马上把这个消息汇报给了秦儒，秦儒立刻联系当地警方派驻了增援。按照樊灿星的计划，当公安展开对温道全势力清洗的时候，基本也是他对温道全动手的时候。所以颜素认为，这次伏击极有可能是针对温道全展开的。至于他们为什么会选择在这里动手，目前还不得而知。

五点左右，在夏镇蹲守的颜素看到嫌疑人开始分散开行动。这些人背着背包将一些伪装成垃圾的黑色塑料袋扔到一些路口的垃圾箱里，有的藏在了路边的运煤车下。他们扔的那些东西极有可能是爆炸物。颜素看了一眼地图，如果他们的爆炸顺利实施，这些主要路口马上就会被堵塞。警方的增援未必能第一时间冲进去对他们展开阻击。他们伏击成功之后，会趁着混乱驾驶放置在小镇外的摩托车逃窜。至于到县城中学的那两个人应该是他们的双保险之一。万一他们没有顺利执行计划，这两个人大概率会冲进学校，劫持人质，然后和警方展开对峙。

颜素知道，如果等到温道全现身后，再对对方展开抓捕，大概率是能连温道全一起抓获的。但是这些爆炸物一旦爆炸，所有的事情都将朝着不可控的方向发展。小镇里的居民最基本的人身安全也无法得到保障。如果现在就对他们展开抓捕，以雷霆之势将他们一网打尽，大概率可以避免悲剧的发生。可是，他们就错失了抓捕温道全的机会。

不过，颜素他们没有任何选择的余地。因为不知道温道全什么时候会出现，所以对方很有可能会骤然发动伏击。颜素马上开始布置抓捕任务。虽然不清楚对方手里的火力配置，但是那么多炸弹让他们不敢掉以轻心。增援抵达后，抓捕行动悄然开始。

临近傍晚，冬天的夜总是很长。寒风呼啸，远处没有路灯的地方，一眼望不到头的货车车灯在闪烁，沿着公路形成了一条看不见尽头的巨龙。此时，公安已经组织交警在小镇两侧疏散车流，以防一会儿发生不测后，会引发不可预知的连锁反应。因为这里每天到这个点都会堵车，所以暂时没有引起对方的注意。

武警和增援的警察尽数到位，大家都在做最后的准备。整个现场显得十分安静。每个人心里都知道，今天晚上可能是一场恶战，现在只是暴风雨来临前的宁静。颜素看抓捕小组均已就位，防爆组也已经抵达。秦儒此时下达了抓捕命令。抓捕小组出现在王村附近，此时对方车里三个年轻人还在车旁的小商店里望风。两名便衣开车贴近了对方的车子，假装不小心撞上。待对方出来查看的时候，躲在两侧的特警直接将三人按倒在地上，并从他们身上搜出来三把已经上膛的手枪。

江之永那边的抓捕就要轻松一些，一直在学校门口等待时机的两名劫匪还在谈笑风生时，就被七八个便衣冲上去从车里拖到了外面。江之永打开了车辆的后备厢，在里面发现了炸弹和自动武器。要命的是，这两个家伙竟然准备了五六百发的子弹，顿时让人倒吸了一口凉气。而颜素他们的抓捕任务是最艰巨的。

此时，刀疤哥和他的人正在一家大盘鸡饭店里吃饭。颜素他们已经带人进入了饭店里。七八个抓捕组成员分成了两桌坐在了他的隔壁。当行动开始之后，信号屏蔽装置同时开启。因为抓获了他们的炸弹客，警方已经知道他们引爆炸弹的频率，所以暂时不担心他们手里的炸弹会爆炸，但是无法排除他们身上有手动引爆的爆炸物。此时在小镇外围，防爆组已经开始回收他们安装放置的炸弹。

这八个人说的是一种他们从未听过的方言，所以不知道他们在交谈什么。颜素本想等回收组将炸弹全部回收后再抓捕，可是此时刀疤脸似乎发现了手机信号不正常。他想从脚下的背包拿出武器，抬头不知道喊了一句什么，正在谈天说地的这些匪徒一个个脸色陡然一变，纷纷准备抄家伙。此时，在饭店的抓捕组也开始了行动，两个年轻便衣直接将刀疤哥给按到了地上。刀疤哥的人纷纷一愣，刚要动手，饭店里的抓捕小组一拥而上，随后从饭店后厨冲进来的特警小组将他们全部给制伏，随后从他们的随身包里搜出了大量武器。

此时，最后一组抓捕小组已经将赖狗儿给抓获。将这些人全部羁押之后，颜素发现有些不对头。按照那个泰国炸弹客的供述，这个刀疤哥至少拿走了一百多颗炸弹。然而从现场搜寻到的炸弹不过二十多枚，还剩下八十多枚在什么地方？颜素当即出了一身冷汗。在车上对这些人进行了简单的预审，望风的三个人是中国人。他们都有案底，不过都不是重罪。三人都是刀疤哥招募过来的，只知道他们的任务就是望风，目标是一辆黑色的奔驰车。

剩下的人都是邻国人，他们的身份是雇佣军，同样是刀疤脸招募的，而且他们不懂中文。至于刀疤哥，他干脆什么都不说，大有一副视死如归的倒霉德行。颜素随即让机动组沿途去寻找奔驰车，虽然知道他们可能有诈，但这可能是唯一的线索了。就在颜素他们还在寻找奔驰车的时候，秦儒给她打来电话，传来了一个不好的消息——他们上当了。

在三十多公里外的吴家镇发生了连续爆炸，伤亡情况暂时不详。

第十一章　图穷匕见

颜素他们抵达吴家镇的时候，已经是晚上十点。沿途的混乱让他们最后五公里只能步行前进。这个镇的规模要比夏镇小很多，309 国道横穿而过。交警在疏导拥堵的车辆，好让消防车和救护车能进入现场。有一些伤员被好心人抬着送往最近的救护车，道路上到处都是惊慌失措的面孔。颜素抬头能够看到远处冲天的火光和冒出的滚滚浓烟，一时间有些自责。这次围捕刀疤哥的行动太顺利了，从发现制造炸弹的地方，然后找到夏镇，一点悬念都没有。往常可以不过分警觉，但是他们现在面对的对手是樊灿星，是温道全。如果多留一个心眼，或许这一切就都可以避免。

市、县领导已经开始组织全面救灾。秦儒他们随后才到。这半个小时，颜素跟参与救灾的民警了解了一下情况。据他们反映，这里的居民是在晚上八点多的时候先听到了一声巨响。随后，在路旁停着的运煤车就开始爆炸，沿街的商铺和饭店都受到了波及。整条街的房屋玻璃瞬间全碎了，然而这只是噩梦的开始。

在街道中央，有一家旅店的后院存放了大量的私油，汽车爆炸物迸射到了油库里，马上引发了剧烈的燃烧和二次爆炸。以旅馆后院为中心，炸点半径二十米内全成了一片瓦砾。死伤目前还在统计中，不过数字肯定触目惊心。主要是因为晚上八点多的时候，沿街的饭店正是一天中最热闹的时候。

秦儒他们查看治安监控后才发现，昨天下午有两辆可疑车辆进入了吴家镇，一行六个人。他们在下午六点左右，开始在小镇里散开活动。小镇入口的监控显示，当三辆黑色越野车进入小镇十多秒后，爆炸发生了。目前这三辆车已经找到，都因爆炸被掀翻在地。根据急救中心那边返回来的消息，从这三辆车上找到五具尸体。

至于埋伏这三辆车的枪手目前不知所踪，不确定他们是否活着。爆炸发生的时候，他们距离爆炸现场都很远，尤其是距离旅店很远，按理说应该没有受到什么波及。当然也不排除他们被炸死了。因为一次爆炸和二次爆炸之间间隔了大概十多分钟，如果他们当时趁着混乱进入小镇查看车内的伤亡情况，时间上正好赶上了。只是，现在并不知道他们是否回来查看过。秦儒正在组织人查看沿途监控，看看能否发现他们。

车内找到的五具尸体正在确认身份，估计还要一段时间。颜素站在那些尸体旁沉默着，这五个人中有两个人大概二十多岁，剩下的三个人都在四十岁往上。如果樊灿星的计划是成功的，那么这五个人之中就有一个是真正的温道全。颜素此时还是有些不相信，他们找了这么久的恶魔就这么轻易地死在了这里？而更棘手的事情是，樊灿星目前下落不明。从炸弹爆炸的数量看，还有余量，那么他接下来会干什么？

这个时候，秦儒打来了电话，说刚才从瓦砾下找到了一具枪手的尸体，让颜素赶过去看看。她到了现场后，看到搜救队正抬着一具尸体从瓦砾中出来。他们说，尸体是从瓦砾里面翻出来的。不过，他背着一把自动步枪，身上还挂有爆炸物。于是，便马上上报了指挥部。颜素蹲下看了一眼，死者身材瘦弱，皮肤黝黑。和在夏镇那边抓到的邻国人特征差不多，八层也是雇佣兵。搜救队员卸下了他的武器后，仔细搜寻了一下，从他身上找到了一部损坏的手机，从他口袋里找到了一张塑封好的照片。

颜素看了一眼照片，感觉有点眼熟，但就是想不起来。她心想，如果张昭在就好了，他见过一面的人大部分都能记住。不过，这张照片和车里五个死者都对不上。她刚要给秦儒汇报，搜救队那边就传来了一阵骚动，又一具尸体被挖了出来。他身上的自动武器和前一个人的基本一样，颜素搜了一下他的口袋后，也发现了一张一模一样的照片。颜素意识到，这个人或许才是他们的目标人物。

她马上把这个信息汇报给了秦儒。让人意外的是，秦儒认识这个人，他的名字叫王立勇。如果他就是温道全，好像就解释通了很多问题。因为秦儒知道，他给老赵当过很长时间的线人。虽然还不清楚他是否落到了樊灿星手里，但是他今天大概率也走的是这条路线。秦儒马上联系指挥中心。

监控显示，这三辆越野车是从 A 市沿着 309 国道途经吴家镇的，但是并不清楚王立勇是否在车上。现场没有找到王立勇的尸体，因此存在的可能还有很多。大概过了二十分钟，王立勇的下落没找到。不过，秦儒他们在距离吴家镇七八公里外的一个超速监控里发现了三辆逆行飞驰的摩托车，十分可疑。他们随后调取了沿途的监控，发现摩托车似乎是在追逐前方的一辆普通的小轿车。他们最后在 8 点 35 分进入曹村后消失了影踪。

秦儒马上呼叫了增援，又从现场组织了一批警员直奔曹村。曹村是一个很小的自然村，如今只剩下了七八户人家。秦儒他们沿途一直没有找到对方的影踪，毕竟现在距离对方进入曹村已经过去了三个多小时。而且现在是晚上，视野也非常不好。从地图上看，对方从进入曹村会沿着唯一的乡道抵达洛江乡，但是他们排查洛江乡监控暂时没有发现。正在等待空中增援的时候，本地派出所的一个民警在一截土路上找到了一辆摔进玉米地的摩托车。车上的人已经死亡。

据当地的民警介绍，那个方向通向一片山林。秦儒他们沿着山路追踪，在一处山坳下的荒草地里看到了侧翻在那儿的那辆轿车。过去一看，司机已经死亡。车内除了司机外，没有发现王立勇。他们顺着这个方向向前追，很快就看到了两辆摩托车被扔在地上。再向前，已经没了路，抬头是一片黑压压的树林。

这片山林面积不小，而且黄土高原地貌复杂。秦儒推测，晚上视野不好，他们应该没那么快从里面出来，于是马上组织人手开始搜山。此时，直升机增援已经抵达，开始沿着山林进行搜寻。警方在出入山林的主要路口设置了卡口，今天说什么也要将这帮人全给逮住。

王立勇此时躲在一处山丘后。他知道敌人就在不远处跟他一样蛰伏了起来伺机而动。如果他的枪里还有子弹，他一定会冲出去再拼一把。然而，他现在已经没了选择。对面的两个人手里有自动武器，无论是体能还是火力，他都落在下风。现在冒头就跟送死没什么区别。寒冷的北风灌进了他的领口，脸上的血污顺着脖颈流下染红了衣裳，左腿的枪伤引起阵阵剧痛。可是，他不敢乱动，生怕惊动身下的枯草发出声音暴露了位置。对方现在可能忌惮他手里的武器，如果知道他已经弹尽粮绝，恐怕早就冲上来将他击毙了。

王立勇知道这次彻底输了。他知道樊灿星在找他，也知道樊灿星想复仇。不过，樊灿星对他而言，不过是蝼蚁一样的小角色。他打算等彻底打通了欧洲跟这边的暗网通道后，再腾出手来收拾他。只不过，他没想到云峰酒店的服务器竟然暴露了。事情发生得太突然，警方打得他完全措手不及。为了安全起见，他打算转移到海外避避风头，结果还是落到了樊灿星的圈套里。真的是聪明反被聪明误，如果待在 A 市，樊灿星未必敢这么动手，因为他没有必赢的把握。王立勇也不是没想过他身边的人出了问题，只是他来不及去分辨敌人和清理门户。

这次离开，他带了身边最信任的人保护他。然而，当他听到爆炸声的时候，心里就清楚，他被人出卖了。尽管长期的谨慎让他准备了伪装车队，令他躲过了一劫，但当助理拿枪指着他的时候，他才幡然醒悟。樊灿星为了干掉他，已经悄悄布局，甚至策反了他的助理。看来在这个世界上，只要开到合适的价格，没什么是不能出卖的。选择在路上动手，樊灿星付出了极小代价就换取了巨大的战果，所以他此刻输得心服口服。

此时，对面的灌木丛里爬出来一个黑影，王立勇不由得屏住了呼吸。对方一个人朝着他的方向摸索靠近，另外一个人应该是在原地掩护。王立勇明白自己大限将至。他知道，自己落到警察手里一定会生不如死，那还不如被樊灿星的枪手打死算了，最起码能落个痛快。他深吸了一口气，打算等对方靠得再近点冲出去拼一把。临死前，怎么也得再拉一个垫背的，就算是死也不能死得这么窝囊。

然而，这个时候远处传来了轰隆声，一道强光刺破漆黑的天空。警方的直升飞机已经到了。王立勇愣了一下，这意味着警方的搜山行动已经开始了。对面的两个枪手似乎看到了天空的直升飞机，他们马上放弃了朝这里靠近，而是立马转身朝着远处的山坡下跑去。王立勇心里一沉，心里怒骂这两个蠢蛋。警察都开始搜山了，他们以为自己能跑得掉？真的是异想天开。

王立勇艰难地坐了起来，抬头看到远处有一片斑驳的手电筒的光线。紧接着，他就听到了零星的枪声和狗吠声。估计那两个枪手都没怎么反击就被逮捕了。很快，王立勇就看到有十多个人朝着他摸索过来。天空中直升飞机的强光将地面照耀得如同白昼。此时，有人喊道："这里还有个人，好像受伤了。"

被抬上担架的王立勇或许这辈子都没想到自己会以这种方式被逮捕。

第十二章　威胁

颜素在审讯室外的长椅上睡得昏昏沉沉。最近这段时间，高强度的侦查和抓捕让她身心俱疲。然而，案子到了这一步还没有完全结束。首先，樊灿星没有落网，他手里还有多枚炸弹，目前下落不明；其次，王立勇虽然落网了，但还在医院接受治疗，刚刚才脱离危险。警方抓获的嫌疑人开始陆续进入了审讯程序，只不过到目前为止，他们交代的东西对抓捕樊灿星帮助不大。

昨天晚上，吴家镇发生的炸弹袭击案，死伤无数，善后工作到现在还在继续。虽然颜素他们抓住了王立勇，但是并不能将功补过。比起外界的压力，秦儒所面对的内部压力其实更加巨大。此时，颜素的手机响起，她迷迷糊糊看了一眼，发现是个国际长途，本能地警觉了起来。

接起来后，颜素就听对方说道："颜队长，图书馆一别，好久不见呀。"

颜素愣了一下，马上让一名警察去找杜馨笙，然后立即打开了录音。

樊灿星继续说道："听说，昨天晚上温道全落到了你们手里，我实在没有想到你们的工作效率提高得这么快。我知道，你们正在寻找我的位置。那我就长话短说。你们必须把温道全交给我，这是我唯一的条件。"

颜素听到这里，冷静地说道："我们从不跟恐怖分子谈条件，我也无权答应你任何要求。"

"这些我都知道，你的级别太低，有些事情做不了主，我只是让你传达我的条件。我要王立勇，后天也就是 22 日凌晨之前，我必须见到他。不然，23日我会把你们送上国际新闻的头条。"

颜素听到这里就笑了，然后说道："恕我直言，你这也太儿戏了。在一个法治国家，这人是你说放就能放的？你把这里当成了什么地方？哪个朝代？我真心地劝你跟我们合作，早日投案自首，争取宽大处理吧。"

樊灿星却不以为意："颜警官，我是一个罪无可恕的人。如果我把我身上的罪行都告诉你们，别说枪毙我十次，就是枪毙我一百次，也难赎我的罪过。所以，你也别苦口婆心地浪费时间了。我知道这件事很难，所以我才准备了那么多炸弹。对我而言，我只想报仇，剩下的我都不关心。"

颜素知道多说无益，于是问道："你说的释放王立勇，我们是要把他放出看守所，还是把他送到指定地点？"

"颜警官，别套我话了。到了 22 日，我会告诉你们怎么做。为了表达我的诚意，我在八一广场正大商城内的超市的储物箱里，给你们准备了一个礼物，算是我自首的诚意。我也不愿意生灵涂炭，但是请一定不要怀疑我的决心。"说完，电话就挂掉了。

颜素马上起身叫江之永跟她驱车赶往正大商城。她一面把这个消息报告了秦儒，请求拆弹组出动拆除炸弹；一面请求附近的派出所先去封锁现场，疏散群众。等他们赶到的时候，现场一片混乱。商场内的工作人员正在撤离，好在是中午时分，商场内的顾客并不是很多。他们下到负一层的超市，找到了樊灿星说的储物柜。在工作人员的帮助下，他们已经将储物柜的箱子尽数打开。在一组购物柜内的最下层，他们发现了一个鞋盒。

随后，拆弹组进入了现场。赵利民用透视仪观察了炸弹后，说道："跟上次送到市局的炸弹很像，拆除的把握挺大。你们后退吧。"

颜素一听，才放下心来，马上撤出了现场。等她刚到超市大门外的时候，突然听到里面一声巨响，好似地动山摇一般。当所有人还没有反应过来的时候，突然又是一声巨响，滚滚的灰尘瞬间从超市大门涌出，如遮天蔽日一般。外面值守的警员在经过短暂的错愕之后，纷纷冲进了超市。颜素看到超市的前台存包处那里也发生了爆炸，整个柜台被炸得面目全非，而储物箱那里更是一片狼藉。

她马上冲到了赵利民身边。他虽然有防爆服保护，但是隔着面罩能看到他耳鼻都在出血。她马上让人喊救护车。因为害怕发生意外，消防和救护人员就在外面等候。不到两分钟的时间，医生和护士抬着担架跑了进来。众人七手八脚地将赵利民的防爆服脱下，医生马上开始抢救。然而，抢救只持续了几分钟就停止了，赵利民已经没有了生命体征。医生随后宣布了他的死亡。

一切都发生得猝不及防，在场的人怔怔地看着满脸鲜血的赵利民，陷入了沉默。虽然他们知道拆弹就是在和死神在打交道，是所有工作中最危险的职业之一，可真当爆炸发生后，人一下子还无法接受这样残酷的事实。颜素眼睛微红，内心涌起一股怒意，让她几乎发狂。但是，她也清楚现场还不安全，当即喊道："所有人都先撤出去，继续排查炸弹。快！"然后，她拖住了拆弹组的副组长问道："刚才怎么回事？"

副组长还没有从这样惨烈的事实中反应过来，他的手上全是赵利民的鲜血，被颜素这么一推，当即说道："不知道啊，我一直守在监视器前，看到赵师父还没碰到炸弹，突然就爆炸了。我们当时刚要进去救人，然后就又发生了爆炸。"一旁的张昭问道："你确定赵师父没有碰到炸弹？"

"确定啊，师父说这个炸弹比较复杂，从 X 光扫描上看，能够看到里面有平衡引爆装置，他打算从正面先试试能不能开口拆除。结果，手还没伸出去就炸了。"他解释道。

张昭和颜素当即对视了一眼，两个人转身就向外跑。张昭一边跑一边喊道："我去监控室，你去外面。手机联系。"

颜素拿起对讲器喊道："封锁外围现场，不准任何人出入。快点！"

里面的同事纷纷开始行动起来。张昭一路小跑进入了总控室内，然后迅速地翻阅监控。根据他的推断，如果赵利民没有碰到炸弹就爆炸，无非是两种情况，一种是定时爆炸，另外一种是遥控爆炸。而根据爆炸的时间看，如果是定时爆炸，那么也太精准了一些。等商场的人撤离，拆弹小组进入后才爆炸，那么炸弹有被拆除的几率，这是炸弹客不愿意看到的事情。最稳妥的办法就是遥控爆炸，这样能控制爆炸的时间。

一般来说，遥控爆炸用的最多的办法是手机和传呼机。但是，拆弹组为了预防这一点，一般都会带屏蔽装置进入现场。所以，通过手机来遥控爆炸的方式应该不会成功引爆。另外一种就是短程遥控，屏蔽装置无法屏蔽所有波段的信号，尤其是短程遥控装置，也就说明这嫌疑人刚才就在现场附近。张昭迅速翻看监控，果然看到一个穿着黑色羽绒服的男子把一个盒子放入了储物柜，然后他又把一个双肩包放在了超市的柜台储存，进入了超市内。过了二十多分钟，他从超市出来，但是没有离开，一直等在超市大门外。虽然他戴着口罩遮住了脸，不过他看起来显得有些焦虑，不停地在超市外徘徊。

当警察进入超市后，开始疏散商场内的人群。这个人被赶到了商场外的广场上。一直到爆炸发生后，他才果断转身离开。张昭没看完监控，就把这个人的大概信息和离开方向发到了颜素手机上。在外面的颜素带着人朝着这个方向迅速追赶。前后只有不到十分钟时间，因为发现了炸弹，所以警方对这里进行了交通管制。他短时间内无法乘车离开，所以应该没走远。

张昭把信息发给了杜馨笙，杜馨笙立即跟指挥中心联系。很快，她就在就监控里找到了这个人，给颜素他们指明了方向。颜素跑了一段距离后，听到了杜馨笙的信息，正好看到有个骑警的摩托停在路边。她翻身上去发动，开始猛追。同时，其他同事也纷纷上车对这个嫌疑人进行围堵。几分钟后，颜素看到了这个嫌疑人正站在路边等车。她飞快地靠近，然后把车停下翻身下来，等悄悄地靠近了嫌疑人，直接掏出来枪对准了他，喊道："警察。不许动！"

对方愣了一下，显然是没想到警察这么快就找到了他，当即转身就跑。颜素怎么可能让他跑了，在他刚转身的一瞬间，直接一脚踹了上去。对方重心不稳，直接摔在了地上。颜素刚要上去把他按住，结果他一翻身喊道："我有炸弹，你上来我就引爆！"说着，他扯开了羽绒服的拉链。颜素看到他身上穿着一件炸弹背心，而另外一只手紧紧地拽着一个遥控器。此时，路上行人众多，猛然发生了这种事，顿时发生了骚乱。几乎是同时，多年的训练让颜素没有任何犹豫，直接连开了两枪。

"砰砰"两声之后，对方握着遥控器的手掌被子弹打得稀烂，遥控器也掉在了一边。颜素扑上去，一脚将遥控器踢开，然后踩住了他，迅速掏出手铐将他铐住。然后，扯下他的羽绒服，看了一眼他身上的炸弹背心，觉得并不复杂，没有发现计时器等其他引爆装置。此时，同事们陆续抵达。很快，拆弹小组也进入了现场。将他的炸弹背心解除后，颜素亲自将他送到了医院。看着对方被推进手术室后，颜素找了一张椅子坐下，顿时感觉如同虚脱一般，长长地松了一口气。

第十三章　反击

秦儒看着面前的王立勇不由得想起了老赵。或许老赵做梦也不会想到，他们一直在追查的温道全竟然自始至终就在他们的眼皮子底下活动，甚至还以线人的方式定时给他们投喂线索。这就解释了为何老赵的行动多次被泄密，因为他们本来就知道老赵的侦查方向和侦查范围。秦儒也是意识到了这一点，才让颜素他们组作为一个变量存在于整个粉冰案之中，所以粉冰案之后的几个案子多少都有一些突破。但是，这并没有改变整个之后的走向。如果不是樊灿星的出现，要查到王立勇身上，天知道要走多久的路。或许冥冥之中，是天网恢恢，疏而不漏。

王立勇此时并没有完全脱离危险观察期，所以他的身上还插满了各种监护设备。他看着面前的秦儒，也不知道是愧疚，还是怯懦，总之没有勇气跟他对视。

秦儒挠了挠灰白的头发说道："说实在的，当我知道你是他们的围猎目标时，我想通了很多事情。可如果你现在亲口告诉我，你不是温道全，我从个人情感上还是愿意再相信你一次。其实在我心里一直有个疑问，你为什么要杀老赵？"

王立勇沉默了一会儿，说道："有人的地方就有江湖。我虽然是温道全，但是集团里也不是只有我一个话事人。比如，唐立峰就是另外一个山头的人，周彪、任仁光、宁涛、马和尚都是他那条线上的人。我的本意是想利用老赵拔除这些倒刺。毕竟他们的运作方式已经落伍了，迟早要被这个时代淘汰，我只不过是加速了这个进程而已。唐立峰他们最后还是搞砸了，所以我必须出来给他们擦屁股。我在老赵的家里和手机里都安装了监听软件，所以当唐立峰要动手杀人的时候，我只能尽最大努力帮他们把事情办完。"

秦儒听到这里，长叹了一声道："你和老赵前后脚进入缉毒队伍，他好像比你还小一岁，是吧？当年，你因为执行任务染上了毒瘾，到最后以贩养吸被判刑并开除公职。人老赵可没少为了你的事情得罪人，对吧？"

王立勇苦笑道："都是陈年往事了。不过，我那个时候真的是被人冤枉的。可我说了，你们也没人相信。我有时候常想，如果当年抽签抽中的是老赵，他去执行卧底任务。你说，他会不会吸毒？"

秦儒没有办法回答这个问题，因为老赵已经死了。在一些秘密侦查的任务中，毒贩会让卧底警察当着他们的面吸毒。这是一个很简单就能分辨对方身份的办法，主要有两点原因：

第一，毒贩心理。大部分的缉毒警对吸毒是有心理洁癖的，本能地拒绝一切涉毒问题。他们见了太多因为吸毒而家破人亡的瘾君子，甚至在有些缉毒警的眼里，瘾君子已经不算是一个正常意义上的人。而毒贩完全没有这个考虑。虽然有些毒贩并不吸毒，但是这并不影响他试货。对毒贩而言，他们首先是亡命徒，为了钱他们连命都可以不要。所以为了赚钱，让他们吸两口毒品，一点问题也没有。

第二，其实也是最重要的一点，国内对卧底警察有一定的法外豁免权，但这个权利不是无限的。卧底期间，他们要做的事情同样要受到国家基本法的约束。吸毒后，染上毒瘾无法戒除，工作肯定是保不住的。没有警察愿意冒吸毒的风险，因为能不能戒除毒瘾完全看个人意志，有些人的毒瘾会伴随终身。这是十分可怕的投名状，所以如果毒贩在试探卧底的过程中，对方不愿意吸毒，那就很难彻底获取对方的信任。

秦儒沉吟一声说道："老赵会不会吸毒，我不敢打包票，但他绝对不会跟你一样欺骗组织。你染上毒瘾后，我们也三次送你去戒毒。最后一次，甚至把你送到了南方某省，想让你换个生活环境。但是你不但没有认真戒毒，反而和一些瘾君子互相包庇，狼狈为奸。最后，他们把你供出来，看上去你确实挺冤枉的。可你自己心里清楚，你到底冤枉不冤枉。人是复杂的，要面对很多的情感和抉择。但是，警察作为一个职业，是简单的。因为他只需要选择黑和白。所以，当年你丢了工作，这一点都不冤枉。"

王立勇听到这里，不禁笑道："秦支呀，多年没见，您嘴皮子还是这么利落。这大道理到您嘴里讲出来，还真是正义凛然呀。"

秦儒苦笑道："你还需要我给你讲大道理吗？王立勇呀，当年你老母亲重病住院，而你那个时候毒瘾缠身，穷得连饭都吃不上。人老赵求爷爷告奶奶，给你筹了两万块钱。他当年一个月工资就830块钱，新买的江铃摩托骑了半个月就给卖了。这个事情你记不记得？"

王立勇默默地点了点头。

秦儒继续问道："那好，我就问你一个问题：为什么樊灿星就盯着你不放？"

王立勇摇头道："你说错了，他并不是盯着我不放，他是盯着所有的温道全不放。从某种意义上说，他跟我目的是一样的。我们这个组织一直与时俱进，他们很早就开始用计算机管理内部体系。当然，现在叫人工智能。这个组织经过极其漫长岁月的发展，在全球一共有九个区域。每个区域都有一个话事人，也就是温道全。当然，这只是在国内的叫法。这根本不重要，只是一个代号而已。重要的是，当一个温道全死后，其余的温道全会投票选出下一任温道全，他将接受上一任温道全的所有权限。如果该地区的温道全意外死亡，系统会将该地区的权限暂时转移到活着的温道全身上。这个权限可以调动该地域的所有资源，包括人员、资金、产业，一直持续到投票选出新的话事人为止，这样能最大程度地让组织正常运行下去。樊灿星最近在国外已经接连得手，不出意外，他已经杀了很多温道全，而我是目前活着的手里有权限的最后一个温道全。所以，他还不能直接杀了我，而是想办法活捉我。我也是昨天晚上才意识到这个问题。因为当时他们的枪手明明可以直接开枪打死我，但还是让我跑了。我觉得，他是有意留我的活口。如果他想复仇的话，实在是没理由盯着我不放，他女儿又不是死在了我的手里。"

秦儒听完，大概猜到了樊灿星的目的。从粉冰案和目前缴获的他们的服务器上看，这个地下产业的规模之庞大，远远超出了他们的想象。有光的地方，就一定有影子，这是亘古不变的道理。而他们的职责就是让这看不见的黑暗永远都躲在暗处。

王立勇又说道："我其实还是挺期待樊灿星能达到他的最后目的的，我也挺想看看这些操纵我们的幕后东家到底是谁。至于让我跟你们合作，我劝你们就别白费这心机了。秦支，你认识的那个王立勇，在当年他戴上手铐的时候，就已经死了。"

秦儒长叹了一声，起身拍了拍他的肩膀，走出了特殊病房。此时，赵利民牺牲的消息传来。秦儒听到的时候，忍不住老泪纵横。他有时候常想，要是牺牲的是他该有多好。毕竟他一大把年纪了，家庭也没什么负担，可偏偏牺牲的都是那些当打之年的年轻警察。他知道，现在还不是伤心的时候。樊灿星连续作案，几次得逞，气焰之嚣张，已经到了无法无天的地步。而反观他们这边，士气低迷，今天又有人为此牺牲，他作为直接领导，这个时候更得咬紧牙关，永远都不能让邪恶战胜正义。

秦儒从一开始也没打算利用王立勇去找到樊灿星。这两个人都不是什么省油的灯，即便王立勇想跟警方合作，秦儒也不完全信任他。至于樊灿星想让警方把王立勇交出来，那更是天方夜谭。樊灿星手里的筹码是两天后的亚太企业峰会，峰会是必须按时召开的，不可能因为樊灿星的威胁就取消这样重大的会议。所以，接下来的任务就简单了，两天之内找到樊灿星和他的同伙，将他们一网打尽。

秦儒找到魏长河沟通了一下情况。现在困难是实实在在的，他想知道魏局的态度。如果行动失败了，那引发的后果和影响都是灾难性的。所以，不管行动方案如何，他必须得到有力的支持。魏长河的态度很明确，不管行动会导致什么样的结果，付出什么样的代价，必须将樊灿星缉拿归案，他们绝不妥协。

秦儒回到指挥室后，开始制订计划。之前，因为樊灿星一直都是单独行动，所以警方能收集到的信息有限。但是经过了夏镇和吴家镇的两次行动，樊灿星的目的虽然达到了，但是他的成员要么被抓，要么在爆炸中死亡。他们这么多人，即便组织得再严密、再隐蔽，每天也都要吃喝拉撒，都要有后勤保障。而且，他们在国内还有一个绕不开的问题，那就是使用手机。警方现在知道了这些同伙的身份，可以根据大数据寻找他们的行动轨迹。另外，这些人大部分都是邻国的雇佣军，他们虽然收到了安家费，但是无法躲避国际警察的追查。双管齐下，斩断他们不切实际的幻想，即便找不到樊灿星，也能找到他们剩下的同伙。而樊灿星就是在赌公安无法在两天的时间内找到他，所以他才那么猖狂，有恃无恐。不过，这次他的如意算盘打错了。

第十四章　决战

漫天风雪，北风哀号。

颜素躲在车里搓了搓冻得发红的双手。下午的案情分析会上，秦儒已经指明了办案思路。原则上，绝不会对任何犯罪分子和犯罪行为妥协。樊灿星必须抓捕归案，他提出的任何条件拒不答应。作为下属，思路明确后，颜素他们的任务就简单了很多。樊灿星自从今天上午制造了八一广场正大商城爆炸案以表明决心后，再没有任何动静。他没有进一步提出条件，也没有抛出具体的谈判细节。显然，他也做好了拼死一搏的打算。

参会分析的时候，秦儒说敌人在暗，他们在明。而且，樊灿星处心积虑、密谋已久，他对各种情况都做了一定的预案和对策。所以在前几次交锋中，警方没有占据优势。但是，这并不要紧。首先，在国内安定的大环境下，樊灿星团伙的人数本就不会太多。经过了夏镇和吴家镇两次交锋，他们人手有了一定损失。由此推断，他们想要直接袭击亚太峰会的概率很低。

一般大型活动的安保工作除了有当地城市的警察系统参与外，还会请求武警部队帮忙协同。在安保人数上，他们完全碾压对方。而且，这几年安保措施不断升级，他们想把炸弹带进去几乎就不可能做到。就算他们人人战神附体，贸然对峰会采取自杀式行动，也是以卵击石。这和樊灿星的诉求完全背道而驰。樊灿星确实在搞恐怖袭击，但是他的诉求也很明确，那就是得到活着的王立勇。他的目的是要让警方投鼠忌器，所以破坏峰会并不能达到他的目的，除非他能挟持峰会里的参会人作为人质。那就更不可能了。所以，秦儒判断他的目标从一开始就不是峰会，峰会不过是他抛出来的诱饵而已。他选择在峰会这天动手的原因也很简单，因为峰会本身就会消耗大量的警力，这会造成其他地方警力不足，方便他开展行动。第二，是他要利用峰会的关注度来给警方施压，达成他的目的。

当然，对峰会动手只不过是樊灿星的一项预案。从现在来看，他从一开始就设计好了这一切。首先，就是引导警方找到对方的云峰酒店的服务器，然后他借着警方的力量打击王立勇的势力。王立勇如果察觉到危险，必然会转移，所以就有了吴家镇的袭击。如果当晚袭击得手了，那么他接下来会干什么不得而知。如果没有得手，王立勇跑了，那么他会继续伏击王立勇吗？如果王立勇不幸落到了警方手里，他就利用峰会给警方施压。如果王立勇从一开始就不上当，秦儒推测他多半也会把王立勇的位置暴露给警方，让警方动手抓了王立勇，然后他依旧利用峰会来给警方施压。至于夏镇，秦儒推测多半是樊灿星做的双保险。在确定了王立勇最后路线之前，他一直没有发布任务。

结合以上这些分析，樊灿星的目标如果不是峰会，他能做的其实并不多。第一，他可以在城市四处制造混乱，吸引警方注意。然后，趁机找到王立勇。不过，大家都分析他的成功概率不会很大。就算是王立勇被关在看守所里，用炸弹炸了看守所把人劫走，明显是天方夜谭。第二，在峰会附近制造混乱，挟持峰会附近的某栋建筑里的人当人质，以此和警方展开对峙。利用峰会时媒体的大量介入，给警方施压。最终达到他的谈判条件。这一点可能性是很大的。

在一般的极端事件中，能选择的公共场所有公共交通区域，比如地铁站、飞机场、汽车站等。这些地方因为峰会加强了戒备，而且有特警守护，相对来说他们袭击的代价很大。剩下的就是商场、超市之类的购物场所。但是这种地方往往在闹事区，出口多，人流密集，而且在警力配置足够的情况下，不可控因素太多。那么剩下的就是这些匪徒经常选择的地点，比如医院和学校。相对于医院来说，学校一直都是他们的第一选择。首先学生更容易控制，也更容易引发关注。其次，学校环境相对封闭，安保能力薄弱。另外，中学和小学相比，小学当然是更优先的目标。所以对照完地图之后，在峰会会议中心辐射范围内只有两所学校。

通过对已经抓捕的嫌疑人的大数据普查，这些人基本都是四个月前才开始陆续进入国内。他们先在南方某省蛰伏了两个多月，最近这两个月才陆陆续续抵达了 A 市。在抓获的人之中，现在能辨认身份的只有四个人是中国人，剩下的全部是来自邻国的雇佣军。盘查他们的身份的时候，知道他们来自同一个地方。于是，这些潜藏 A 市的还没有落网的枪手身份基本都暴露了出来。全市派出所对各自的辖区展开了大规模的走访调查。同时，对已经抓捕的嫌疑人，对他们的移动数据进行大数据分析，能够看出来他们最近这一段时间的活动轨迹。

要策划一起有计划的恐怖袭击，如果不是抱着自杀式的想法，他们一定会提前踩点。比如，在图书馆爆炸案中，他们就提前勘察过那里。伴随着这些潜在的嫌疑人被挖掘出来，也进一步摸清楚了他们的行动轨迹。和秦儒预料的差不多，在东安巷的一个单元楼里有三个嫌疑人，他们经常去那两所学校附近转悠。现在基本能确定他们的目的，但现在最大的风险还是樊灿星下落不明。秦儒他们也不敢笃定樊灿星会不会露面，不过按照这个人谨小慎微、步步为营的做事风格来看，他不露面的概率很大。大家心里都很清楚，樊灿星一天不落网，他就一天不会消停。秦儒也拿不准如果这次他的行动失败了，是不是还会有后手。所以抓捕行动一直迟迟没有开始。

颜素看了一眼手机，此时已经是 22 日夜里 11 点。明天就是峰会。为了保险起见，秦儒已经通知了学校让他们放假一天。虽然秦儒准备了各种预案，但是一旦出现误伤，后果将是无法承受的。虽然这可能让明天行动的绑匪们嗅到了圈套的味道，不过他们别无选择。颜素知道，秦儒现在拿不定主意，主要是该选择现在抓，还是等明天他们露面了抓。如果现在抓，樊灿星一定知道自己的计划失败了；如果明天抓，有可能抓到樊灿星。五分钟后，秦儒下达了抓捕命令。颜素知道秦儒做出了选择，于是深吸了一口气，检查了枪械后，跟身后的队员打了一个手势，开始朝着目标建筑靠近。

　　破门之后，特警冲进去就展开了抓捕。这四个人当时正在客厅里看电视，其中一个想跑到卧室去，被一个特警直接扑倒在地。随后在他们的房间搜出来若干自动武器，但是没有搜出来爆炸物。将人押送下去之后，颜素给秦儒汇报了情况。今天晚上的抓捕一共有四个点，共十一个人。这都是这两天侦查发现的。完成抓捕任务后，颜素赶往了指挥车方向集合。

　　23 日凌晨一点左右，抓捕小组陆陆续续回到了学校附近。这些邻国枪手虽然抓获了，但是爆炸物依旧没有找到。这说明樊灿星的计划并没有完全失败。接下来，就得赌樊灿星对胜利的渴望有多大了。经过突击审讯，这些人确实是樊灿星招募的枪手，目标也确实是这所小学。只不过，他们并不知道幕后老板是谁。进入中国后，他们就一直听一个叫斌哥的人指挥。斌哥负责他们的吃喝拉撒以及后勤工作，也是斌哥负责给他们分配任务。

　　张昭听说后，马上根据他们的描述做了面部模拟画像，然后利用斌哥联系他们的手机使用了技侦手段。凌晨三点多的时候，他们锁定了斌哥的位置。斌哥原名孙国斌，是东南亚华人，来国内生活已经十多年。抓捕小组冲到孙国斌手机定位处的时候，并没有找到他，只在他的工厂办公室里找到了手机。他的家里也没有人，老婆、孩子在一个月前就回国去了。随后，指挥中心开始追查他的去向。

　　凌晨五点，沉睡的城市逐渐苏醒。环卫部门开始清扫积雪，结束夜班的人们顶着风雪回家，形成了城市里最早的人流。这短短的两个小时基本将孙国斌的情况查了一个底朝天，也终于锁定了他最后出现的位置。秦儒一看竟然在A市的郊区。那里交通方便，但是略微偏僻。颜素带着增援小组匆匆赶往那里助力。

在监控镜头下，孙国斌驾驶的是一辆白色皮卡，车子后部用篷布包裹，极有可能就是爆炸物。只不过，他进入那片区域后，因为监控覆盖不全面失踪了。此时，辖区分局正在组织警力排查，然后在一些大型路口设卡。秦儒推测，伴随着这些枪手落网，他们人手不足，所以改变了策略。他们的目标应该就在那片区域内。

在那片区域之中，没有医院和大型的商超，不过学校还是有几所的。秦儒让他们去学校附近蹲点。如果发现嫌疑人出现，马上汇报。当颜素赶到那里的时候，已经是早上七点。他们没有找到孙国斌，也没有发现其他可疑人物出现。按照秦儒的部署，他们将巡查的重点放在了学校附近。等到了上午八点，峰会已经开始了序幕。此时，秦儒和他们的心都提到了嗓子眼。

九点，江之永用对讲机汇报道："孙国斌出现在东张小学附近。对方一共三个人。没有樊灿星。"

颜素马上朝着东张小学增援，看来让秦儒猜对了。秦儒马上让外围民警疏散人群，阻断道路。毕竟他们手里还有大量炸药。当秦儒的命令下达后，正在车上准备的四个人似乎发现了外部的异常，当即开车往学校里面冲去。

江之永抢先一步开着车堵在了学校门口。下车就跟对方发生了激烈的交火。四周埋伏的警察也开始了反击。短短两分钟，那辆皮卡就被打成了筛子。江之永摸过去打开了车门，将他们从车上拖下来，其中三个人都已经被当场击毙。就在这个时候，秦儒从对讲机里喊道："第三十八中刚才有一辆皮卡车直接冲进了校园。我们的人正在往里追。"

颜素琢磨，这樊灿星搞声东击西的把戏还真是不亦乐乎。三十六中那边也有机动部署和埋伏，她估计那边应该成不了事。此时，张昭给她打来了电话说道："发现了樊灿星的位置。他距离你不远。他们行动开始之前有过短暂的通话，被我们捕捉到了。"

颜素愣了一下，拍了拍江之永的肩膀。

张昭继续说道："朝东走，距离你二十米左右。"

颜素带着两队人慢慢地朝着目标靠近，路边停着一排车，不过只有七八辆。其中一辆商务车十分可疑。颜素他们慢慢靠了过去，此时车门打开了。樊灿星一个人坐在后排，他的身上绑满了炸弹。他捏着遥控器说道："颜队呀，没想到我们又见面了。"

颜素不等他说完，直接就飞扑了上去。江之永都傻了，赶忙也朝着车内冲去。三个人扭打成了一团，江之永趁乱将遥控器从樊灿星的手里夺了过来。颜素将他从车里拖了出来，按在地上一顿乱捶，怒喝道："你倒是按呀？给你机会，你不中用呀？"

江之永赶忙把她从樊灿星身上扯开，然后让爆破组过来拆弹。

颜素趁乱又狠狠踹了樊灿星一脚。

看得一旁的江之永直皱眉，他问道："我说大姐，你就不怕他真按呀？"

颜素不屑道："要按他早就按了，还会跟我废话？"

清明时节，天高气爽。

刚刚参加完公祭活动的颜素捧着鲜花朝着老赵的墓碑走去。

远远地，她就看到了张昭和江之永两个人站在那里。

走近后，她发现张昭今天收拾得比往常干净了很多，甚至换了一身崭新的警服。倒是江之永，现在邋遢了不少。

最近这段时间，她一直没有见到张昭。王立勇和樊灿星先后落网，揭开了这个地下团伙的神秘面纱。要肃清他们在国内的残余势力，还需要一段时间。张昭最近一直在忙这些事情。至于她，已经回到了自己的工作岗位。经历了这一切，每个人心里都蒙上了一层灰尘。她刚把花放下，秦儒就从远处走了过来。他还有两个月就退休了，所以最近已经不怎么露面。

彼此询问了一下的近况后，秦儒开始给老赵祭酒。看着面前那一块块墓碑，他们不由得心情沉重。正义和邪恶的斗争，从来都不会停下脚步，但是每次都要付出惨痛的代价。作为警察，他们没有选择，必须要面对牺牲，这就是他们的使命。不过，看到这些成长起来的年轻人，秦儒倍感欣慰。他给老赵点了三根烟，然后自己也点了一根，想说什么，却什么都没有说……